MIL VEZES AMOR

MIL VEZES AMOR

LYNN PAINTER

Tradução de Alessandra Esteche

Copyright do texto © 2022 by Lynn Painter
Copyright da tradução © 2024 by Editora Intrínseca Ltda
Publicado mediante acordo com Simon & Schuster Books for Young Readers, um selo de Simon & Schuster Children's Publishing Division, Nova York, NY.
Todos os direitos reservados. Nenhuma parte desta publicação pode ser reproduzida ou transmitida, em nenhuma forma ou meio, eletrônico ou mecânico, incluindo fotocópia, gravação, armazenamento de dados ou sistema de recuperação, sem a permissão por escrito da Editora Intrínseca Ltda.

TÍTULO ORIGINAL
The Do-Over

REVISÃO
Luíza Côrtes
Anna Clara Gonçalves

DIAGRAMAÇÃO
Ilustrarte Design e Produção Editorial

ARTE DE CAPA E IMAGENS DE MIOLO
© 2022 Liz Casal

DESIGN DE CAPA
Sarah Creech © 2022 by Simon & Schuster, Inc.

ADAPTAÇÃO DE CAPA
Lázaro Mendes

CIP-BRASIL. CATALOGAÇÃO NA PUBLICAÇÃO
SINDICATO NACIONAL DOS EDITORES DE LIVROS, RJ

P163m

    Painter, Lynn
        Mil vezes amor / Lynn Painter ; tradução Alessandra Esteche. - 1. ed. - Rio de Janeiro : Intrínseca, 2023.
        288 p. ; 21 cm.

        Tradução de: The do-over
        ISBN 978-85-510-0919-2

        1. Romance americano. I. Esteche, Alessandra. II. Título.

23-86592   CDD: 813
                                 CDU: 82-31(81)

Gabriela Faray Ferreira Lopes - Bibliotecária - CRB-7/6643

[2024]
Todos os direitos desta edição reservados à
EDITORA INTRÍNSECA LTDA.
Av. das Américas, 500, bloco 12, sala 303
22640-904 – Barra da Tijuca
Rio de Janeiro – RJ
Tel./Fax: (21) 3206-7400
www.intrinseca.com.br

Para
os solitários,
os sonhadores,
aqueles que encontram amigos nas páginas dos livros...

VOCÊS IMPORTAM, e garanto
que seu final feliz VAI chegar.
Às vezes, a espera é só um pouco mais longa
na vida real do que na ficção.

PRÓLOGO

VÉSPERA DO DIA DOS NAMORADOS

O Dia dos Namorados, uma data tão repleta de chocolates e corações, divide as pessoas em dois tipos.

Primeiro, temos os apaixonados pela comemoração, românticos incorrigíveis obcecados com a ideia do amor em si. Esse grupo acredita no destino, em almas gêmeas e na ideia de que o universo manda bebês alados praticamente pelados para atirar flechas em determinados solteiros, contagiando-os assim com uma paixão avassaladora e um grande "felizes para sempre".

E temos também os céticos, as criaturas rabugentas que dizem que não passa de uma "data comercial" e defendem que, se o amor verdadeiro existe, ele devia ser declarado de maneira espontânea todos os dias e sem a expectativa de receber presentes.

Bem, eu não faço parte de nenhum desses tipos — mas, ao mesmo tempo, sinto que pertenço a ambos.

Concordo que o Dia dos Namorados é uma data comercial *demais*, mas não vejo problema algum em curtir o ritual consumista da comemoração. Chocolates e flores estão liberados, ainda mais se incluir um vale-presente de uma livraria independente da cidade.

E, sim, acredito que o amor verdadeiro existe. Mas tenho grandes suspeitas de que destino, almas gêmeas e amor à primeira vista sejam invenções das mesmas pessoas que ainda esperam que o Papai Noel apareça com o cachorrinho que elas pediram quando tinham sete anos.

Em outras palavras, eu *com certeza* espero encontrar o amor, mas me recuso a ficar esperando que o destino faça isso acontecer.

Destino é coisa de perdedores.

Amor é coisa de quem sabe fazer um bom planejamento.

Meus pais se casaram no Dia dos Namorados depois de um mês de namoro. Eles se apaixonaram intensa e loucamente aos dezoito anos. De uma hora para outra e sem pensar em coisas como compatibilidade e diferenças de personalidade.

Embora essa atitude impensada tenha levado a, bem, *mim*, também levou a anos de discussões e gritarias que foram a trilha sonora da minha infância. Até que o relacionamento descambou para um término acalorado no jardim da nossa casa, ao lado da fonte com querubins.

Mas a incapacidade dos meus pais de serem racionais ao lidar com os sentimentos me deu o dom da sensatez, de aprender com os erros deles. Em vez de sair com garotos que me fazem suspirar mas não têm nada a ver comigo, só saio com quem vai bem na minha planilha de prós e contras. Com caras que, no papel (no caso, na planilha do Excel), compartilham pelo menos cinco de meus interesses, têm um plano de vida para os próximos dez anos e cujas vestimentas demonstrem que não são fãs de basquete.

E era por isso que Josh se enquadrava no papel de namorado ideal.

Ele preenchia todos os requisitos da minha lista para namorado em potencial desde que nos conhecemos, e seu desempenho melhorava a cada dia nos três meses que passamos juntos.

Então, naquela véspera do Dia dos Namorados, de frente para meu closet, escolhendo uma roupa arrasadora para o dia seguinte, eu me senti animada. Não com o Cupido ou com surpresas cósmicas épicas — eu estava empolgada com meus planos. Tudo estava muito bem orquestrado: o presente, as palavras que eu ia dizer e o momento apropriado para cada uma dessas coisas... O Dia dos Namorados ia ser exatamente como eu queria.

Perfeito.

Afinal, por que ficar esperando que o destino interfira, uma vez que eu mesma posso trilhar o caminho?

CONFISSÃO Nº 1

Quando eu tinha dez anos, comecei a guardar papeizinhos com confissões numa caixa no meu closet para que, caso acontecesse alguma coisa comigo, as pessoas soubessem que eu era mais que a garotinha comportada que seguia todas as regras.

O PRIMEIRO DIA DOS NAMORADOS

Quando meu alarme despertou, abri um sorriso. Primeiro, era Dia dos Namorados, e eu tinha um namorado de verdade — para completar, ele era um bom partido. Josh era inteligente, lindo e, sem dúvida, o aluno da escola Hazelwood que tinha a maior chance de ser bem-sucedido. Sempre que estudávamos juntos e ele colocava aqueles óculos intelectuais modelo tartaruga, eu podia jurar que meu coração pulava uma batida e disparava aquela doce fisgada que espalha uma sensação calorosa para minhas terminações nervosas.

Em retrospectiva, acho que aquilo devia ser mau funcionamento do meu organismo causado pela alimentação baseada em café e energético. Mas eu ainda não sabia disso.

Empurrei as cobertas e levantei da cama, ignorando o barulho de Logan respirando de boca aberta do outro lado do colchão. Meu meio-irmão de três anos gostava de entrar no meu quarto escondido no meio da noite para dormir comigo porque basicamente me achava incrível.

E Logan tinha razão. Dei uma olhada na agenda aberta em cima da minha escrivaninha e percebi que eu era *realmente* incrível. Cantarolei "Lover", da Taylor Swift, enquanto colocava os óculos e consultava minha lista de afazeres do dia.

Listinha de tarefas para o Dia dos Namorados
- Reorganizar a pasta com as bolsas de estudos para faculdades que pretendo me inscrever
- Estudar para a prova de Literatura
- Lembrar minha mãe de mandar e-mail com a carteirinha do plano de saúde para o escritório
- Lembrar meu pai das reuniões de pais e professores e garantir que ele anote esses compromissos na agenda
- Mandar e-mail para a professora
- Trocar presentes com o Josh
- Dizer "eu te amo" para o Josh!!!!!!!!!!!

Fiquei olhando para o último item, então peguei a caneta e desenhei corações ao redor. Nunca disse *essas* três palavras num contexto romântico antes, e como nosso aniversário de três meses de namoro caía JUSTAMENTE naquela data, era quase como se o universo tivesse planejado aquele momento *para mim*.

Animada, fui até o banheiro e abri o chuveiro. Quando coloquei a mão sob a água para verificar a temperatura, ouvi:

— Emmie, já está saindo?

Aff. Revirei os olhos e entrei embaixo da água.

— Acabei de entrar.

— Joel precisa ir ao banheiro — disse Lisa, a esposa do meu pai, que parecia estar com a boca colada na porta. — É uma situação de vida ou morte.

— Ele não pode ir lá em cima? — perguntei.

Coloquei um pouco de xampu nas mãos e esfreguei a cabeça. Adorava os gêmeos, mas morar com crianças pequenas às vezes era um saco.

— Seu pai está lá — explicou ela.

Soltei um suspiro.

— Me dê dois minutos — respondi.

Apressei o restante do banho, me recusando a deixar que a infeliz interrupção estragasse meu bom humor. Depois de me secar e vestir o roupão, passei correndo pela Lisa e pelo pequeno Joel, que se contorcia, e fui em direção ao meu quarto, que ficava no porão. Sequei meu cabelo cacheado com toda a tranquilidade do mundo — ainda cantarolando músicas românticas —, e então liguei o ferro de passar roupa e desamarrotei a manga direita do meu vestido. Eu sabia que meu melhor amigo, Chris, reviraria os olhos e me diria que eu era louca por me dar ao trabalho… Mas por que deixar a manga amarrotada se eu levaria só dois minutos para passar?

Eu me vesti e fui até a cozinha para devorar uma barrinha de cereal antes de ir para a escola. Quando abri a embalagem, dei uma olhada na torta que estava ao lado do micro-ondas; uma verdadeira tentação. Pois é, aquela linda torta francesa de chocolate devia estar incrível, pensei, dando uma mordida na barrinha de manteiga de amendoim com whey protein, mas começar o dia com açúcar e carboidrato não era uma boa ideia.

Desviei o olhar do doce e me concentrei em mastigar a barrinha proteica.

— Minha nossa, vai devagar.

Meu pai estava sentado à mesa, lendo o jornal e tomando café como fazia todos os dias. Seu cabelo era ruivo flamejante, o original potente da minha versão marrom-acobreada. Ele deu um sorriso sarcástico e continuou:

— Ninguém aqui sabe fazer a manobra de Heimlich.

— Mas isso não é um pré-requisito para ser pai? Como você e a Lisa têm filhos e não sabem desengasgar alguém?

Ele ficou olhando para minha boca cheia.

— Nós achávamos que nossas proles não sugariam a comida feito porcos. Mas pelo visto nos enganamos!

— Sabe o que acontece com quem tira conclusões precipitadas, né? — indaguei.

Ele deu uma piscadinha e voltou para o jornal.

— Sei. As pessoas começam a encher o saco.

Lisa entrou na cozinha com Logan apoiado em um quadril e Joel no outro.

— Ah, por favor, gente — protestou ela. — Podemos não falar essas coisas na frente das crianças?

— Eles não estavam aqui — rebati, com a boca cheia.

— E, na verdade, nós não falamos nada de mais — disse meu pai, dando outra piscadela.

Abri um pequeno sorriso, e Lisa me fuzilou com o olhar.

Eu alternava entre a casa da minha mãe e a do meu pai desde o divórcio, quando ainda estava no ensino fundamental, mas continuava sendo uma nômade que atrapalhava. Era assim nas duas casas. Para ser justa, Lisa não era uma madrasta má: ela era professora do jardim de infância, fazia meu pai feliz e era uma ótima mãe para os gêmeos. Eu só tinha a sensação de que estava incomodando.

Peguei minha mochila e a chave do carro, me despedi e corri para a porta.

O sol estava forte, embora o vento estivesse congelante, e tivesse nevado um pouquinho durante a noite, mas pelo jeito meu pai já tinha limpado as janelas do meu carro. Ouvi o celular tocar nas profundezas da mochila e consegui encontrá-lo a tempo de ver que Chris estava ligando por videochamada.

Atendi e ali estavam meus melhores amigos, sorrindo para mim na frente dos armários vermelhos do corredor da escola.

Sorri para a tela rachada do celular, para minhas duas pessoas favoritas no mundo inteiro.

Roxane tinha a pele negra, maçãs do rosto proeminentes e o tipo de cílios que as pessoas tentam imitar com extensão, e Chris tinha olhos castanhos com pálpebras fundas, uma pele incrível feito porcelana e cabelo preto cacheado que se destacava com perfeição. Se eles não fossem seres humanos incríveis, seria difícil não odiá-los pela aparência.

—Vocês já estão na escola? — perguntei.

— Já. E adivinha quem acabamos de ver? — questionou Chris, arqueando as sobrancelhas.

— Eu quero contar — interveio Rox, entrando na frente de Chris na tela.

— Eu vi, então eu conto — rebateu Chris, empurrando-a. — Josh já chegou. E ele guardou um embrulho no armário. Com certeza é um presente.

Dei um gritinho e comemorei. Em seguida, entrei na minivan antiga que meu pai insistia que era "cheia de personalidade".

— Grande ou pequeno? — indaguei.

— Médio — respondeu Chris.

— O que é bom, né? — disse Rox. — Se fosse grande demais, seria um urso de pelúcia, e pequeno demais seria um cupom valendo abraços grátis. Médio é tudo de bom. Médio é o sonho.

Dei uma risada. O entusiasmo deles me deixava feliz porque até bem pouco tempo ambos não gostavam do Josh. Diziam que ele agia como se fosse melhor do que todo mundo, mas eu sabia que era só porque eles não o conheciam *de verdade*. Josh era tão inteligente e confiante que às vezes isso podia ser *confundido* com arrogância.

Então aquilo era um sinal de que eles estavam mudando de opinião.

O namorado da Rox, Trey, apareceu no fundo e acenou. Retribuí o gesto e desliguei, larguei o celular e pisei no acelerador. Finneas cantarolava docemente na rádio, e cantei a plenos pulmões cada verso de "Let's Fall in Love for the Night".

Mal via a hora de encontrar Josh. Ele tinha se recusado a me dar uma dica sobre o presente, então eu não fazia ideia do que esperar. Flores? Uma joia? Embora tivesse me custado boa parte do salário da cafeteria, comprei a pulseira de relógio que ele queria. Sim, eu estava falida, mas ver o rosto dele se iluminar ao abrir o presente faria tudo valer a pena.

Meu celular vibrou no banco do passageiro e dei uma olhada assim que parei num semáforo.

Josh: Feliz dia. Já chegou? E o que quer primeiro: poema ou presente?

Eu: Poema, com certeza.

Dei um sorriso, e o semáforo ficou verde. Conforme eu percorria o subúrbio, a música na rádio (meu carro obsoleto não tinha nem Bluetooth) mudou para uma gritaria qualquer, então comecei a procurar uma música que combinasse com aquele dia importante.

Billy Joel? Não.

Green Day? Negativo.

Adele? Hummm… talvez combine…

Olhei para o painel do rádio para aumentar o volume e ergui os olhos a tempo de ver que a caminhonete à minha frente tinha parado de repente. Pisei no freio, mas, em vez de parar, os pneus travaram e comecei a derrapar. *Droga, droga, droga!*

Não houve nada que eu pudesse fazer. Bati na traseira do veículo. Com força. Já estava preparada para a batida do carro atrás de mim, mas por sorte ele conseguiu frear.

Quase sem respirar, dei uma olhada e percebi que meu capô estava totalmente amassado. Mas a pessoa da caminhonete estava saindo do veículo, o que significava que ela estava bem. Peguei o celular, abri a porta e desci para ver o tamanho do estrago.

—Você estava no celular, né?

Levantei a cabeça e dei de cara com Nicholas Stark, minha dupla de laboratório de Química.

— O quê? É óbvio que não!

Ele olhou para minha mão, que estava segurando o celular, e ergueu uma sobrancelha.

Qual era a probabilidade de bater no carro de alguém que eu conhecia? E ainda por cima alguém que nunca pareceu gostar muito de mim. Quer dizer, ele nunca foi babaca comigo, mas também nunca foi muito amigável.

No primeiro dia de laboratório, quando me apresentei, em vez de responder "Prazer" ou "Meu nome é Nick", ele apenas me encarou por alguns segundos e disse "Tá", e em seguida voltou a olhar para o celular. Em outra situação, quando eu sem querer derramei energético na mesa que dividíamos e pedi desculpa, em vez de dizer "Imagina" como qualquer pessoa faria, Nick Stark olhou para mim, apático, e declarou: "Talvez você devesse maneirar na cafeína."

Ele era um enigma. Nunca o vi fora da escola, e não parecia pertencer a nenhuma panelinha nem tinha um grupo de amigos. Embora estivéssemos quase no último ano do ensino médio, eu ainda não o conhecia muito bem.

E eu detestava isso.

— Foi você quem parou do nada no meio de uma rua movimentada — declarei.

— Tinha um esquilo atravessando a pista — respondeu ele, quase rosnando.

Respirei fundo e mentalmente recitei meu mantra: *Você está no comando, você está no comando.*

— Olha só, Nick. Não culpe o pe...

Ele apertou os olhos.

— Desculpa, eu te conheço? — interrompeu ele.

Cruzei os braços. Foi a *minha vez* de apertar os olhos.

— Está falando sério? — indaguei.

—Você estuda na Hazelwood?

Ele estava brincando? Nick sempre fora monossilábico comigo, mas aquilo era demais.

— Eu sou sua *dupla de Química* — expliquei. — Sentamos juntos no laboratório o ano inteiro, lembra?

— É você?

Ele analisou meu rosto como se não tivesse certeza se devia acreditar em mim.

— Sim, sou eu!

Já estava ficando estressada. Tinha grandes planos, mas aquele garoto intragável estava me impedindo de fazer o Dia dos Namorados perfeito acontecer.

E também não se lembrava de mim, o que era… Surreal.

—Você tem seguro, né? — perguntou ele.

— Inacreditável — murmurei, olhando para a velha caminhonete vermelha cuja traseira parecia intacta e… velha. — Não estou vendo nenhum estrago. Pelo menos não na traseira.

— Seguro, por favor.

Ele estendeu a mão e esperou. Fiquei com vontade de empurrá-lo por causa daquele gesto que tentava mostrar superioridade, mas Nick era bem mais alto que eu e tinha ombros largos que não pareciam ceder tão facilmente.

Então, em vez disso, peguei a mochila no banco do carona e abri o porta-luvas para pegar o pequeno fichário que deixei ali no dia que ganhei a minivan. Abri a divisória amarela, que era a seção "Em caso de acidente", e tirei o cartão do seguro da capinha de proteção.

Entreguei-o a Nick, que semicerrou os olhos.

— Você guarda seus documentos num caderno?

— Não é um caderno, é um fichário de emergência.

— E a diferença é...?

— É só um jeito de manter tudo protegido e organizado.

Ele olhou para o fichário.

— Tudo? O que mais tem aí?

— Uma lista de mecânicos, guinchos, instruções de primeiros socorros... — Revirei os olhos. — Quer mesmo que eu continue?

Nick me encarou por uns cinco segundos e em seguida resmungou alguma coisa, que pareceu um "Não mesmo". Ele tirou uma foto do cartão com o celular e depois insistiu em chamar a polícia quando começou a sair fumaça da minha minivan. Tentei insistir que estava tudo bem — droga, eu precisava chegar logo à escola e ouvir o meu poema —, até que o motor começou a pegar fogo e os bombeiros tiveram que apagar.

Aff, meu pai ia me matar.

E depois minha mãe ia esconder meu corpo. Não restaria mais nada.

E eu só poderia ouvir o poema do Josh depois do primeiro tempo de aula.

— Aqui, toma — disse Nick, que tinha acabado de pegar um casaco em sua caminhonete. — Sei que não combina com a sua roupa, mas é quentinho.

Quis recusar porque o culpava por todo aquele desastre, mas eu estava congelando. Achei aquele vestidinho rosa da Ralph Lauren bonito demais para cobrir com um casaco, mas isso foi antes de ficar parada no frio, vendo meu carro virar uma fogueira.

— Obrigada — respondi, vestindo o casaco verde-musgo que ia quase até os meus joelhos.

Nick cruzou os braços e observou os socorristas limpando os destroços.

— Pelo menos já era uma lata-velha — comentou ele.

— Acho que você quis dizer "um clássico" — rebati, embora detestasse aquela minivan.

Tinha alguma coisa em Nick e no fato de não ter me reconhecido que me fazia querer discutir com ele.

Ele cruzou os braços e perguntou:

— Você está bem?

Dei um sorriso falso.

— Estou ótima!

Olhei para o celular. Nenhuma notificação. Meus pais não atenderam quando tentei ligar, o que não era uma surpresa. Queria muito mandar mensagem para o Josh, mas evitei lembrar Nick de que talvez eu estivesse distraída quando bati no carro dele.

O policial chegou logo depois dos bombeiros e foi mais ou menos simpático ao preencher o boletim de ocorrência que com certeza me deixaria de castigo.

Aff.

O guincho foi embora com a minha minivan.

— Quer carona? — perguntou Nick. — Já que estamos indo para o mesmo lugar… E você está vestida *assim*.

Olhei para minhas botas de couro marrom e minhas pernas nuas. Percebi que estava cerrando os dentes para evitar que batessem.

— Assim como?

— Com essa roupa ridícula.

— *Ei!*

Nick teve a ousadia de dar um sorriso travesso.

— Não estava criticando seu estilo. Não se preocupe, você se parece exatamente com uma… hã… *namorada de jogador de polo*. Quis dizer que suas pernas estão de fora e está fazendo uns… seis graus negativos. Carona, que tal?

Engoli em seco e enfiei o nariz congelado na gola do casaco. Cheirava a inverno e óleo de motor.

— Hum, sim. Acho que vou aceitar.

— Não vai *agradecer*?

Abri um pequeno sorriso.

— Muito obrigada, meu belíssimo salvador.

— Isso aí.

Entrei na caminhonete, bati a porta pesada e coloquei o cinto de segurança. O motor roncou alto, então Nick desligou o pisca-alerta e partiu em direção à escola. Qualquer que fosse a banda raivosa ressoando naquele rádio antiquado era terrível e barulhenta demais.

— O que é *isso*? — indaguei.

Abaixei o volume daquela porcaria de música e levei meus dedos congelados para a frente do aquecedor.

— Se estiver falando da música, é Metallica. Como assim você não conhece?

— Hum... Deve ser porque tenho bom gosto e não sou um avô.

Isso o fez abrir um sorriso.

— Então o que *você* escuta quando está dirigindo, dupla de Química?

Estava apaixonada pelo álbum *Rumours*, do Fleetwood Mac, mas dei de ombros.

— Meio que só escuto a rádio.

— Coitadinha, desprovida de música de qualidade.

—Você quis dizer privada de gritaria ininteligível.

Ele aumentou o volume e sorriu para mim.

— Escuta um pouco. A raiva deles dá uma sensação boa, né? Sinta, Bico de Bunsen... respire a música.

— Não, valeu.

Bico de Bunsen... Que engraçado. Balancei a cabeça, mas não consegui conter um sorriso quando o Metallica soltou o título da música, "Blackened", em um grunhido que preencheu a caminhonete.

— Eu posso lidar com a minha própria raiva, obrigada — completei.

Depois de um tempinho em silêncio, Nick abaixou o volume da música e deu a seta quando nos aproximamos do estacionamento da escola. Mudou a marcha, que ficava ao lado do volante, reduzindo para a segunda ao virar.

— Nossa. Esta caminhonete tem câmbio de três marchas na coluna de direção? — perguntei, talvez parecendo entusiasmada demais.

Ele franziu o cenho.

— Como é que *você* sabe dessas coisas?

Cruzei os braços, me sentindo descolada.

— Eu sei de várias coisas — declarei.

Ele sorriu, travesso.

— Bem, é muito bom saber disso.

Espera... Será que ele achava que eu estava dando em cima dele?

— Não foi *isso* que eu quis dizer.

Nick deu uma risadinha profunda e rouca, e eu senti minhas bochechas queimarem.

Continuei:

— Meu pai tinha um carro assim... Ah, deixa pra lá.

Ele entrou no estacionamento.

— E ele te ensinou a dirigir? — perguntou ele.

— O quê? — questionei, pegando o brilho labial da mochila.

— Seu pai ensinou você a dirigir o carro com câmbio na coluna de direção?

— Não.

Abaixei o quebra-sol para me olhar no espelho e passei o brilho labial. Lembrei-me de todas as vezes que meu pai prometeu me ensinar e acabou ficando ocupado demais com o trabalho ou com os meus irmãos e não cumpriu a promessa.

A caminhonete deu um arranco quando Nick virou no fim da primeira fileira de carros.

— Que pena — disse ele. — Todo mundo devia saber dirigir um carro manual.

É, devia mesmo.

Fechei o quebra-sol e pensei no carro do meu pai, um Porsche maravilhoso que sempre disse que seria meu quando terminasse de ajustar o câmbio.

Mas fazia três anos que ele tinha terminado.

— A propósito, você contou aos seus pais que seu carro pegou fogo? — indagou ele, dando uma olhada para meu celular, como se estivesse esperando que eu começasse a escrever uma mensagem.

Olhei pela janela. Por um lado, era bom que nenhum dos dois tivesse me ligado de volta, porque adiava o problemão em que eu estava prestes a me meter. Mas também doía um pouco que eles não se preocupassem com o motivo pelo qual eu tinha tentado entrar em contato quando devia estar na escola.

Em vez de explicar emoções complicadas, respondi:

— Não, pensei em fazer surpresa.

— Boa ideia.

Nick estacionou numa vaga coberta de neve, e me lembrei de que ainda era Dia dos Namorados. Eu podia ter destruído meu carro e logo meus pais iam acabar comigo, mas em alguns minutos estaria com Josh. Ele leria poesia para mim, me daria meu presente, eu diria aquelas três palavrinhas mágicas e todo o restante desapareceria.

Nick desligou o motor, e eu abri a porta.

— Bem, espero que você tenha um bom Dia dos Namorados.

— Que se dane o Dia dos Namorados — respondeu ele, falando como se eu tivesse acabado de ofendê-lo. — Odeio essa droga de dia.

Desci da caminhonete, tirei o casaco e o devolvi quando ele deu a volta no carro.

— Bem, então tenha um bom dia — declarei.

— Beleza. Obrigado — respondeu ele, jogando o casaco na traseira da caminhonete.

CONFISSÃO Nº 2

*Uma vez acionei o alarme de incêndio de um hotel porque
meus pais não acordavam e eu queria ir para o parque
da Disney antes que fizessem fila para ver a Bela.*

— Emilie, estão chamando você na coordenação.

O sr. Seward, o professor do segundo tempo, acenou um pedaço de papel — uma autorização para sair da sala.

— Ah...

Fechei o livro que não devia estar lendo no meio da aula, levantei e peguei a mochila. Eu estava no meio de uma cena erótica bem intensa, então minhas bochechas ficaram vermelhas; parecia que eu tinha sido pega no flagra.

— Aaaah... Emmie se deu mal.

Sorri para Noah, melhor amigo do Josh. Ele era um jogador de tênis que nunca havia me dirigido a palavra até eu começar a namorar o Josh. Que, aliás, ainda não encontrei porque Nick e eu chegamos bem a tempo de entrar para a primeira aula. Até aquele momento, o dia não estava saindo como o esperado.

— Você me conhece — retruquei.

Enfiei o livro na mochila, peguei a autorização e saí da sala.

Senti falta do casaco enorme do Nick Stark ao caminhar pelo corredor vazio. Estava morrendo de frio desde que o devolvi. Eu sabia que Josh não teria nada assim tão útil no armário — no máximo eu encontraria aquele cardigã leve azul-

-marinho, mas estava com tanto frio que talvez passasse lá para pegar.

Olhei para o celular, mas a única mensagem era do meu chefe pavoroso tentando me convencer a trabalhar fora do meu horário.

Não no Dia dos Namorados, senhor. Ou sr. Bafo de Onça, que era como eu o chamava em segredo.

O que podia parecer cruel, mas ele era *mesmo* pavoroso. Era famoso por cortar as unhas na sala de descanso, ficava no Tinder enquanto trabalhava embora fosse casado e nunca tinha ouvido falar em "espaço pessoal". Do contrário, como eu saberia tanto sobre seu mau hálito?

Coloquei o celular no bolso do vestido e me perguntei por que teriam me chamado na coordenação, mas não estava preocupada. Na semana anterior, fui informada de que tinha ganhado a bolsa de estudos do curso de verão Alice P. Hardy de Excelência em Jornalismo, então devia ser sobre isso.

Ainda precisava me beliscar de vez em quando para ter certeza de que não estava sonhando. Não só tinha sido aceita no prestigiado curso, durante o qual ficaria hospedada por um mês num apartamento em Chicago e estudaria ao lado de cinquenta outros estudantes, como também não precisaria pagar por nada disso.

Estava superentusiasmada com a oportunidade, ainda mais com o quanto isso me ajudaria nas inscrições para a faculdade. A maioria dos meus amigos ainda não se importava muito com isso, mas eu ia garantir a faculdade que quisesse nem que isso custasse minha vida.

A sra. Svoboda, secretária da escola, sorriu para mim e fez um gesto indicando que eu entrasse na sala da coordenação.

— Olá, Emilie — disse ela. — Pode ir até a sala do sr. Kessler. Ele está esperando você.

— Obrigada.

Fui até lá e estava levantando a mão para bater à porta semiaberta quando ele gritou:

— Aí está ela. Entre, Emilie.

Entrei e vi a mulher que tinha me entrevistado para a bolsa do curso de verão. Ela estava sentada em uma cadeira, segurando uma xícara de café e me olhando fixamente.

— Ah. É... oi. É um prazer revê-la.

Não esperava encontrá-la, mas logo me recuperei e apertei sua mão com firmeza. A mulher, a sra. Bowen, se atrapalhou ao pegar minha mão e pareceu chocada com o cumprimento.

— O prazer é meu, embora eu preferisse reencontrá-la em circunstâncias diferentes.

Mesmo com o aviso, não imaginei que a notícia pudesse ser *tão* ruim. Esperava que ela dissesse que eu precisava de mais uma referência, ou talvez que eles precisassem de uma foto 3x4 com urgência.

Eu me sentei na beirada da cadeira no canto da sala.

— Ah, é?

— Infelizmente houve um erro na avaliação das inscrições. Chegou ao nosso conhecimento que alguns dos números foram digitados incorretamente.

De repente, senti meus batimentos cardíacos acelerarem um pouco. *Como assim?*

— Isso significa que...?

— Isso significa que, na verdade, você *não* conseguiu a bolsa. Sinto muito.

Parece clichê, mas *senti* minha pressão sanguínea ir embora. Tipo, eu senti isso acontecer de verdade. Vi estrelinhas diante dos meus olhos e minha audição ficou abafada quando entendi o que aquilo significava.

Não iria viajar no verão.

Não teria um curso de prestígio para incluir nas minhas inscrições da faculdade.

Não compartilharia da mesma felicidade que Josh quando ele fosse para o ilustre curso em que fora aceito e me deixasse para trás.

Não seria aceita na Universidade do Noroeste.

— Emilie?

O sr. Kessler apertou os olhos e pareceu temer que eu desmaiasse. *Até parece.* Tive vontade de fazer várias coisas naquele momento, a maioria delas atitudes bem violentas, mas desmaiar não estava na lista.

Coloquei o cabelo atrás da orelha e tentei oferecer um sorriso educado.

— Então é isso? — perguntei.

A sra. Bowen assentiu, com um sorriso desanimado.

— Lamentamos muito — declarou ela.

Dei de ombros e sorri de volta.

— Bem, fazer o quê, né? Essas coisas acontecem. Agradeço pela oportunidade.

A mulher inclinou a cabeça, como se não conseguisse acreditar que eu não estava surtando. *Acredite, senhora, aprendi que surtar nunca resolve as coisas.*

— Nenhum pedido de desculpas parece suficiente, Emilie — insistiu ela.

Pigarreei e levantei.

— Eu entendo. Obrigada por me avisar.

Saí com a cabeça erguida e fui direto para o banheiro. Detestava chorar, mas havia um nó enorme de tristeza em meu peito que ameaçava estremecer meu mundo se eu não parasse por um instante.

Mandei mensagem para meus pais, mas nenhum deles respondeu.

Era tão humilhante se sentar no vaso sanitário e chorar, mas aquele foi um golpe e tanto. Tudo pelo que eu estava batalhando tinha acabado de ser arrancado das minhas mãos.

Quando o assunto da faculdade surgiu pela primeira vez depois do divórcio, meus pais explicaram que, se eu quisesse estudar fora da cidade, teria que conseguir uma bolsa de estudos que financiasse a graduação. Parece que o divórcio fez um grande rombo nas economias deles, ainda mais por causa de toda aquela briga com os advogados, então não havia dinheiro reservado para meus estudos.

Levei isso a sério e me dediquei à excelência educacional. Desde aquela fatídica conversa, eu sempre me esforçava e conseguia a nota máxima em todas as matérias, escrevia para o jornal da escola com excelência e já tinha feito a prova para ingressar na faculdade cinco vezes, embora minha nota tenha sido ótima logo na primeira tentativa.

Cada ponto contava, afinal.

Mas para ser aceita em um lugar como a Universidade do Noroeste, a faculdade dos meus sonhos, era preciso perfeição. Ainda mais sem apoio financeiro. Eram necessárias atividades extracurriculares impecáveis, ótimas cartas de recomendação e uma infinidade de horas de voluntariado. Precisava preencher todos os requisitos.

E, *mesmo assim*, talvez eu não conseguisse.

Além disso, havia algo que eu não queria admitir para mim mesma: não queria deixar Josh ganhar. Tínhamos a mesma média escolar e eu ficava irritada quando ele me ultrapassava. Não suportava aquele olhar presunçoso quando ele conseguia uma nota maior que a minha. E quando isso acontecia, não era exatamente *afeto* o sentimento que tomava conta de mim.

Passei mais alguns minutos recuperando o controle das minhas emoções antes de enxugar os olhos e me levantar. Afinal, era

Dia dos Namorados. Eu ia aproveitar cada minuto daquela data gloriosa e *não* ia pensar em outra coisa até o dia seguinte.

Havia mais dois itens escritos em vermelho na minha lista de afazeres — trocar presentes e dizer "eu te amo". Eu ia focar nisso e esquecer o resto.

CONFISSÃO Nº 3

Tenho uma carteira de motorista falsa perfeita.

Entre uma aula e outra, passei no armário do Blake, amigo do Josh, para perguntar se ele havia visto meu namorado. Ainda não tínhamos nos encontrado, e eu precisava vê-lo com certa urgência. Seria impossível termos o Dia dos Namorados perfeito que eu havia planejado se não estivéssemos juntos.

Blake estava encostado na parede, digitando no celular.

—Você viu o Josh? — perguntei. — Ele geralmente fica no refeitório quando tem tempo livre, mas não o encontrei em lugar nenhum.

— Não.

Ele olhou para o horizonte, parecendo não perceber minha presença, como sempre. Nunca entendi se Blake me odiava ou se tinha medo de mim, e isso me deixava desconcertada. Chris sempre dizia que eu tinha uma necessidade preocupante de que as pessoas gostassem de mim, e sempre achei que ele estava enganado, exceto na presença de Blake.

— Não faço ideia de onde ele está — continuou ele.

— Ah… Bem, obrigada.

Virei e me senti boba pelo simples fato de existir. Blake era o tipo de cara que fazia com que as pessoas se sentissem assim.

Conheci Josh quando nós dois fomos escolhidos como monitores de Matemática. Aparecemos na coordenação no mesmo minuto, e eu quase me engasguei quando ele segurou a porta para mim e abriu um sorriso. Eu sabia quem Josh era, mas quem não sabia?

Josh era o garoto modelo para quem se dedicava à excelência educacional.

Ele não só era uma espécie de sósia daquele ator lindo chamado Timothée Chalamet, mas também tinha a vida toda organizada. Clube de Debate, Programa de Empreendedorismo, Simulação de Júri — não bastava participar de todas essas atividades extracurriculares, ele era o melhor em todas elas.

E sabia disso.

Josh exibia a confiança de quem tem certeza de que sabe mais do que qualquer pessoa. Fazia referência a William Shakespeare e John Steinbeck em discussões corriqueiras como se não fosse nada, estava sempre conversando com os professores durante os intervalos e se vestia como se fosse um professor universitário, com acessórios de couro e tudo.

Fui atraída por seu sorriso, mas foi sua capacidade de análise minuciosa da peça *Tito Andrônico* que fez com que eu me apaixonasse. A maioria das pessoas nunca leu minha peça favorita de Shakespeare (e a mais brutal de todas), mas fiquei encantada ao descobrir que também era a favorita dele. Passamos vinte minutos conversando sobre Tito, Tamora e a paisagem infernal que teria sido a Roma patriarcal, e Josh pareceu tão perfeito para mim que arrisquei. Sorri e perguntei se ele queria estudar comigo depois da escola na Starbucks.

Precisei ligar para o trabalho e dizer que estava doente para fazer dar certo, mas sabia que valeria a pena. Porque, em todos os sentidos, Josh era o cara perfeito para mim.

Estava me arrastando até meu armário quando tive uma ideia brilhante. E se eu deixasse o presente do Josh no banco da frente do carro dele? O sr. Carson sempre deixava que ele fosse comprar café durante o intervalo de estudos, e assim eu não ficaria parada e constrangida enquanto ele abrisse, porque não estaria junto. Quando visse meu presente incrível, Josh correria para me encontrar e me entregar o seu.

Saí de fininho pela porta lateral e fui em direção ao carro dele, um MG cupê de 1959 que ele restaurou com o pai e amava mais do que qualquer coisa. Era uma estética bem James Bond. Mas, quando me aproximei o bastante para tocar o enfeite do capô, eu vi...

O quê?

Sob o sol fraco do inverno, semicerrei os olhos. Josh estava no carro, sentado ao volante. Mas não estava sozinho.

Ele estava de frente para alguém no banco do passageiro. No reflexo da janela, só enxerguei um cabelo loiro comprido. Que por acaso era a característica mais marcante da Macy Goldman, a garota lindíssima com quem Josh saía antes de mim. O motor ligou e eu dei um salto.

Senti meu estômago embrulhar, embora eu estivesse tentando me convencer de que eles eram apenas amigos. Josh com certeza estava indo comprar café, e ela devia querer um também, então estava indo junto para ajudá-lo a trazer tudo.

Quando ia me aproximar e bater na janela, o que eu não podia acreditar aconteceu. Parada ali com o presente nas mãos, o embrulho estampado com corações vermelhos, vi Macy de repente se aproximar dele e colocar as mãos em seu rosto.

Paralisada, vi a garota segurar o rosto dele por um instante e em seguida lhe dar um beijo. Parei de respirar. *Empurre-a, empurre-a, por favor, Josh*. Então...

Então...

Comigo ali no estacionamento congelante, segurando seu presente do Dia dos Namorados, Josh retribuiu o beijo.

— NÃO!

Só me dei conta de que falei isso em voz alta quando eles se separaram e olharam para mim. Josh abriu a porta no mesmo instante, mas eu não ia ficar ali para conversar. Virei e voltei em direção à escola.

— Emmie, espera!

Ouvi seus passos, e em seguida sua mão tocou meu braço. Hesitei, e Josh me virou.

— *O quê?* — soltei, segurando as lágrimas.

Josh passou a mão no cabelo, confuso.

— *Ela* me beijou, Emmie! — disse ele depressa, uma fumaça saindo de seus lábios enquanto falava. — Tenho certeza de que foi uma cena horrível, mas eu juro pela minha vida que *ela* me beijou.

Josh também estava com lágrimas nos olhos, e naquele momento quis socar sua boca. Tinha planejado dizer "eu te amo", mas o brilho labial *dela* estava nos lábios *dele*.

—Você tem que acreditar em mim — insistiu ele.

— Saia de perto de mim — declarei, entredentes.

Virei e o deixei ali no estacionamento.

CONFISSÃO Nº 4

Uma vez enfiei um mata-moscas no ventilador de um vizinho,
só para ver o que ia acontecer. O ventilador explodiu.

Precisei fingir que estava prestes a vomitar — e foi necessário interpretar a cena completa, inclusive cobrir a boca e correr até o banheiro — para convencer a enfermeira a me liberar e me deixar ir para casa.

Mas depois que consegui ser liberada, lembrei que não tinha mais carro.

Ou seja, para piorar a situação, tive que ir andando. Fazia cinco graus negativos e havia neve na calçada, então precisei me arrastar entre os montinhos de gelo de botinha e vestido curto.

Nick Stark tinha razão. Aquela roupa era ridícula.

Enfiei o papel com a minha liberação na mochila e, quando estava prestes a sair da escola, ouvi:

— Emilie!

Virei e vi Macy Goldman andando na minha direção. Quis ignorá-la, ou talvez puxar seu cabelo, mas parte de mim queria ouvir o que ela tinha a dizer. Macy correu até mim, sem fôlego.

— Escuta… Só queria que você soubesse que Josh está falando a verdade. Estávamos indo comprar café, só conversando no carro, e *eu* o beijei. Não está acontecendo nada entre a gente.

Eu me arrependi de ter aceitado escutá-la, porque, de perto, Macy era ainda mais linda.

— Fui eu que o beijei. Ele não fez nada de errado — insistiu.

Ela olhava para mim de um jeito nervoso, e eu estava me sentindo surpreendentemente anestesiada.

— Então... você gosta dele? — perguntei.

Percebi que Macy ficou muito constrangida. Ela comprimiu os lábios.

— Ah, tipo...

Balancei a cabeça, de repente exausta de tudo.

— Deixa pra lá. Não importa.

— Importa, sim, porque o Josh...

— Não posso conversar com você agora.

Virei e saí da escola.

Queria viver uma história de amor que fosse melhor do que a dos meus pais, um relacionamento duradouro. Uma que não acabasse com os vizinhos chamando a polícia quando minha mãe arrancou a cabeça da estátua de Cupido da fonte que ficava no quintal e jogou no meu pai. Mas, naquele momento, depois de tudo, meu coração estava tão partido quanto naquele dia terrível.

Comecei a me arrastar até em casa, tentando sobreviver ao vento cortante que batia em meu rosto. Ainda bem que meu pai morava no bairro vizinho; se fosse mais longe eu poderia acrescentar outra surpresa àquele fatídico Dia dos Namorados: hipotermia.

Escutei meu celular tocar e quis gritar ao ver que era meu chefe de novo. De toda a equipe, eu *sempre* era a única que cedia, então ele *sempre* me ligava porque sabia que eu aceitaria qualquer proposta. Guardei o telefone sem atender.

Quando finalmente cheguei em casa, fiquei surpresa ao ver o carro do meu pai estacionado na entrada. Ele geralmente estava no trabalho àquela hora.

Abri a porta da frente e entrei.

— Oi? Pai?

Ele estava na sala de estar.

— Oi, filha. O que está fazendo em casa?

— É que... eu passei mal.

— Está tudo bem?

Assenti, embora não estivesse bem. Aquele dia deveria ser perfeito. Pela primeira vez, eu não ia relembrar a data em que minha família se separou, e sim sentir a emoção de dizer "eu te amo". Eu tinha feito o que precisava; havia encontrado o cara perfeito. E aquela data estava reservada para o *amor*.

Mas agora parecia que eu ia terminar o dia sem dizer ou ouvir uma declaração de amor. E provavelmente com dor de barriga, enterrada sob uma pilha de embalagens de chocolate.

Talvez eu devesse acrescentar isso à lista de afazeres.

— Olha, na verdade, estou feliz que esteja em casa, porque quero conversar com você antes que os meninos cheguem.

— Ah, é...? — respondi.

— Sente aqui comigo — chamou ele, fazendo um gesto indicando que eu fosse até lá e se jogou no sofá, dando um tapinha no lugar ao seu lado. — Nem sei como te dizer isso...

Quantas vezes é possível passar por uma situação dessas em um só dia?

Eu me sentei ao seu lado, fechei os olhos e imaginei Josh beijando Macy Goldman.

— Fala logo. Não deve ser tão ruim assim.

Meu pai soltou um suspiro.

— Ganhei uma promoção, mas teríamos que nos mudar para Houston.

Arregalei os olhos.

— No Texas?

— No Texas.

— Uau.

A cidade ficava a umas quinze horas de carro de onde eu morava, em Omaha, Nebraska.

Antes que eu pudesse dizer qualquer coisa, ele continuou:

— Depois de pensar bastante, resolvi aceitar.

Aquelas palavras foram um soco no estômago. Como a guarda compartilhada ia funcionar com ele do outro lado do país? Respirei fundo, trêmula.

— Sério? — questionei.

Ele abriu um sorriso largo e verdadeiro, como se estivesse muito entusiasmado com a notícia e nada preocupado com o fato de que eu não compartilhava dessa alegria.

— Sério! É uma ótima oportunidade, e você sabe que a família toda da Lisa mora em Galveston, no Texas, então seria bom para os meninos estar mais perto dos avós. Você vai para a faculdade logo, o que significa que isso não vai te afetar tanto.

— Daqui a um ano e meio. Eu vou para a faculdade daqui a um ano e meio. — Pigarreei e me enterrei um pouco mais fundo no sofá, tentando não parecer emotiva. — Quando seria a mudança?

— Mês que vem. Mas sua mãe e eu conversamos, e nós dois achamos que, como você tem dezesseis anos, já pode decidir o que quer fazer.

Senti o mundo girar.

— Como assim?

—Veja bem, como você se forma ano que vem, tenho certeza de que não quer se mudar e ir para uma escola nova. A gente conversou sobre isso e… Sem brigar! Eu sei, surpreendente, né? Enfim, chegamos à conclusão de que você pode ficar com ela até ir para a faculdade, se for o que você quiser.

— Qual é a outra opção?

Ele pareceu surpreso com a pergunta, provavelmente porque sabia o quanto eu gostava do Josh e dos meus amigos da escola.

— Bem — começou, passando a mão na cabeça —, você pode ir para o Texas com a gente. Mas achei que essa não seria sua escolha.

Pisquei rápido e me senti um pouco sufocada, como se eu estivesse no mar e ondas quebrassem sobre mim, me impedindo de respirar. Meu pai e sua família perfeita iam se mudar para o Texas. E ele não via problema algum em me deixar para trás.

Como ele podia pensar em se mudar para o outro lado do país sem mim? Em sua defesa, a nossa dinâmica familiar era tão disfuncional que ele provavelmente não fazia ideia do quanto era importante para mim.

Sempre fui uma boa filha, do tipo com que os pais não precisam se preocupar. Sempre fazia o dever de casa, nunca respondia, seguia as regras e concordava feliz com tudo o que eles queriam. Numa família comum, esse comportamento deixaria os pais orgulhosos, né?

Mas numa família como a minha, isso fazia com que eu fosse esquecida.

Depois do divórcio, meu pai tinha uma casa nova, uma esposa nova e dois novos filhos; uma vida mais do que completa. Minha mãe tinha uma casa nova, um marido novo, adotou um cachorro que ela tratava como se fosse um bebê e uma nova carreira que ocupava a maior parte do seu tempo. Então a mim cabia desempenhar o papel dos destroços do casamento anterior, indo de uma casa para a outra, aparecendo nos dias designados pela justiça e surpreendendo a ambos com minha presença.

Perdi a conta de quantas vezes entrei na casa de um deles e ouvi "Ah, pensei que você fosse ficar na sua mãe/no seu pai hoje". Também perdi a conta de quantas reuniões na escola ou consultas no dentista foram perdidas porque os dois achavam que o outro fosse me levar. Ou de quantas vezes dormi na casa da minha avó sem contar para nenhum deles e ninguém tentou saber onde eu estava.

Eu era uma filha muito boa para que meus pais se preocupassem.

Então eles não se preocupavam.

Nunca.

Dito isso, eles eram muito diferentes. Minha mãe era Ambiciosa, com A maiúsculo. Estava sempre trabalhando e parecia pensar que seu principal papel como mãe era garantir que eu seguisse os passos dela. Meu pai, por outro lado, era engraçado, tranquilo e me tratava de um jeito carinhoso, exceto quando estava distraído pela nova vida linda. Nos momentos em que estávamos juntos, continuávamos a mesma dupla unida de pai e filha. Eu *adorava* meu pai.

Mas, se eu não estivesse bem ali na sua frente, ele às vezes se esquecia de mim.

Naquele momento, ele me olhava com cautela, obviamente esperando uma resposta.

Será que uma pequena parte dele queria que eu fosse? Ou... será que uma pequena parte dele queria que eu NÃO fosse? Dei de ombros e tentei sorrir.

— Vou precisar pensar um pouco, tudo bem? — respondi, por fim.

Meu pai assentiu e mudou o assunto para o carro destruído. Tinha visto minha mensagem na hora do almoço, mas já era tarde demais para me ligar. Falou bastante sobre prestar atenção no trânsito e não ficar perto demais do carro da frente, mas eu só conseguia pensar no fato de que teria que memorizar o som do meu pai chegando em casa, para não esquecer.

Só conseguia pensar que ele não via problema algum em me deixar para trás. Com a mulher de quem se divorciou e com quem dizia que era "impossível de conviver".

Fui para meu quarto e liguei para minha avó.

— Alô?

— Oi, vovó.

Funguei e tentei manter tudo sob controle. Sentia que, se relaxasse por um único segundo, nunca mais ia conseguir parar de chorar.

— Eu, hã… Preciso ir aí. Pode vir me buscar?

—Você está na escola?

Olhei pela janela e percebi que o sol tinha se escondido atrás das nuvens, deixando o céu cinza-escuro.

— Não. A enfermeira me mandou para casa mais cedo. Estou na casa do meu pai.

Ela fez um barulhinho com a boca.

—Você está doente?

— Não, não é isso — respondi, abraçando meu joelho. — Eu vi Josh beijando outra garota, então fingi que estava passando mal. Precisava sair de lá.

— Aquele pestinha… Estou indo.

Doze minutos depois, minha avó chegou em seu Mustang 1969. Eu soube que era ela sem precisar conferir, porque seu amado carro esportivo preto roncava como uma fera. Desci as escadas correndo.

— Estou indo para a casa da vovó Max — avisei.

Meu pai olhou para mim, confuso, e percebeu que eu estava chateada.

— Que horas você volta? — perguntou ele.

Peguei a mochila do chão.

— Ela disse que eu posso dormir lá.

Lisa saiu da cozinha parecendo irritada. Não percebi que ela estava em casa.

— Mas eu acabei de colocar o frango no forno, Emilie — protestou ela.

— Ah, obrigada. Eu esquento amanhã.

Lisa franziu a testa e olhou para meu pai antes que eu escapasse pela porta.

CONFISSÃO Nº 5

*Minha avó me ensinou a fritar os pneus do
carro dela quando eu tinha quatorze anos.*

— A sopa vai ficar pronta em vinte minutos.

— Que maravilha. Obrigada.

Eu estava deitada no sofá de veludo, envolta em tristeza e no cheiro de sopa, encarando a TV.

Minha avó trouxe uma manta e cobriu minhas pernas.

— Sabe, querida... você vale muito mais do que o Josh ou qualquer outro garoto.

— Eu sei.

Mas não era bem assim. Não queria ouvir palavras gentis quando, na verdade, eu nunca fui boa o bastante para Josh.

Ele mandou mensagem cinco vezes desde que fui para casa.

Josh: A gente pode conversar?

Josh: Você foi embora?

Josh: Me encontra no meu armário depois da aula? Por favor.

Josh: Estou indo para a biblioteca agora, mas eu não fiz nada de errado, Emmie. Acredita em mim, vai? Isso não é justo.

Josh: Agora estou chateado. Me ligue.

Estava arrasada demais para formar frases coerentes. Sempre que tentava responder, o que acontecia de cinco em cinco minutos, mais ou menos, acabava chorando e lembrando do beijo de Josh e Macy.

— Às vezes, não entendo por que você se recusa a dizer as palavras que estão na ponta da sua língua — comentou minha avó, indo até a cozinha para abaixar o fogo. — *Eu* tenho o privilégio de ouvir você liberar sua raiva. Mas os outros também deviam ter. Você não é uma máquina de agradar as pessoas. Permita que sua raiva incendeie algumas cidades! — Seu tom era agressivo, e ela mexia a sopa.

— O que quer que eu faça, vovó? Desconte tudo nos outros?

Ela me olhou por sobre o ombro.

— Um pouquinho, sim. Pare de querer deixar todo mundo feliz.

— Não sou tão boa nisso quanto você — retruquei. — É mais fácil dizer o que as pessoas querem ouvir.

Minha avó Max era feroz e incapaz de perder uma discussão. Ela tirou duas tigelas do armário e começou a enchê-las de sopa.

— Mas isso não te consome por dentro? — indagou ela.

Dei de ombros. Já estava em pedaços por dentro, estilhaçada, qualquer que fosse o motivo. Pensei no Josh e senti meu coração pesar. Se ele não era a pessoa certa para mim, o que é que eu sabia sobre o amor... ou sobre qualquer coisa, afinal? Fazia horas que eu tinha ido embora da escola, e achava que já devia ter encontrado alguma resposta, mas só me sentia vazia.

Joguei a manta no sofá, fui até a mesa e sentei ao lado da minha avó, pensando na mais nova decisão terrível que precisava tomar. Já tinha sentado àquela mesa com ela centenas de vezes. Será que eu poderia mesmo deixá-la e me mudar para o Texas? Ela disse que ficaria bem se eu decidisse ir, mas será que *eu* ficaria bem? Minha avó era uma das minhas melhores amigas e a única pessoa para quem eu estava pronta para contar sobre a possível mudança. Gostaria de dizer que estava preocupada com como minha avó viúva ia sobreviver sem mim, mas na verdade era o contrário.

Ela tomou uma colherada de sopa.

— Pimenta!

— O quê?

Ela foi até o fogão e começou a mexer na panela.

— Eu me distraí e esqueci de colocar pimenta. Pegue e coloque um pouco na sua tigela antes de comer.

— Deve estar óti…

— Não seja preguiçosa. Vá pegar a pimenta no armário e tempere sua sopa direito.

Fui até o armário e peguei o pimenteiro em formato de gato rajado.

— Duvido que a pimenta faça tanta diferença assim — comentei.

— Fique quieta e coloque a pimenta — replicou ela.

Coloquei pimenta na tigela, sentei e levei a colher à boca. Mas em vez de sentir o gosto maravilhoso do tempero da minha avó, minha boca pegou fogo.

— Ai!

Senti um choque percorrendo meu corpo inteiro. A colher caiu no chão, e peguei o copo de leite que minha avó tinha colocado ao lado da tigela. Bebi tudo, mas continuava sentindo a queimação. Corri até a pia da cozinha e coloquei a boca embaixo da torneira, abrindo-a e sugando cada gotinha.

— Minha nossa, Emilie, o que deu em você? Colocou pimenta demais?

Limpei a boca com as costas da mão. Ainda estava queimando, mas já não parecia que a saliva ia corroer meus dentes.

— Não sei o que tem naquele pimenteiro, vovó, mas não é pimenta. Minha boca ainda está queimando e eu não coloquei quase nada.

Minha avó semicerrou os olhos.

— Caramba! Você usou o do gato rajado?

— Tem um P nele. Achei que era pimenta — expliquei.

Seus olhos brilharam um pouco, mas ela não sorriu.

— Esse pimenteiro horroroso foi um presente de casamento da minha sogra. Está guardado desde que ganhei, há cinquenta anos. Nem sabia que tinha alguma coisa nele.

— Está me dizendo que comi o que tinha naquele pimenteiro que a minha bisavó Leona te deu? Meio século atrás?

Vovó sorriu para disfarçar a risada.

— E se for aquelas bolinhas de sílica? — questionei.

Minha avó colocou um pouco do que havia no pimenteiro na mão. Ela a levou até o nariz e cheirou.

— Não… Parece pimenta, mas uma pimenta bem velha.

— Pimenta de cinquenta anos. Que maravilha — disse, sentindo um gosto de fundo de lixeira na boca. — Chega. Vou dormir.

— Mas ainda são sete horas.

— Eu sei, mas parece que cada minuto acordada neste dia terrível é um risco à minha vida. Até agora, este Dia dos Namorados destruiu meu carro, cancelou minha bolsa de estudos do curso de verão, acabou com meu namoro, mandou meu pai para longe e talvez tenha me envenenado. Vou ler até dormir, antes que fique pior.

— Pior do que está não fica.

— Pois é.

Fui até o armário e peguei os lençóis que minha avó sempre deixava separado para quando eu fosse dormir lá.

— Mas é melhor pecar pelo excesso… Excesso de cautela, no caso. Só para garantir.

CONFISSÃO Nº 6

*Escrevi minhas iniciais em todos os livros que peguei
na biblioteca desde o início do ensino fundamental.*

SEGUNDO DIA DOS NAMORADOS

Meu celular começou a tocar "Walking on Sunshine", da Katrina and the Waves, às seis da manhã. Despertei e semicerrei os olhos para conseguir olhar para a tela no escuro. Calma, seis horas? Parecia que eu não tinha dormido nada. Era como se eu tivesse *acabado* de...

Espera, como assim?

Encarei os adesivos que brilhavam no escuro; tinha os colado no teto do meu quarto quando estava no ensino fundamental. Quando voltei para casa? Empurrei as cobertas e levantei da cama, olhando para a boca aberta do Logan, que estava esparramado sobre os lençóis. Eu me lembrava de ter dormido na casa da minha avó na noite anterior, mas não de ter voltado para casa.

Eu estava exausta. Aquele dia terrível tinha sugado cada gotinha da minha energia, então era bem possível que eu estivesse cansada a ponto de não lembrar da minha avó me levando para casa.

Olhei para minha agenda aberta em cima da escrivaninha, estava exatamente como no dia anterior.

Listinha de tarefas para o Dia dos Namorados
– Reorganizar a pasta com as bolsas de estudos
para faculdades que pretendo me inscrever
– Estudar para a prova de Literatura
– Lembrar minha mãe de mandar e-mail com a
carteirinha do plano de saúde para o escritório
– Lembrar meu pai das reuniões de pais e professo-
res e garantir que ele anote esses compromissos na
agenda
– Mandar e-mail para a professora
– Trocar presentes com o Josh
– Dizer "eu te amo" para o Josh!!!!!!!!!!!!

Pisquei várias vezes conforme tudo o que tinha acontecido no Dia dos Namorados voltava à memória.

Josh e Macy, o curso de verão, meu pai… Minha vida inteira destruída em um único dia.

Virei a página da agenda e rabisquei uma nova lista de afazeres — uma ainda pior. Os itens que não tinham sido riscados no dia anterior na verdade não foram concluídos. Em geral, eu fazia questão de terminar todas as tarefas e registrar certinho, mas o show de horrores do Dia dos Namorados me fez esquecer da agenda.

Nova listinha de tarefas
– Conversar com o Josh sobre o beijo
– Decidir sobre a mudança para o Texas
– Reorganizar a pasta com as bolsas de estudos
para faculdades que pretendo me inscrever
– Estudar para a prova de Literatura
– Lembrar minha mãe de mandar e-mail com a
carteirinha do plano de saúde para o escritório

— Lembrar meu pai das reuniões de pais e professo-
res e garantir que ele anote esses compromissos na
agenda

Peguei meu roupão e fui para o banheiro tomar banho. Liguei o chuveiro e entrei, deixando a água escaldante cair sobre minha cabeça e escorrer pelo meu pescoço enquanto as lágrimas volta-vam involuntariamente.

— Emmie, já está saindo?

Sério?

— Acabei de entrar.

— Joel precisa ir ao banheiro. — Mais uma vez, Lisa parecia estar com a boca colada na porta. — É uma situação de vida ou morte.

— Tem um banheiro lá em cima — retruquei.

Despejei xampu nas mãos com força. Não estava a fim de brigar, não depois do dia anterior.

— Seu pai está lá.

Eu estava prestes a estrangular alguém com a esponja do banho.

— Só desta vez, será que você pode pedir ao meu pai que ele saia? Não dormi muito bem e preciso muito desse banho.

— Você sabe como seu pai é de manhã.

Que droga.

— Me dê dois minutos.

Apressei o restante do banho, resmungando como um idoso rabugento conforme manuseava as embalagens dos produtos de higiene com a maior força do mundo.

De volta ao quarto, sequei o cabelo e vesti uma calça confor-tável e meu moletom favorito da Universidade do Noroeste, uma combinação que se encaixava com meu mau humor. Não queria interagir com ninguém, então coloquei fones de ouvido para entrar na cozinha. Era impossível conversar sobre a mudança para o Texas antes de dormir um pouco mais.

Por sorte, não havia ninguém na cozinha, então engoli uma barrinha de cereal o mais rápido possível enquanto lia um capítulo de um livro da Christina Lauren que eu tinha prometido devolver à Rox quando chegasse na escola. Quem sabe, se eu terminasse logo, não precisaria ver nin…

— Minha nossa, vai devagar. Ninguém aqui sabe fazer a manobra de Heimlich.

Meu pai entrou na cozinha com o jornal na mão.

Coloquei os fones no pescoço e forcei uma risada sem graça. *A mesma piada, que hilário. Muito, muito engraçado, pai.*

— E aí… — começou ele. — Embrulhou o presente caríssimo que comprou para o Josh? Encheu de coraçõezinhos bregas e "eu te amo"?

Ele pegou uma caneca do armário e colocou na cafeteira. Engoli um pedaço da barrinha proteica, que pareceu ter ficado preso em minha garganta.

— O quê? Você quer saber se eu embrulhei o presente? Ontem? — indaguei, confusa.

Ele ergueu uma sobrancelha e apertou o botão da cafeteira.

— Achei que você fosse estar entusiasmada para o Dia dos Namorados, mas está de moletom e toda rabugenta, então talvez não. Perdi alguma coisa?

Do que ele estava falando? Não fazia ideia, então só respondi:

— Sabe o que acontece com quem tira conclusões precipitadas, né?

— Sei. As pessoas começam a encher o saco.

Lisa entrou na cozinha com Logan apoiado em um quadril e Joel no outro.

— Ah, por favor, gente — protestou ela. — Podemos não falar essas coisas na frente das crianças?

Eles estavam brincando comigo?

— Não estavam aqui quando ele disse, lembra? — perguntei.

— E, na verdade — disse meu pai, dando uma piscadela, exatamente como no dia anterior —, nós não falamos nada de mais.

Olhei de meu pai para Lisa. Será que eles estavam tentando ser engraçadinhos? É, acho que não... Ela estava com aquela cara de sempre, de quem preferia que eu desaparecesse.

Peguei minha mochila e a chave do carro, mas então lembrei o que tinha acontecido com a minivan.

— Ah, caramba, esqueci o acidente. Algum de vocês pode me dar uma carona até a escola?

— Que acidente? Ela bateu o carro? — perguntou Lisa, colocando Joel no chão e trocando Logan de quadril.

Antes que eu pudesse responder, meu pai disse:

— Não, ela não bateu o carro. Acabei de sair e limpar a neve dos vidros, lembra?

— Bem, então o que ela quis dizer com acidente?

Lisa olhou para ele, que olhou para mim.

— Não faço ideia. O que você quis dizer, Emmie?

Olhei para a janela da cozinha. Ali, na entrada da casa, estava a minivan com os vidros raspados.

— De onde veio isso? — questionei, apontando.

— O quê? Seu carro? — indagou meu pai, me olhando como se eu estivesse sendo boba. Ele *realmente* não parecia estar de brincadeira. — Eu diria que veio de Detroit, no Michigan. Porque, você sabe, é da GM...

Olhei para Lisa, que inclinou a cabeça um pouco e franziu as sobrancelhas.

— Emmie...?

— Eu... é... eu só estava brincando — disse, abrindo um sorriso forçado e indo em direção à porta. — Preciso ir.

O sol estava forte, então apertei os olhos, caminhando com cuidado sobre a neve em frente ao meu carro — que estava inteirinho, sem um arranhão.

Como assim?

Entrei e dei a partida, tentando entender o que estava acontecendo. Ouvi meu celular tocar e o tirei do bolso. Chris e Rox estavam me ligando por FaceTime.

Atendi e ali estavam eles, exatamente como no dia anterior, juntos na frente dos armários do corredor da escola.

— Adivinha quem acabamos de ver? — perguntou Chris.

— Eu quero contar — interveio Rox, empurrando-o e sorrindo.

— Não posso falar agora, gente… Ligo depois.

Desliguei e minha mente se revirou como uma camiseta na secadora. Tudo tinha enlouquecido de repente. Fechei o aplicativo do FaceTime e em seguida olhei para o calendário do celular.

14 de fevereiro.

Meu celular mostrava 14 de fevereiro, a data em que celebramos o Dia dos Namorados no Estados Unidos. Mas… devia estar errado. Era 15 de fevereiro.

Não era?

— E aí, Siri, que dia é hoje? — perguntei.

E a voz robótica confirmou… era dia 14 de fevereiro.

O quê?

Parti em direção à escola, confusa, e de repente me dei conta de uma coisa.

Eu devia ter *sonhado* com aquele Dia dos Namorados infernal. Afinal, estava *mesmo* muito ansiosa para o grande dia; fazia sentido que sonhasse com ele, não é? Como quando as crianças sonham com o Natal.

Então eu não tive um Dia dos Namorados terrível; foi só um pesadelo um tanto profético.

Soltei um suspiro e sorri.

Pisei fundo no acelerador, porque não via a hora de encontrar Josh. Desejei ter escolhido uma roupa mais elegante, mas isso não parecia mais ter importância porque eu ainda tinha Josh. Já conseguia imaginá-lo todo lindo com uma camisa xadrez no refeitório, e ansiava por estar ao seu lado e esquecer aquele pesadelo tão real.

Meu celular vibrou no banco do passageiro e eu dei uma olhada. *Josh.*

Josh: Feliz dia, querida. Você já chegou?

Inacreditável! Foi muito parecido com o que ele escreveu no meu pesadelo, quan...

Levantei a cabeça e vi que a caminhonete à minha frente tinha parado. *Nããããão!* Pisei no freio com tudo, mas não adiantou.

Bati na caminhonete horrorosa do Nick. De novo.

Exatamente como no meu pesadelo.

Saí do carro.

—Você estava no celular, né? — *Por favor, de novo não.* —Você estava no celular. Admita.

— Nick Stark, eu juro que vou te socar se você repetir isso.

Ele ergueu as sobrancelhas.

— Como é que é? — indagou ele.

Tentei processar o que estava acontecendo.

— Emilie Hornby, sou sua dupla de laboratório de Química — disse, apontando para mim. — E, só para constar, eu não estava no celular.

Nick sorriu, os cantos de seus lábios se curvando e seus olhos percorrendo meu rosto.

—Você está bem? — perguntou ele.

— Ótima.

Revirei os olhos e pensei nos últimos eventos, tudo estranhamente igual ao dia anterior. Era óbvio que Nick achava que nunca tinha me encontrado antes, e me senti confusa enquanto tentava assimilar. Minha mão estava trêmula quando entreguei a ele o cartão do seguro.

Será que era um déjà-vu?

Será que eu realmente tinha sonhado com o Dia dos Namorados?

Será que eu era vidente?

Não tentei ligar para meus pais quando a polícia e o guincho chegaram. Aceitei em silêncio o casaco que Nick ofereceu e a carona até a escola. Ele deve ter percebido minha confusão, porque não disse uma palavra. Ouvi o Metallica berrar "Blackened", e desta vez a música pareceu mais apropriada. Ressaltava aquela manhã maluca com perfeição.

Enquanto Nick dirigia, analisei seu perfil. O cabelo escuro, o pomo de adão proeminente, a mandíbula desenhada, sua altura… Tudo igualzinho ao meu sonho.

Por diversão, olhei pela janela e declarei:

— Eu amo Metallica.

As sobrancelhas dele se ergueram de repente.

— Sério?

Não, não é sério. Mas eu precisava testar aquela nova realidade repetitiva e maluca, não é?

— Aham. Gosto da raiva… quase dá para *sentir*, sabe?

Ele abriu um sorriso largo e olhou para mim como se fôssemos almas gêmeas.

— Muito bem colocado, Hornby.

Olhei para Nick e me perguntei como conseguiria sair daquela parte do pesadelo. Será que era meu destino bater na traseira da caminhonete dele todas as manhãs pela eternidade? Eu sabia que não devia ser isso; provavelmente existia *alguma* explicação, mas estava começando a ficar assustador. *Vou fingir que estou bem e todo o resto vai ficar bem* — essa estratégia sempre funcionou para mim. Quando chegamos à escola, desci e senti minhas pernas fracas. Não sei por que, mas, ao devolver o casaco, perguntei:

—Vai ficar tudo bem, né?

Ele olhou para o casaco por um tempinho, como se estivesse tentando interpretar a pergunta.

— Lógico. Por que não ficaria?

CONFISSÃO Nº 7

*Reprovei sete vezes na natação até minha
mãe finalmente desistir de mim.*

Tudo na escola aconteceu como no dia anterior. Fui chamada na coordenação e perdi o curso de verão. Então fui até o estacionamento e vi Josh e Macy. Para falar a verdade, nem sei por que fui até lá — talvez por algum motivo eu acreditasse que tinha visto errado da primeira vez. Talvez eu acreditasse que veria algo que explicasse tudo. Não sei o que eu estava esperando, mas tudo terminou com uma sensação de rejeição ainda maior.

Porque vi o quanto ele parecia atraído por ela ao observá-la falando no banco do passageiro. Desta vez percebi o quanto ela estava bonita, sentada ali de blusa branca com o cabelo loiro emoldurando seu rosto como se fosse uma Barbie.

Voltei para a escola antes que eles se beijassem, um pouco surpresa por aquilo não ser menos doloroso. Talvez eu acreditasse que saber o que aconteceria tornaria tudo mais fácil, mas não foi bem assim. A sensação ainda era a de um soco no estômago. Porque eu fiz tudo certo e mesmo assim não foi o bastante.

Mantive a cabeça abaixada e fui até a enfermaria. Não queria conversar com ninguém, ou, pior, que alguém visse as lágrimas em meus olhos. Já tinha quase saído do corredor quando ouvi:

— Emmie. Espera!

Parei, mas não levantei o olhar. Era impossível.

Chris segurou meu cotovelo.

— E aí, o que ele te deu?

— Emmie? — chamou Rox.

Roxane tinha dobrado um pouco os joelhos, então seu rosto estava mais baixo que o meu. Eu devia estar com uma cara péssima, porque ela perguntou:

— Ah, querida, o que aconteceu?

Pisquei várias vezes e balancei a cabeça. Ela agarrou meu braço e me puxou para o banheiro feminino. Chris entrou atrás de nós, como já havia feito muitas vezes antes. Ele pegou uma toalha de papel e a umedeceu para limpar minha maquiagem borrada.

— Não choramos lágrimas de rímel no banheiro, lembra? — disse ele, fazendo referência a "New Romantics", da Taylor Swift.

Chris fez um biquinho, e eu só assenti. De repente, era incapaz de dizer qualquer coisa.

— Eu *sabia* que ele ia acabar se revelando um babaca — declarou Chris, descartando o papel e me abraçando em seguida. — Ele é bonito e charmoso demais para ser só bonito e charmoso. Com quem foi?

Balancei a cabeça.

— Não importa, né? Mas foi a Macy Goldman. Acho que…

Os dois soltaram um resmungo.

— O que foi? — indaguei, me afastando e cruzando os braços. — Não importa *com quem* foi, o que importa é o que ele fez. Macy é irrelevante.

Chris ergueu uma sobrancelha.

— Sei, sei — disse ele.

Olhei para Rox.

— É sério — insisti.

Roxane também arqueou uma sobrancelha e olhou para Chris.

— Ela está em choque e não sabe o que está dizendo — explicou ela.

— Sei, sim! — protestei.

— Então seja sincera. Ser traída é uma droga, ponto-final — soltou Chris, colocando as mãos nos bolsos da sua jaqueta de couro estilosa. — Mas ser traída com a garota mais perfeita da escola é, tipo, a pior *situ*.

— Situ, tipo, *situação*? — questionou Rox, pegando um chiclete da mochila e colocando na boca. — Isso. Nem. É. Uma. Palavra.

— É, sim.

Rox cruzou os braços.

— Já te mostrei a palavra "situação" no dicionário e até conversamos com a professora Brand sobre o assunto. *Situ* não é uma palavra! Você tem tanta preguiça assim de pronunciar a palavra inteira? Não é tão difícil.

De alguma forma, a discussão secou minhas lágrimas. Aquela cena era comum. Era rotina. Era a maneira como nós três agíamos no dia a dia quando o Dia dos Namorados não se repetia.

— Ei, eu vou para casa. Obrigada por melhorarem meu humor.

— A gente fez isso? — indagou Chris, inclinando a cabeça e franzindo o cenho.

— Eu fiz — declarou Rox.

Ela o empurrou para o lado para me dar um abraço rápido. Olhei para os dois e me senti muito grata por eles serem meus amigos.

— Minha mãe vai fazer um churrasco hoje à noite… — disse Chris. —Vocês podiam ir lá para casa mais tarde.

O churrasco da mãe dele era delicioso. Sempre me considerei seletiva demais para comer até começar a frequentar a casa deles. A mãe do Chris era coreana, e sua comida tinha um cheiro tão bom que antes mesmo de pensar eu já estava comendo *kimchi*, *bibimbap* e *mandoo* — e implorando para mais convites.

—Talvez eu vá, não sei.

—Vai para casa e assiste àquela série incrível que indiquei — sugeriu Rox. —Você vai se sentir melhor.

Eu me senti um pouco mais animada quando cheguei à enfermaria, e caminhar até a casa do meu pai foi menos congelante do que no dia anterior, porque eu não estava de vestido curto. Durante todo o caminho para casa, repassei os acontecimentos questionáveis do último dia. Ou dos últimos dois dias. Ou sei lá quanto tempo.

— O que está acontecendo? — gritei para as casas cobertas de neve, silenciosas como costumam ser as casas do subúrbio em dias de semana. — *Como* isto está acontecendo?

Andando pela rua, considerei que a única explicação era que eu estava sonhando. Um sonho vívido e realista sobre ter tido um pesadelo vívido e realista. E agora eu só precisava acordar.

Eu me belisquei, e...

Ai. Droga.

Cheguei em casa e ouvi meu pai contar sobre a mudança para o Texas, e em seguida fui para a casa da minha avó deixar que ela cuidasse de mim de novo, exatamente como no dia anterior.

Assim que escureceu, fui para a varanda e pedi às estrelas que tudo voltasse ao normal quando eu acordasse de manhã. Quando vovó me pediu para temperar a sopa, uma ideia surgiu imediatamente.

Era uma hipótese bem *louca*, mas tudo aquilo era insano.

Fui até o armário e peguei o pimenteiro do gato rajado.

— Humm.

— Fique quieta e coloque a pimenta — disse ela.

— De jeito nenhum.

Olhei para o felino mal pintado com cara de safado.

— E se tudo isso está acontecendo por causa dessa pimenta de meio século? — perguntei, baixinho.

— Como assim?

— A pimenta pode ter causado isso. Nos filmes, os nós temporais sempre estão relacionados a uma exposição estranha a coisas aleatórias, como perfume ou globos de neve antigos.

— Acho que as várias tragédias do dia comprometeram seu bom senso. Talvez você devesse...

— Escuta, vovó. Se eu te contar uma coisa que parece impossível, você promete não me julgar?

Ela assentiu, sentou à mesa e deu um tapinha na cadeira ao seu lado. Eu me joguei na cadeira e me inclinei para mais perto dela, mas nem sabia por onde começar.

— Sei que vai parecer impossível.

— Me conte, querida.

— Hum, beleza. Você sabe que hoje é Dia dos Namorados, né?

— Sim...

— Bem, e se eu te dissesse que ontem já foi Dia dos Namorados para mim e hoje foi apenas... o mesmo dia, de novo? Uma repetição?

Ela cruzou os braços.

— Será que não é só um déjà-vu?

Balancei a cabeça.

— No início também achei, mas sei que as coisas vão acontecer antes de elas acontecerem.

— Me dá um exemplo.

— Eu sabia que Josh ia me trair hoje porque já tinha visto isso acontecer ontem. Sabia que ia perder o curso de verão porque já tinha perdido ontem. Sei que a bisavó Leona te deu esse pimenteiro de gato horroroso de presente de casamento porque você me contou isso ontem, e também sei que se eu abrir meu celular vai ter uma mensagem do Josh que diz "Agora estou chateado. Me ligue".

Isso a fez erguer as sobrancelhas.

— Meu celular está na mochila, lá no carro, desde que você foi me buscar — contei. — Não olhei mais para ele desde que liguei para você. Vá buscar e veja se estou certa.

Seus olhos passearam por todo o meu rosto antes que ela se levantasse e fosse até a garagem. Tinha certeza de que ela achava que eu estava delirando, mas foi bom contar a alguém sobre a minha vida de pernas para o ar.

Quando minha avó voltou, estava com meu celular na mão, olhando para ele sem acreditar.

— E aí...?

— Minha nossa, Emilie, a gente devia jogar na loteria, não acha?

CONFISSÃO Nº 8

*Quando era adolescente, eu entrava escondida
no quintal do vizinho no verão e ficava na banheira
de hidromassagem enquanto ele estava no trabalho.
Ninguém jamais soube disso.*

MAIS UM DIA DOS NAMORADOS

Assim que o alarme do celular tocou, eu tive certeza de que aquilo tudo era real.

Fiquei deitada na cama, aconchegada nas cobertas e encarando o teto. Não queria deixar minha cama macia e enfrentar tudo de novo. A verdade é que, embora eu não fizesse a menor ideia do como ou do porquê, eu estava vivendo o mesmo dia outra vez. Adormeci na casa da minha avó Max, mas ali estava eu de novo, acordando no meu quarto ao som da música irritante que Josh tinha colocado como despertador no meu celular.

Olhei para Logan, que estava dormindo tranquilo com a boca aberta.

É... isso já aconteceu.

Sentei e peguei o celular. *Será que o universo quer que eu conserte alguma coisa?*

Não acreditava nessas besteiras de destino ou carma, mas também não sabia explicar o que estava acontecendo.

Por algum motivo, eu estava vivendo o mesmo dia pela terceira vez.

E se esse Dia dos Namorados infindável fosse um castigo cármico por algo que eu fiz numa vida passada ou por algum outro motivo terrível? E se na verdade for um *presente*, uma oportunidade de consertar um dia que deu tão errado?

Valia a pena tentar, né?

Exatamente. Era isso que eu ia fazer.

Tomei um banho (bem rápido porque Joel precisava usar o banheiro, lógico) e repassei todas as coisas que eu precisava fazer dar certo. Em seguida, criei uma *nova* lista de afazeres.

Listinha de tarefas para o Dia dos Namorados (de novo)
- **Evitar bater o carro**
- **Evitar a conversa sobre o curso de verão na coordenação**
- **Garantir que Josh e Macy não se beijem**
- **Convencer meu pai a não se mudar para o Texas**

Não devia ser tão difícil, né?

Depois do banho, peguei meu vestido xadrez da sorte. Não era novo e lindo como o que usei no primeiro Dia dos Namorados, mas eu precisava de toda a sorte da roupa que me garantiu a melhor nota numa prova. Combinei o vestido com meia-calça e botas de suede — uma roupa menos quente que a do dia anterior, mas ainda assim bem bonita — e saí.

No carro, eu me concentrei ao máximo na estrada coberta de neve. Meu celular estava guardado no fundo da mochila, minhas mãos posicionadas com cuidado no volante. Estava na faixa da esquerda, ao contrário dos dias anteriores, em que usei a da direita, então tinha pensado em tudo para não bater na caminhonete do Nick Stark.

Taylor Swift cantava "coney island" enquanto eu dirigia com o cuidado de alguém que está fazendo a prova para tirar a carteira de motorista. Na minha opinião, era indispensável fazer aquele simples caminho até a escola dar certo. Deixei uma distância de dois carros entre meu carro e o veículo prateado à minha frente, confiante de que nem daria de cara com Nick e começaria o dia do jeito certo.

Did I paint your bluest skies the darkest gray?

O trânsito seguia bem apesar da neve, e comecei a relaxar após passar pelo cruzamento em que tinha batido no Nick. A primeira etapa do meu plano — não destruir meu carro — estava garantida. Já quase sentia a tensão se dissipar até que um carro enorme de repente passou à minha direita, jogando lama no meu para-brisa.

Eu não conseguia enxergar mais nada.

— Droga!

Pisei no freio e liguei os limpadores, mas meus pneus travaram na neve e não consegui parar. Num instante, a lama do para-brisa saiu da minha visão e eu vi a cena toda. Joguei o carro para a pista da direita porque precisei desviar dos veículos à minha frente.

E deslizei na direção da caminhonete que estava na outra pista.

— Droga, droga, droga!

Pisei no freio com tudo, mas não adiantou. Bati no carro da frente, com mais força do que antes, fazendo-o avançar ao acertar a lateral da caçamba.

— *Não, não, não, não!*

Quando meu carro parou, olhei fixamente para a caminhonete igualzinha à do Nick Stark. *Fala sério, universo.*

O capô da minha minivan estava tão amassado quanto no dia anterior, talvez até mais. Tirei o cinto com dificuldade por causa das mãos trêmulas. Estava prestes a abrir a porta quando ela foi aberta de repente pelo lado de fora.

—Você está bem? A batida foi feia.

Nick olhou para mim, mas em vez de agir como um babaca, ele parecia preocupado.

— Acho que sim.

Assenti, e Nick deu um passo para trás para que eu pudesse sair do carro. Senti o cheiro do seu sabonete ou xampu quando saí e fechei a porta.

— Ah, não… — resmunguei. — Está saindo fumaça.

Nós dois olhamos para o capô amassado e a fumaça subindo.

— É melhor a gente se afastar — sugeriu Nick, sua voz parecendo sonolenta.

Ele pegou o celular do bolso e foi em direção ao meio-fio. Fui atrás dele, um pouco abalada com a violência da batida e também pelo fato inegável de que eu tinha sido incapaz de evitá-la.

Achava que minha ideia de fazer o dia dar certo fosse infalível, mas pelo jeito o universo tinha outros planos.

Nick ligou para a polícia, mas devem tê-lo colocado em espera, porque ele olhou para mim e sussurrou:

—Você não está com frio com essa roupa?

Ele olhou para minhas pernas exatamente como me olharia se eu estivesse vestida como um dos Teletubbies. E, para falar a verdade, eu estava congelando. O vento parecia gelo atingindo minhas coxas e meu rosto.

— Não… Estou ótima — respondi, meio que fantasiando sobre o casaco que eu sabia que estava no banco de trás da caminhonete dele.

Mas eu não podia deixá-lo vencer.

Nick sorriu, basicamente me chamando de mentirosa, e voltou a falar no celular. Cerrei os dentes para impedir que batessem e me perguntei, mais uma vez, como ele podia parecer tão adulto.

Quer dizer, ele tinha a minha idade, mas parecia ter… *mais de vinte anos.*

— Eles estão a caminho — declarou Nick, guardando o celular no bolso da calça.

— Obrigada — respondi, me esforçando para não ficar óbvio que eu estava morrendo de frio. — Para constar, meu nome é Emilie Hornby. A gente faz dupla na aula do sr. Bong.

Ele franziu as sobrancelhas.

— É mesmo?

É… aquele assunto continuava sendo irritante.

— Sim. Desde o início do ano.

— Humm. Tem certeza? — indagou ele, olhando para mim.

— *Tenho* — resmunguei, revirando os olhos.

— Hum… — murmurou, olhando para mim como se eu fosse louca. — Você está bem?

— Eu. Estou. Ótima.

As sirenes surgiram e tudo se repetiu. Meu carro pegou fogo, eu levei uma multa, Nick me emprestou seu casaco — que aceitei a contragosto — e me ofereceu uma carona até a escola.

Ao colocar o cinto, percebi que precisava me adaptar melhor ao tentar fazer o dia dar certo. Afinal, eu não tinha o manual exato do que precisava ser diferente. Não consegui evitar a batida, mas talvez devesse fazer aquela interação funcionar.

Não sabia exatamente o que mudar, então tentaria fazer cada coisinha ser bem-sucedida.

— Muito obrigada pela carona. É muita gentileza — disse, educada, com um sorriso que esperava ser agradável.

— Não é exatamente gentileza — respondeu ele, colocando o carro em primeira marcha e soltando o freio de mão —, na verdade só é prático. Se eu te deixasse ir andando até a escola e você morresse congelada, meu carma ficaria prejudicado. Mas te dar carona para um lugar para onde já estou indo, sem qualquer sacrifício da minha parte, na verdade me faz ganhar um carma bom. Só vejo vantagem.

Soltei um suspiro.

— Que lindo — comentei.

Ele sorriu.

— É lindo mesmo.

Olhei pela janela e tentei de novo:

— Nossa, amo essa música. Metallica é incrível.

— *Você* gosta do Metallica? — perguntou ele, me olhando de soslaio.

Assenti, fazendo um biquinho.

— Lógico.

Ele apertou os olhos.

— Então me diga três músicas.

Cruzei os braços e olhei para ele, também apertando os olhos. Nick estava me desafiando, como se eu fosse uma mentirosa. Por que ele insistia com a implicância?

— Não preciso dizer três músicas para provar que gosto do Metallica.

— Acho que você não é tão fã assim, pelo jeito.

Seus olhos voltaram para a estrada.

— Como assim, não sou fã? Como seria possível não gostar de velhos raivosos latindo palavras?

Isso fez com que Nick sorrisse de verdade, e ele olhou para mim.

—Viu só? Sabia que você não gostava de Metallica.

Revirei os olhos, o que o fez rir de novo, e disse a mim mesma que aquilo não importava. Minha interação com Nick Stark certamente era irrelevante no plano de fazer o dia dar certo.

Então perguntei o que estava pensando de verdade:

—Você sempre ataca as pessoas quando elas só estão tentando puxar assunto?

— Não diria que estou te atacando. Só acho que se você vai *puxar assunto* falando de uma banda, devia conhecer a banda em questão.

Bufei.

— Só estava sendo educada... Já ouviu falar?

— Não chamaria uma mentira sem sentido de "educação".

Balancei a cabeça.

— Fala sério, eu não estava mentindo. Falei aquilo só para puxar conversa. É o que estranhos fazem quando estão tentando ser simpáticos.

Ele me olhou e deu um sorriso. De novo.

— Mas não somos estranhos — disse ele. — Você disse que é minha dupla de laboratório.

— Exatamente!

O sorriso ficou maior.

— Então por que disse que somos estranhos? — questionou ele.

Soltei um suspiro.

— Não faço ideia.

A caminhonete foi tomada por um silêncio terrível. Era constrangedor e desconfortável, mas melhor do que quando ele estava falando. Então, obviamente, Nick estragou tudo e disse:

— Espera um pouco... Agora eu sei de onde conheço você. Você não é a garota que...

— Que senta ao seu lado no laboratório de Química? Sim — interrompi.

— ... engasgou no refeitório?

Caramba, nunca vão esquecer isso. Pigarreei.

— Eu não engasguei. Só ficou preso na minha garganta.

Isso fez com que ele tirasse os olhos da rua e olhasse para mim com uma sobrancelha erguida.

— Essa não é a definição exata de engasgar?

Bufei, consciente de que estava bufando. Não conseguia parar.

— Não, não é. Engasgar é quando a comida fica presa na traqueia e a pessoa não consegue respirar. Eu conseguia respirar; só que estava com a comida presa no esôfago.

Nick mordeu os lábios e apertou os olhos.

— Tem certeza?

— *Óbvio* que sim... foi comigo que aconteceu.

Ele fez um barulhinho.

— É que eu nunca ouvi falar disso... não sei se acontece mesmo.

— Eu *estou dizendo* que aconteceu, então na verdade você sabe, *sim* — retruquei, minha voz ficando cada vez mais estridente. — Algumas pessoas têm uma doença em que a comida fica presa na garganta. Tenho que tomar remédio toda manhã para garantir que não vai acontecer de novo. Então é algo que acontece, sim.

Aquele garoto era irritante demais.

Nick diminuiu a velocidade ao se aproximar de um semáforo fechado e, quando parou, me olhou. Não estava mais sorrindo, mas havia um lampejo provocador em seus olhos.

— Tem certeza de que é minha dupla de laboratório? — perguntou ele.

Soltei um gemido.

— *É óbvio que sim.*

— Aquela garota é tão quieta... Você parece bem tagarela.

— Não sou tagarela.

— Você parece tagarela demais.

— Bem, fique sabendo que eu não sou.

Na verdade, eu era uma pessoa quieta, sim. *Droga.*

— Beleza.

Só voltamos a falar em frente à escola, quando agradeci a carona e quase joguei o casaco nele. Nick o pegou e, quando virei para entrar, poderia jurar que ele estava sorrindo.

★ ★ ★

Tive que me obrigar a respirar fundo e me concentrar. Não importava que Nick Stark estivesse determinado a destruir minhas chances de fazer aquele dia dar certo. Eu tinha muito trabalho pela frente.

Quando fui chamada na coordenação, peguei minha mochila e saí da sala de aula. Mas, em vez de ir até lá, fui até o banheiro mais distante, o que ficava depois da biblioteca.

Eu não tinha um bom plano para manter minha vaga no curso de verão, mas parte de mim se perguntava: se não conseguirem me achar, será que não considerariam simplesmente poupar a todos do constrangimento daquele engano?

Quer dizer, era só uma vaga. Uma só.

Naquele momento, decidi que a melhor ideia era me esconder no banheiro. Olhei para trás e abri a porta. O lugar cheirava a cereja por causa dos cigarros eletrônicos que fumavam entre uma aula e outra. Por sorte, eu estava sozinha.

Ufa.

Coloquei a mochila ao lado da pia e peguei minha pequena bolsa de maquiagem. Passei alguns minutos retocando o blush e o brilho labial. Meus sentimentos pelo Josh após vê-lo beijar Macy naquela realidade confusa eram complicados, mas eu estava me obrigando a esquecer isso.

Foi Macy quem o beijou, afinal. E, se eu tivesse ficado ali para ver até o final, será que não teria visto Josh se afastar? Escolhi acreditar que sim.

Trocar presentes, escutar um poema e dizer "eu te amo"... Eu iria gabaritar aquele dia. Tinha total confiança em minhas teorias sobre relacionamentos e amor, e não ia deixar que um beijo estragasse as coisas. Tudo ia ser perfeito e no dia seguinte não seria mais Dia dos Namorados. Seria apenas mais um dia como qualquer outro.

Não levei muito tempo retocando a maquiagem, então depois disso não sabia mais o que fazer. Eu podia ficar no celular para passar o tempo, mas um constrangimento e nervosismo me deixaram tensa ali em pé em frente à pia.

Ouvi alguém se aproximando? Quem era, aluno ou professor? Legal ou malvado? Eu devia fingir estar retocando a maquiagem se entrassem ou... Os segundos passavam como se estivessem em câmera lenta.

Por fim, decidi entrar em uma das cabines. Parecia nojento sentar no vaso sanitário totalmente vestida, mas pelo menos eu poderia relaxar. Pendurei a mochila, tranquei a porta e comecei a cobrir o assento com duas camadas de papel higiênico. Quando finalmente ficou grosso o bastante para que eu não enxergasse mais o assento, me sentei.

Tirei o celular do bolso e mandei uma mensagem para Josh:

Eu: Não acredito que é Dia dos Namorados e eu ainda não vi você.

A resposta foi rápida, e meu celular fez aquele relincho de cavalo que ele programou como toque dele.

Josh: Né?! Seu presente está quase abrindo um buraco no meu armário. Onde você estava mais cedo?

Isso me fez relaxar um pouco e abrir um sorriso.

Eu: Bati o carro vindo para a escola... Te conto depois.

Josh: Ah, que droga.

Eu: Pois é. Agora, sobre meu presente, é grande ou pequeno?

Josh: Isso só eu sei, você vai ter que descobrir. Tenho uma prova agora, amor.

Eu: Tá bem. Bjs.

Estava me sentindo aliviada. Independentemente do que tivesse acontecido nos outros Dias dos Namorados que vivi nos últimos tempos, naquele dia Josh não beijaria Macy.

Toma essa, Macy.

Eu não sairia dali tão cedo, então me abaixei, abri a mochila e procurei meu livro. Já que ia ficar presa no banheiro me escondendo, por que não aproveitar esse tempo para ler, não é? Precisei tirar a garrafa de Coca-Cola sem açúcar para pegar o livro, então deixei-a no chão.

Meus dedos dos pés doíam porque minhas lindas botas novas estavam apertadas, então fiquei descalça, e descansei os pés sobre o suede macio, me acomodando para ler.

Enfiei o celular no bolso ao mesmo tempo que pegava o livro com a outra mão. Mas, quando tirei a mão do bolso, minha pulseira ficou presa na capinha do celular. Tentei pegá-lo quando ele começou a cair, e foi como se eu estivesse assistindo em câmera lenta enquanto o aparelho caía entre a pequena lacuna entre minha coxa e a lateral do assento.

— *Aff!*

Levantei depressa, mas era tarde demais. Olhei para o vaso adornado com papel higiênico. Meu lindo celular rosa com capinha florida afundou naquela tigela de porcelana infestada de germes.

— Não, não, não… droga, droga, droga.

Quando meus ouvidos começaram a latejar, percebi que meus pés cobertos apenas pelas meias estavam tocando o chão nojento.

Ignorando isso, mordi os lábios, respirei fundo e mergulhei a mão na água gelada cheia de bactérias.

— Minha nossa!

Peguei meu celular e dei uma olhada nele, que estava certamente estragado, pingando à minha frente.

Abri a cabine com a mão que estava seca e saí, deixando a mochila lá. Precisava esfregar a mão até a pele sair e esterilizar o celular. Sentindo o piso frio do banheiro sob os pés, cerrei os dentes. Como isso foi acontecer?

Eu tinha dado um passo para fora da cabine, só de meia, quando a porta do banheiro abriu. Fiquei paralisada ao ver três garotas entrarem, rindo alto.

Não, não, por favor, não.

E não eram três garotas quaisquer; eram *elas*.

Havia várias pessoas populares na escola que pareciam legais, mas Lauren, Nicole e Lallie falavam igualzinho as Kardashians e proibiam as pessoas de sentar na mesa delas na hora do almoço.

A qualquer momento, elas podiam decidir que o cabelo de alguém era ridículo e criar um apelido que se espalharia pela escola inteira e seguiria a pessoa até a formatura e o encontro de dez anos de formados.

Eu me sentia um pouco menos vulnerável perto delas desde que tinha começado a namorar Josh. Afinal, elas gostavam dele. As três não falavam comigo, e estava tudo bem, mas a ameaça era neutralizada pelo relacionamento amigável com meu namorado.

Foi como se o tempo tivesse parado e, por uma fração de segundo, eu me vi pelos olhos delas. Uma não popular saindo da cabine do banheiro com um celular pingando na mão e sem sapatos. Elas deram uma olhada na primeira cabine do banheiro, onde estavam minhas botas, um livro e uma garrafa de Coca--Cola sem açúcar pela metade, como se eu estivesse fazendo um piquenique no banheiro.

Elas continuaram conversando e não disseram nada para mim ou sobre mim — ainda bem —, mas, quando abri a torneira e comecei a ensaboar as mãos e o celular, vi algumas sobrancelhas erguidas.

Sobrancelhas perfeitamente desenhadas, aliás, mas que diziam que elas com certeza falariam de mim quando saíssem.

O que, por sorte, não demorou. Depois que elas saíram, corri para juntar minhas coisas, calçar as botas, me esterilizar com álcool em gel e embrulhar o celular contaminado em cem folhas de papel antes de guardá-lo no bolsinho de fora da mochila.

Tudo bem, então. A cena do banheiro tornava a perfeição inatingível, mas eu ainda tinha esperança de alcançar ao menos a perfeição romântica que talvez salvasse o dia.

Passei a aula seguinte ansiosa porque: (1) estava sem celular, então não tinha como saber se Josh havia mandado mensagem; (2) estava com medo que a coordenação me chamasse de novo; (3) estava preocupada que os rumores sobre meu piquenique no banheiro já estivessem circulando; (4) estava paranoica pensando que minhas botas iam começar a ficar com chulé porque eu as tinha calçado com os pés ainda molhados de álcool em gel.

Eu tentava não pensar nisso tudo enquanto fazia anotações extensas em meu notebook. De repente, uma notificação de e-mail apareceu.

Cliquei na caixa de entrada e meu estômago embrulhou quando vi de quem era. Sra. Bowen, do curso de verão.

Gostaria de ter dado essa notícia pessoalmente, mas como não foi possível, terei que comunicá-la por e-mail.

Li um e-mail frio e profissional que informava sobre a bolsa que perdi.

— Droga — resmunguei, baixinho.

A professora de História, sra. Wunderlich, olhou para mim como se eu tivesse acabado de falar em outra língua.

— Srta. Hornby? O que houve? — indagou ela.

— Nada. Desculpe.

Ela lançou aquele olhar professoral de dez segundos, que me informou que eu tinha feito algo errado e ela esperava que eu estivesse morrendo de vergonha, antes de voltar à aula.

Fazer aquele dia dar certo parecia um desafio cada vez maior.

Quando o sinal tocou, juntei as coisas e quase saí correndo pelos corredores para chegar até o estacionamento mais cedo. Esbarrei nas pessoas e pedi desculpas. Quando cheguei à porta, me escondi atrás do enorme arranjo de plantas.

Na verdade, eu não estava me escondendo. Eu estava... à espreita. Ou quase isso. Eu sabia que Josh não beijaria Macy, mas queria vê-los chegando e sentir o clima entre eles.

— O que está fazendo?

Levei um susto e, quando virei, vi Nick Stark me olhava com um pequeno sorriso sarcástico. Era como se soubesse exatamente o que eu estava fazendo.

— Shh. Saia daqui — sussurrei, olhando o que acontecia atrás dele.

Nick apontou para as plantas que me protegiam.

— Hum... Está espionando alguém?

— Não, estou esperando meu namorado. Será que você pode...

Ouvi a voz do Josh, então parei de falar e virei a cabeça. Percebi que o olhar de Nick acompanhou o meu quando Josh e Macy vieram em nossa direção, então agarrei-o pela manga e puxei-o para trás das plantas comigo. Não podia deixar que Nick chamasse atenção para mim. Josh estava falando e Macy exibia um sorriso radiante. Ele andava meio de lado para poder olhar melhor para ela.

Quer dizer, supercomum. Eles eram amigos, né?

— Por favor, Josh — disse Macy. — Se me deixar ir junto, você não só vai ter a alegria de andar comigo no seu carro do James Bond, como também vou deixar você decidir o que fazer durante todo o trajeto.

Dava para ver que ela estava animada. Eles pararam em frente às portas e ele abriu um sorriso. Josh estava curtindo aquela atenção toda.

— Parece que você está me concedendo poder *demais*... não sei se dou conta.

— Ah, eu *sei* que não — replicou ela, se aproximando dele. — Mas acho que devia tentar.

Senti o coração bater forte no peito e o estômago embrulhar.

— Acho que preciso *mesmo* que alguém segure as bebidas, então... — declarou ele.

—Viu só?

— E sua ajuda só vai me custar um *latte* com baunilha?

— Não acredito que você se lembra do meu café preferido — respondeu ela, sorrindo.

Por que ela não acreditava? Era o que todo mundo pedia na Starbucks. Fala sério! Toda garota da escola já devia ter pedido *latte* pelo menos uma vez. Isso não fazia dele um gênio.

— Eu me lembro de tudo, Macy — retrucou Josh, de um jeito charmoso e sexy.

Eu meio que quis socar aquele nariz lindo.

— Olha, tem certeza de que ele é seu namorado? — sussurrou Nick.

Eu meio que quis socá-lo também.

Josh abriu a porta e eles saíram, e agi por impulso.

— Esperem! — gritei.

Agarrei Nick pela manga e puxei-o comigo, empurrando as portas e correndo.

Os dois pararam e se viraram. Vi Macy olhar para Josh, nervosa, mas meu namorado abriu um sorriso confiante.

— Emmie! — exclamou ele.

Parei de repente, com Nick atrás de mim, e me dei conta de que não sabia o que estava fazendo. Não tinha um plano para além de gritar e fazê-los parar, carregando Nick como uma espécie de amortecedor. Ali, na frente deles, fiquei completamente perdida.

Pigarreei.

—Vocês estão indo comprar café? — questionei.

O rosto de Macy relaxou.

— Pois é — respondeu Josh. —Você conhece o sr. Carson...
Precisa de café todos os dias.

Assenti.

— Ótimo. Nick e eu estamos doidos por um café e precisamos sair daqui. Podemos ir junto?

Olhei para Nick, com medo de que ele estragasse tudo, mas
ele só franziu o cenho, o que não era muito diferente de sua
expressão de sempre. Josh olhou para Nick, obviamente confuso
com a presença dele ali.

— Lógico — disse Macy.

—Você sabe que meu carro é pequeno, Emmie — comentou
Josh, ainda olhando desconfiado para Nick. —Tudo bem se você
for no meio?

— Aham — resmunguei, me arrependendo de todas as minhas decisões ridículas.

Enquanto nós quatro seguíamos até o carro, lancei um olhar
para Nick, levantando as sobrancelhas como se dissesse "Por favor, colabore". Para minha surpresa, ele revirou os olhos e ca-
minhou ao meu lado, o que não fazia qualquer sentido porque
ele certamente não queria matar aula para ir à Starbucks com a
gente.

Nós nem éramos amigos.

Mas, apesar da implicância de mais cedo, sua presença era reconfortante. Seu charme despretensioso e sua honestidade me
faziam sentir que ele estava me apoiando.

Estranho, não é?

O carro do Josh era bem pequeno, de dois lugares, então,
quando ele abriu a porta, tive que passar o banco do passageiro
— de vestido — e sentar na divisória em frente ao câmbio. Macy
sentou ao meu lado, e Nick teve que se espremer ao lado dela.
Parecíamos a lata de sardinha mais estranha do mundo.

Coloquei as pernas ao lado das pernas da Macy, para não ficar sobre o câmbio, e nossas coxas ficaram se tocando, o que deixava aquele passeio terrível ainda mais constrangedor. Para completar, apoiei os braços nas costas dos bancos para não cair em cima deles sempre que virássemos uma esquina. Sem querer, encostei no ombro do Nick, e ele olhou para mim. Jogando o tronco para trás para que Macy não visse, olhei para ele, que só mexeu os lábios: "Que porcaria é essa?"

Em meio a todo o constrangimento, parte de mim queria rir. Em vez disso, também só mexi os lábios, dizendo: "Me ajuda, por favor."

Nick soltou um suspiro, que eu torci para que significasse que ele me achava uma ridícula, mas ia me ajudar.

Josh ligou o aquecedor e deu partida, e o carro mergulhou no pior tipo de silêncio.

O que eu estava fazendo?

— Quantos cafés vocês vão comprar? — perguntei, tentando parecer alheia ao clima estranho. — É um pedido grande?

Josh virou uma esquina, e eu enterrei os dedos nos encostos de cabeça para não sair voando pela janela.

— Só cinco — respondeu ele. — Nós quatro e o sr. Carson.

— Entendi.

Mais silêncio.

—Você não tem aula agora, Macy? — indagou Nick, olhando para mim como se quisesse destacar o quanto aquilo tudo parecia suspeito.

— Estou na turma do sr. Carson com o Josh, então disse a ele que Josh precisava de ajuda para carregar as bebidas.

— Ah, que conveniente — observou Nick, ainda me olhando.

— Mandei mensagem perguntando se você queria alguma coisa — disse Josh para mim, ligando a seta e trocando de pista.

—Ah, é… meu celular está desligado.

—Também sempre esqueço de carregar o meu — comentou a garota.

— Na verdade derrubei o meu no vaso sanitário — expliquei, e na mesma hora me arrependi de ter compartilhado essa informação. — Quer dizer, não num vaso sujo... não estava sujo, sabe? Quer dizer, sim, é óbvio, sei que todos os vasos são sujos, mas não tinha nada nele.

Cale a boca, cale a boca, cale a boca!

— Minha nossa — resmungou Nick.

Ao mesmo tempo que Macy disse:

— Caramba!

Sim, estávamos todos chocados com o mergulho nojento do meu celular.

E tudo que eu consegui dizer foi:

— Pois é.

Josh entrou na Starbucks, estacionou o carro e fitou Nick, que estava olhando pela janela.

— Beleza, eu sei o que as garotas querem. E você, cara? — perguntou Josh, com aquela careta de superioridade clássica de líder do Clube de Debate.

Nick nem olhou para ele.

— Não quero nada, obrigado... cara.

Josh olhou para mim como se estivesse procurando uma explicação para o fato de Nick Stark estar com a gente e sendo um babaca. Sorri e dei de ombros. Não fazia ideia do que estava acontecendo na minha vida.

Quando Josh voltou com as bebidas, disparamos até a escola. Ele colocou o rádio no último volume, impossibilitando qualquer conversa, o que achei ótimo.

Quando entramos no estacionamento, Macy abaixou o volume e perguntou:

— Que cheiro é esse?

Em seguida, ela ergueu aquele narizinho perfeito e começou a farejar. Dei uma fungada, mas só senti cheiro de café.

Josh puxou o freio de mão e desligou o motor, franzindo o nariz.

— Tem razão, estou sentindo um cheiro de chulé — concordou ele.

Ah, não. Fiz uma careta e também fingi nojo.

— *Josh!* — exclamei. — Você deixou meias sujas no carro por acaso?

Isso fez Josh olhar para mim. Nós dois sabíamos que ele passava horas — todo fim de semana — polindo e cuidado daquele carrinho minúsculo.

— Não tem meia nenhuma no meu carro — disse ele.

— Tem certeza? — perguntou Nick. — Porque parece cheiro de meias sujas.

Josh queria matar Nick.

— Por que eu teria meias sujas no carro? — indagou Josh.

— Não faço a menor ideia — retrucou Nick.

— Podem me deixar sair? — questionei, antes que o nariz deles apontasse para minhas botas. — Estou com uma cãibra terrível nas pernas...

Descemos do carro e voltamos para a escola. Josh me deu um selinho quando tivemos que nos separar, aquele tipo de beijo de despedida obrigatório. Fiquei segurando o café, observando ele e Macy se afastarem.

Talvez eu tivesse evitado que eles se beijassem, mas aquela ida à Starbucks definitivamente não parecia uma vitória. O sinal tocou, interrompendo minha linha de raciocínio.

— Obrigado por me convidar. Testemunhar esse nível de constrangimento foi muito divertido — declarou Nick, bem devagar, sorrindo de um jeito travesso.

— Me poupa — respondi, incapaz de segurar um sorriso.

— É sério — insistiu ele, começando a se afastar, gritando por sobre o ombro enquanto a multidão o engolia. — Você fez de hoje um dia incrível, Emilie.

Revirei os olhos e fui até meu armário. Eu estava tão distraída que de início não ouvi as risadinhas. Então algo em minha visão periférica chamou a atenção. Olhei para a direita e ali estavam Lauren, Nicole e Lallie, com outras quatro garotas, em frente aos armários.

Elas riam, sussurravam e olhavam para mim.

Andei mais rápido e soltei um suspiro de alívio ao entrar no laboratório de Química. Estar no radar daquelas garotas não era algo que eu esperava, e certamente não era algo que eu queria.

O alívio foi passageiro, no entanto, porque quando cheguei à mesa Nick estava ali, olhando para mim com um sorriso travesso, o queixo apoiado em uma das mãos.

Sentei na banqueta e abri a mochila para pegar o livro e o fichário, ignorando-o por completo.

— Isso foi estranho, né? — indagou ele.

Revirei os olhos e abri o livro no capítulo que estávamos estudando.

— Uma hora você está me mandando ir embora — continuou ele. — Depois está me arrastando até a Starbucks do jeito mais constrangedor que já existiu.

Não respondi.

— Sabe que ele está traindo você com ela, né? — questionou ele, baixinho.

Olhei para Nick de soslaio, virando a página do livro.

— Será que podemos voltar ao tempo em que não conversávamos, por favor?

Ele estendeu a mão e me impediu de virar mais uma página.

— Acho que não — respondeu ele. — Porque não somos mais estranhos.

Era a cereja do bolo. O auge daquela tentativa horrorosa de fazer o dia dar certo. Olhei para Nick e soltei um suspiro.

— Mas podemos voltar a ser estranhos. Eu sou tagarela, e você *odeia* isso. E você é mal-humorado, o que *eu* odeio. Então vamos fingir que não nos encontramos hoje de manhã e você pode voltar a não saber quem eu sou.

Isso o fez sorrir. Na verdade, o sorriso dele era uma *potência*. Nick era um introvertido tão carrancudo que quase não dava para perceber o quanto ele era bonito.

Mas, quando ele sorria, ficava lindo de morrer.

Que desperdício, um sorriso assim num garoto tão chato.

— Me parece impossível — retrucou ele, cruzando os braços e me encarando. — Além disso, você não me convidou para comprar café… você me *arrastou*.

O sr. Bong entrou no laboratório e começou a falar, o que me fez acreditar, ingênua, que Nick ficaria quieto e me deixaria em paz. Mas eu estava sem sorte.

— Adivinha sobre o que eu li na última aula.

— Shh.

— Disfagia — contou ele, se aproximando de mim. — É o termo para quando a comida fica presa na garganta mas a gente não engasga.

Soltei uma risada que mais parecia uma tossida.

— Qual é o seu problema? — perguntei.

— Não tenho nenhum problema.

—Você nunca fala comigo, mas agora está pesquisando sobre o problema estranho de saúde que tive ano passado. Qual é a sua?

Nick deu uma risadinha e se endireitou no assento quando o sr. Bong olhou na nossa direção.

— Só queria que você soubesse que eu dei uma olhada, e isso existe mesmo.

— Eu sei que existe… Aconteceu *comigo*!

— Emilie?

O sr. Bong e a turma inteira estavam olhando para mim. Porque, sim, talvez eu tivesse falado um pouco alto.

— Foi mal — murmurei.

O professor voltou à aula. Quando olhei para Nick, dava para ver que ele estava tentando segurar a risada. Balancei a cabeça, mas, ao ver seu sorriso astuto, foi impossível não sorrir também.

— Resumindo… meu carro foi guinchado.

Surpresa, olhei para Chris enquanto ele vestia o casaco e batia a porta do armário. Para piorar a tragédia que era aquele dia terrível, ele também estava sem carro para voltarmos para casa. Inacreditável.

— E agora? — perguntei.

— Agora vamos para casa andando, eu acho. A Rox já foi e meus pais estão em reunião.

Soltei um gemido.

— *Aff*. Que dia!

— Dei uma olhada e a sensação é de uns dez graus negativos, então… É, vai ser uma droga.

— Vocês precisam de uma carona?

Fechei os olhos quando ouvi aquela voz. É óbvio que Nick Stark estava ali. Por que não estaria? Ele estava em todos os lugares naquele dia. Abri a boca para recusar, mas Chris respondeu, quase com um gritinho:

— Sério?

Virei a tempo de ver Nick dar de ombros.

— Vocês já estão indo ou… — disse Nick.

— Tenho que fazer uma coisa antes… — interrompi, lançando um olhar para Chris. — Preciso, é, hum, levar uma coisa até a sala de reunião do corredor norte rapidinho.

Chris revirou os olhos, percebendo o que eu estava aprontando.

— Quero ir para casa, Emmie.

— Só preciso encontrar o Josh. Vai ser bem rápido.

Levantei o indicador para eles, virei e disparei pelo corredor em direção à sala de reunião, mas ambos vieram atrás de mim.

— Vocês não precisam vir comigo — declarei por sobre o ombro. — Posso encontrar vocês no carro.

— Não... queremos ir junto — respondeu Nick, com um tom espertinho.

Eles continuaram me seguindo.

—Você não pode ir até a casa dele depois? Como uma pessoa normal faz no Dia dos Namorados? — perguntou Chris, suspirando de um jeito dramático.

— Preciso entregar o presente antes de ir embora.

Chegamos à sala de reunião, onde acontecia a Simulação de Júri, e respirei fundo.

—Vai ser só um minutinho — avisei.

Chris revirou os olhos. Eu sabia que parecia desesperada, mas, na verdade... eu estava mesmo desesperada. Fiz um gesto pedindo que se afastassem e me dessem espaço, mas eles nem se mexeram.

Beleza.

Abri a porta e enfiei a cabeça dentro da sala. Havia pessoas sentadas em várias mesas, conversando. Olhei ao redor, procurando Josh. Estava quase desistindo quando enxerguei sua nuca; ele estava sentado do outro lado do cômodo.

Fiquei surpresa com a raiva que borbulhou dentro de mim ao ver seu cabelo cacheado. A cena com Macy ainda estava recente demais, mas nossa interação romântica *ia* acontecer.

— Josh! — sussurrei, meio que gritando. — Psiu, Josh!

Ele não me ouviu, mas Owen Collins sim. Era um dos amigos de Josh que se comportavam como um professor universitário.

— Joshua, sua namorada está chamando — declarou Owen, se levantando.

Todos se viraram na minha direção.

— Podemos ir embora, por favor? — resmungou Chris atrás de mim.

— Só um segundo — pedi.

Josh atravessou a sala, vindo em minha direção.

— Que romântico — murmurou Nick, soando bem falso.

Chris deu uma risadinha.

— Oi, Emmie. O que foi? — indagou Josh, me encarando.

Levantei a caixa embrulhada e sorri.

— Eu, é… trouxe seu presente. Pensei em trocarmos presentes rapidinho antes de ir embora.

— Não estou com seu presente — disse ele, dando uma olhada para trás de mim. — E preciso ir — completou, baixinho.

— Mas você não vai trabalhar depois daqui? Queria muito entregar seu presente *hoje*.

Coloquei o cabelo atrás da orelha, ansiosa para convencê-lo. Precisava fazer aquele dia dar certo; só assim o dia seguinte seria uma possibilidade.

— Que desespero — comentou Chris.

Estiquei a perna para chutar a canela dele, embora soubesse que ele tinha razão. Mas precisava tentar ir até o fim.

Quem sabe minha declaração de amor mudasse tudo.

— Escuta, Emmie… — começou Josh, sem se preocupar em esconder a irritação na voz. — Não sei o que está acontecendo, mas falo com você depois. *Preciso* ir.

— Beleza. Bem, é, eu só queria te dizer que eu amo…

— Frango — interrompeu Nick.

Ele abriu a porta e eu cambaleei para trás. De repente, Nick estava do meu lado.

— Ela ama frango — continuou ele — e achou que você, o namorado dela, devia saber.

Josh encarou nós dois.

— Quem é você, afinal? — perguntou.

Nick sorriu.

— Sou o Nick.

Empurrei Nick.

— Eu não amo *frango* — disse, decidida. — Eu amo...

— Olha só, eu preciso ir, Emmie. Conversamos depois.

Ele se afastou, e Owen olhou para mim como se eu fosse uma perdedora patética. E eu era mesmo. Virei e vi Nick encostado na parede balançando a cabeça, e Chris boquiaberto.

— Olha, depois dessa humilhação... Não consigo decidir se quero abraçar você ou dar um chute na sua bunda.

— Por favor, o chute na bunda — declarei, indo até Chris.

Ele me abraçou, e enterrei meu rosto em seu moletom.

— Ponto, passou, Emmie — disse ele, acariciando minhas costas por cinco segundos. — Agora me largue e vamos antes que nossa carona nos deixe aqui.

— Eu preciso *mesmo* ir — concordou Nick.

Chris explicou como chegar às nossas casas conforme saíamos do prédio da escola.

Foi muito humilhante. Sabia que estava forçando a barra, mas eu estava certa. Estava certa sobre Josh e sobre o amor, e sobre como sair daquele dia infindável.

O lado bom era que provavelmente o dia iria reiniciar em breve, já que todas as tentativas de fazê-lo dar certo foram por água abaixo, então pelo menos tudo seria esquecido, e eu teria mais uma chance.

Chris dessa vez ficou no meio do banco.

— Tudo bem, Emmie? — perguntou ele, colocando o cinto de segurança.

Dei de ombros e prendi o cinto.

— É que... eu queria *muito* que tivéssemos um momento único no Dia dos Namorados.

— Eu diria que conseguiu — comentou Nick, dando partida na caminhonete.

— Cala a boca — respondi.

— Não vou dizer nada de ruim sobre o Joshua porque respeito que você gosta dele. Mas não acha que ele foi meio... babaca? — disse Chris. — Quer dizer, eu entendo, você estava meio... estranha. Mas ele foi um ridículo.

— Que tal a gente conversar sobre isso depois? — pedi, baixinho.

Dei uma olhada para Nick.

— Ah, por favor, Emmie — retrucou Chris, apontando para Nick. — Depois de presenciar aquela terrível e malsucedida declaração de amor, eu diria que ele pode ouvir esta conversa.

— Falou com o Alex hoje? — questionei.

— Ela mudou de assunto... — comentou Chris para Nick, e em seguida virou para mim. — E é óbvio que sim... Não perco tempo.

Fazia meses que Chris era apaixonado por Alex Lopez. Eles eram amigos, corriam juntos, então se conheciam bem, mas Chris tinha medo de chamar Alex para sair e estragar a amizade. Ele tinha decidido que faria isso no Dia dos Namorados. O plano era falar: "Ah, o Dia dos Namorados é tão chato para os solteiros... Quer comer uma pizza e assistir a filmes antigos?"

Arquejei.

— Falou mesmo?

Chris abriu um sorriso.

— Só aconteceu. De início, fiquei sem graça, mas então ele disse que se sentia mal por não ter planos e acabou me dando abertura.

O rosto dele se transformou em um raio de sol de felicidade, e eu abri um sorriso. Chris gostava de agir de um jeito despretensioso, mas no fundo era uma das pessoas mais sensíveis que eu conhecia.

— Que incrível! O que você vai vestir?

— Não — respondeu ele, levantando uma das mãos e balançando a cabeça. — Ainda não estou pronto para esse estresse. Podemos ficar um tempo só pensando naquele rostinho lindo? Tipo quando Alex fica todo sério falando sobre um assunto... O combo de intensidade e fofura é demais para mim.

Assenti. Ele tinha toda a razão.

— Sei *muito bem* o que quer dizer. Ano passado ficamos na mesma turma de Governo dos Estados Unidos, do sr. Halleck, e um dia ele falou poucas e boas para Ellie Green porque... bem, ela estava sendo bem chata, e eu passei dias obcecada por ele. A fofura e a intensidade são de matar.

— Pois é!

Ele estava reluzente, e fiquei tão, tão feliz por ele. Chris era meu melhor amigo desde o início do ensino médio, quando tentamos fugir da aula de natação. Achávamos que íamos ficar sentados nos bancos, mas o treinador nos fez ficar em pé à beira da piscina fazendo as braçadas. Fora da água.

Teria morrido de vergonha se estivesse sozinha, mas Chris inventou uma coreografia. Ri tanto de suas danças ridículas que ficamos de castigo depois da aula.

Passamos o resto do caminho até a casa do Chris falando sobre o quanto Alex Lopez era incrível, e Nick ficou em silêncio. Eu estava tirando todo tipo de conclusão sobre seu silêncio, até que, ao entrar na rua do Chris, ele disse:

—Você só precisa mostrar quem é de verdade. Ele não vai ter como resistir.

— Quem diria, Nicholas Stark... — provocou Chris. — Não nos falamos desde quando éramos escoteiros, no ensino fundamental, e aqui está você, dando uma de Cupido charmoso e mal-humorado.

— Cala a boca — retrucou Nick.

Chris começou a rir, e eu também.

— Não acredito que vocês dois eram escoteiros.

— Pois fique sabendo que eu era o melhor atador do grupo — revelou Chris, abrindo a mochila para pegar a chave.

— Unidade — corrigiu Nick, diminuindo a velocidade ao se aproximar da casa do Chris.

— Unidade — repetiu Chris, revirando os olhos e balançando a cabeça para mim. — Valeu pela carona, Nick — disse, quando paramos na entrada da garagem.

Abri a porta e saí para que meu amigo pudesse descer, e me perguntei por que Nick não me levou primeiro. Parecia que ele ia ter que pegar o retorno, mas talvez precisasse ir a algum lugar que ficava na direção da minha casa. Talvez tivesse uma namorada mais velha e gata que morava perto da minha casa e estivesse indo buscá-la. Embora tivesse testemunhado os momentos mais constrangedores da minha vida naquele dia, ele ainda era praticamente um estranho.

Quando voltei para a caminhonete e fechei a porta, Chris fez um gesto pedindo que eu abrisse a janela.

—Tem certeza de que está bem? — perguntou ele, parecendo preocupado. — Aquela cena com Josh não combina com você.

— Eu só… sei lá. Queria muito ter um Dia dos Namorados perfeito, então talvez tenha exagerado.

— Será? — questionou Chris.

— Eu queria dizer que o amo, mas aí o Nick…

— NÃO — retrucou Chris.

— … estragou tudo.

— Não acho que *eu* tenha estragado tudo — interveio Nick.

—Você está brincando, né, Emmie? — indagou Chris. — Ia mesmo se declarar para ele?

Por que ele perguntou como se fosse loucura?

— Estou falando sério — respondi.

Chris arregalou os olhos e balançou a cabeça várias vezes.

— Não, não, não. Emmie, você não o ama.

— Amo, sim.

— Há quanto tempo está saindo com ele? Não é um pouco cedo?

— Hoje faz três meses.

— Três meses — repetiu Chris, olhando para Nick e depois para mim. — Hoje?

— Aham.

Chris ergueu as sobrancelhas e perguntou:

— Não acha que é um pouco conveniente?

— Como assim?

— Você é a srta. Agenda — disse ele. — A srta. Lista de Tarefas. Desde que nos conhecemos, você é viciada em fazer tudo caber em listas muito bem organizadas.

— E qual é o problema nisso?

Ele suavizou a expressão.

— Nenhum… Acho sua necessidade de controle compulsiva uma fofura. Mas não acha que dizer "eu te amo" no dia que vocês completam três meses juntos e que por acaso é o Dia dos Namorados parece um pouco… planejado *demais*?

Senti meu rosto corar. Não queria mais conversar sobre aquilo.

— Você não precisa entrar? — indaguei.

— Tudo bem, vou ficar quieto. Mas se quer dizer mil vezes que o ama, ligue para ele mais tarde.

Revirei os olhos e acenei. Chris virou, subiu os degraus correndo e entrou em casa. Nick saiu com o carro.

— Sabe que não o ama, né? — perguntou ele.

Olhei para seu rosto de perfil.

— O quê? Como *você* saberia disso?

— Como você *não* saberia? — retrucou ele.

— Não vou conversar sobre isso com você — soltei, irritada.

Ainda bem que eu morava perto da casa do Chris e já estávamos quase chegando.

— Bem, você devia falar com *alguém*. — Ele olhou para mim. — Vai dizer que o ama, mas há algumas horas estava escondida para ver se ele não estava te traindo.

— Não era isso que eu estava fazendo...

— Era, sim — insistiu ele.

— Não era. Eu estava só esperando por ele — menti.

Nick estacionou em frente à minha casa, puxou o freio de mão e olhou para mim.

— Mesmo que isso fosse verdade, e nós dois sabemos que não é, o clima entre você e seu "namorado" é estranho e educado. Tenso e esquisito. Fala sério, isso não é amor.

— E por que você se importa? — questionei, quase chorando.

Estava cansada de repetir aquele dia, de pensar em Josh e Macy, do Nick agindo como se soubesse tudo sobre mim ou meu relacionamento.

Sua expressão era indecifrável.

— Eu não me importo.

Será? Ele pareceu tão sério que meu estômago embrulhou. Peguei minha mochila.

— Ótimo. Bem, obrigada pela carona.

— Quando precisar.

Entrei e fui direto para o quarto, torcendo para evitar a conversa sobre a promoção do meu pai. Infelizmente, ele veio me contar a "boa notícia" enquanto brincava com Joel na minha cama, fazendo cócegas nele numa demonstração de amor paterno que me deprimiu.

E, como se não bastasse, ele e Lisa passaram o jantar inteiro falando sobre o Texas. As coisas que fariam lá, os bairros onde esperavam encontrar uma casa, os restaurantes que frequentariam, os passeios turísticos que os gêmeos iam amar. Aquele jantar de Dia dos Namorados parecia ter sido patrocinado pela Secretaria de Turismo do Texas.

Pronta para ir para a cama, me senti muito desanimada. Josh não ligou nem mandou mensagem, então fiquei parada em frente à janela do quarto e fiz um desejo para uma estrela, como quando tinha sete anos e pedia que meus pais continuassem casados.

— Estrela, estrelinha. Por favor, conceda meu desejo. — Olhei para a estrela mais brilhante que encontrei e apertei os olhos. — Queria ter o Dia dos Namorados perfeito e acabar com esse dia.

Deitei na cama, esperançosa, mas realista.

Não tinha sido o dia perfeito nem de longe.

Mas talvez eu só precisasse fazer, tipo, apenas uma coisa dar certo. Quer dizer, na verdade, consegui evitar que Josh me traísse, e isso devia contar, né?

Quando me cobri, no entanto, me lembrei da cena do carro, eu com chulé espremida entre Josh, Macy e Nick.

É, não deve ter contado.

CONFISSÃO Nº 9

No oitavo ano, passei por uma fase em que andava
de táxi pela cidade inteira só para ter o que fazer
quando não aguentava mais ficar sozinha.

MAIS UM DIA DOS NAMORADOS

Quando acordei ao som daquele despertador terrível, me dei conta de que não tinha ideia do que fazer. Continuava achando que precisava mudar as coisas, fazê-las dar certo, mas não sabia o que deveria ser mudado. Fiz uma nova lista.

Listinha de tarefas para o Dia dos Namorados (de novo)
- Fazer um caminho diferente até a escola
- Convencer a sra. Bowen a honrar a bolsa de estudos
- Garantir que Josh e Macy não se beijem
- Convencer meu pai a não se mudar para o Texas

Tentei fazer um caminho diferente até a escola. Atravessei o centro dos bairros até lá, mas mesmo assim bati no carro do Nick. Desta vez ele parou na minha frente na rua Edgewood Boulevard.

Mais uma vez, ele veio até a minha porta e a abriu:

—Você está bem? — perguntou ele.

Desci do carro.

—Você parou do nada na minha frente! — exclamei.

Ele ergueu as sobrancelhas.

— Desculpa?

— É bom que peça desculpa mesmo... Isso podia ter sido evitado — disse, amando bancar a durona para variar. — Cartão do seguro, por favor.

Ele apertou os olhos.

—Você primeiro, já que foi *você* quem bateu em *mim*.

— Beleza.

Fui até o carro e peguei o cartão enquanto ele fazia o mesmo. Quando trocamos os documentos, olhei para o dele.

— Stark. Nicholas Stark? — indaguei.

Ele não respondeu, ficou só olhando para mim como se já estivesse irritado com o que eu ainda nem tinha dito.

—Você está na turma de laboratório de Química do sr. Bong? — perguntei.

Seus olhos apertaram mais um pouco.

— Sim...

— Hum... reconheci seu nome da lista de chamada. Quarta fileira?

— Pois é.

— Hum. Mundo pequeno — repliquei, apontando para meu carro. — Muita fumaça... Aposto que vai pegar fogo. Vamos sair daqui.

Liguei para a polícia, e ele ficou digitando no celular. Dessa vez eu estava de calça jeans, botas, casaco de lã e gorro, então ele não me emprestou aquele casaco velho. Nick me ofereceu uma carona até a escola, mas desta vez eu tinha o plano perfeito para garantir a paz.

Colocando o cinto, disse:

— Muito obrigada pela carona.

— Sem problema — respondeu ele.

Tirei um livro da mochila e abri na página marcada. Eu seria a carona dos sonhos se apenas ficasse em silêncio e lesse meu livro, certo? Nick deu a partida e eu comecei a ler, mas, após duas frases, ele interrompeu o silêncio.

— Não acredito que está lendo Rebecca DeVos no meu carro.

Olhei para ele, dividida entre a surpresa por ele conhecer a autora e a irritação por ele parecer enojado.

— Aham...

— Essa é uma das autoras mais superestimadas da literatura dos Estados Unidos. A prosa é tão floreada por descrições exageradas e fúteis que é difícil acompanhar o enredo — disse ele, apontando para o livro. — Esse romance é um dos piores. Nem tenho certeza se consegui entender a aparência da personagem principal porque tive que consultar o dicionário várias vezes para decifrar a droga das cores.

Olhei para o painel da caminhonete velha e pensei mais uma vez no quanto Nick era um mistério. Mesmo depois de alguns dias de interação, ele não fazia sentido para mim.

— Deixe-me adivinhar... Você é fã do Raymond Carver.

— Gosto do estilo dele — respondeu Nick, abaixando o volume da música —, mas a discrepância entre DeVos e Carver é grande. Dá para citar vinte autores mais rebuscados que o Carver e ao mesmo tempo menos... exagerados que a DeVos.

Eu também. Na verdade, não estava gostando tanto assim do livro e concordava com ele, o que me deixou chocada.

— Dina Marbury é ruiva, a propósito, com a pele pálida e olhos azuis.

Para ser sincera, eram "olhos da cor do céu no verão, sem nuvens e cerúleo, e reluziam com a perfeição das joias usadas por reis e rainhas, e das amantes que salpicavam a terra", mas *azul* era bem próximo.

— Eu sabia que devia torcer por ela — comentou ele —, mas, cá entre nós, fiquei feliz quando Dina entrou no oceano.

Fechei o livro.

— *Nick*! Ainda não cheguei nessa parte... É sério que você me contou o final?

Ele deu uma risadinha.

— Ah, droga... desculpa.

Guardei o livro na mochila.

— Tudo bem. Para ser sincera, acho que nem ia terminar.

Ele ligou a seta e diminuiu a velocidade para virar.

— Viu? Eu te fiz um favor.

Revirei os olhos.

— Ela entra mesmo no oceano? Uau, isso parece roubado de...

— *O despertar*, da Kate Chopin?

Nick olhou para mim quando a caminhonete parou num semáforo.

— Pois é! Quer dizer, é um final bem único, né?

Nick meio que sorriu com os olhos antes de voltar a olhar para a rua e acelerar quando o semáforo ficou verde.

— Exatamente. Como se o leitor não fosse perceber que ela roubou o grande final da personagem Edna Pontellier.

Conversamos sobre livros durante todo o caminho até a escola, e quando saímos do carro percebi que estávamos nos dando bem no Dia dos Namorados. Pela primeira vez.

Parecia o início de um dia novinho em folha, até que Nick perguntou:

— Por que está sorrindo assim?

Olhei para ele, para seu nariz franzido e suas sobrancelhas baixas.

— Assim como? — questionei.

— Não sei. Estávamos andando normalmente, mas você começou a abrir um sorriso assustador.

— Não era assustador.

Ele balançou a cabeça.

— Era, sim. De verdade. Como uma esquisitona que gosta de assistir a desfiles de rua na TV e de vestir os gatos com suéteres.

Apertei os olhos.

— Todo mundo gosta de gatinhos de suéter.

— Com certeza. Tenho que ir.

Ele disse isso como se eu quisesse que ele ficasse. Mas eu não queria.

— Na verdade, *eu* tenho que ir — declarei.

— Foi o que eu disse.

— Não, você disse que *você* tem que ir, como se eu quisesse que você me acompanhasse. Mas, na verdade, *eu* tenho que ir.

Nick ergueu as sobrancelhas.

—Você está bem?

— Estou ótima — resmunguei, assentindo.

Mais tarde, fui chamada na coordenação e tentei manter minha bolsa de estudos argumentando com maturidade. Expliquei todos os motivos pelos quais deviam abrir uma vaga para mim no curso de verão, e eles sorriram e me disseram, com educação, que não era possível.

Então esperei por Josh no estacionamento com o presente dele. Eu ficava me perguntando por que continuava me esforçando àquela altura. Se ele e Macy tinham alguma coisa, será que eu queria *mesmo* fazer nosso relacionamento dar certo? Mas também sabia que eu estava certa sobre tudo e que aquela era minha chance de consertar o tempo e garantir que a garota não estragasse as coisas entre nós dois.

Fiquei na frente do carro dele, com o presente nas mãos, e esperei. Morri de frio e continuei esperando. Por fim, quando os dois apareceram, Macy devia ter me visto, porque parou e sussurrou alguma coisa para Josh. Antes que ele me visse ali, a garota o agarrou pela manga e o levou de volta para dentro.

Como é que é?

Quando levantei para ir atrás dele, minha meia-calça prendeu no capô, ficando com um furo enorme, então quis estrangular Macy quando entrei no prédio da escola, furiosa. Ainda estava com muito frio conforme atravessava o corredor, tomada por tristeza e frustração, e percebi que as coisas talvez nunca mais voltassem ao normal.

E se eu ficasse presa naquele dia para sempre?

Enquanto isso, no laboratório de Química, Nick decidiu que era uma boa hora para conversar sobre o fato de eu estar com uma blusa vermelha no Dia dos Namorados.

— Ah, você é tão fofa.

— O quê?

Ele apontou para minha blusa com a caneta.

— Essa sua roupa combinando com o dia, como se estivesse em uma comédia romântica... Muito fofa.

Olhei para a blusa.

— Não estou combinando. É só uma blusa vermelha.

— Jura?

— Juro.

Nick lançou um olhar espertinho.

— Então como você explica a pulseira de coração e os brincos combinando? — perguntou ele.

Revirei os olhos e balancei a cabeça. Minha intenção era ser curta e grossa, mas, por algum motivo, meus olhos se encheram de lágrimas.

—Você não tem nada melhor para fazer do que criticar minhas escolhas de moda? — questionei.

Ele se aproximou, analisando meu rosto.

—Você está chorando?

— NÃO — garanti, mas as lágrimas me traíram ao cair de meus olhos.

Ele engoliu em seco.

—Ah, droga… não. Não, não… desculpa… eu só estava brincando.

—Tudo bem. Não estou chorando — respondi, fungando.

— Está, sim — replicou ele, baixinho, com uma expressão séria pela primeira vez, concentrado em meu rosto. — Por favor, por favor, pare.

Funguei mais uma vez, tentando me recompor.

—Tá bom, eu *estou* chorando. Mas não é por sua causa.

— Promete?

Revirei e enxuguei os olhos.

— *Sim.*

Respirei fundo, tentando me acalmar. Eu *nunca* chorava. Mas a ideia de ficar presa naquele Dia dos Namorados terrível para sempre estava começando a virar realidade. Eu não ia mais envelhecer? Construir minha carreira como jornalista? Ver meus irmãos crescerem? Aquilo tudo era demais.

— Sério, como posso fazer parar? — perguntou ele, parecendo tão constrangido que era quase engraçado.

Funguei e passei os indicadores sob os cílios inferiores. Respirei fundo e disse a mim mesma que ia consertar tudo.

— Está tudo bem. Já estou melhor.

— Mas… — começou ele, abrindo um sorriso carinhoso. — Tem certeza?

Assenti e sorri também.

—Aham.

Ele exalou, como se estivesse soltando um grande suspiro de alívio.

— Ufa. A ideia de ser legal com você durante a aula inteira é um pouco cansativa.

— É tão difícil assim? — perguntei, meio que rindo e balançando a cabeça.

Nick deu de ombros.

— Não é que seja difícil, é que eu prefiro ver você irritada com tudo o que eu digo.

Mais um Dia dos Namorados, mais um dia revirando os olhos na presença de Nick Stark.

Terminei o dia com mais uma tentativa frustrada de convencer meu pai a ficar.

Desta vez, argumentei que ele não podia deixar minha avó viúva morando sozinha e simplesmente se mudar para o outro lado do país. Afinal, o que ela ia fazer? Ficaria sem cuidados, certo? Eu sabia que ele adorava a vovó, então isso o faria mudar de ideia.

Mas ele sorriu quando eu mencionei isso.

— Ela quer ir com a gente, Emmie... Pode perguntar a ela. Está *ansiosa* pelo calor e pelos caubóis.

— Sério?

— Você está surpresa? — perguntou ele, ainda sorrindo.

— Bem, não com a parte dos caubóis.

Então eu não só não consegui convencê-lo, como também tive a pior de todas as notícias: também ia ficar sem minha avó. Ela nem mencionou essa possibilidade quando conversamos no primeiro Dia dos Namorados, mas eu estava surtando, então não podia culpá-la.

Mais uma vez, fiz um pedido a uma estrela antes de deitar, mas estava começando a perder as esperanças de que um pontinho brilhante no céu tivesse algum interesse em me ajudar.

Depois disso, fiquei viciada em mudar os resultados. Como se fosse possível. No quesito bolsa, tentei:

1. Não aparecer quando a coordenação chamou.
2. Aparecer e implorar por misericórdia.

3. Fingir choro e contar uma mentira cheia de detalhes sobre o último desejo do meu avô antes de morrer: que eu participasse do curso de verão.
4. Fingir choro e contar uma mentira cheia de detalhes sobre a maior paixão da minha avó idosa — e prestes a falecer: o Jornalismo.
5. Oferecer um pequeno suborno à sra. Bowen.

Nenhuma dessas tentativas ajudou. Com Macy e Josh, tentei:

1. Mandar mensagem para o Josh dizendo que ouvi alguém dizer que Macy tinha herpes e infecção bucal (não me orgulho disso).
2. Jogar uma bola de beisebol no para-brisa do Josh quando ele e Macy estavam juntos naquele carrinho ridículo. A bola chegou a bater e rachar o vidro, mas meu arremesso foi lento demais e eles se beijaram antes da colisão, então não adiantou nada. E eu tive que me esconder atrás de um carro e voltar para dentro da escola agachada como um fuzileiro naval cercado pelo inimigo.

Nada dava certo. Com o carro, tentei:

1. Ir com o carro do meu pai para a escola, mas ainda assim bati no Nick.
2. Ir para a escola com o Chris, mas aí ele bateu no Nick. A ironia é que ainda acabei pegando uma carona com o chato de galochas, porque Chris teve que ir para o hospital para darem uma olhada em seu pescoço.

Além disso, também tentei andar até a escola, mas *mesmo assim* acabei encontrando Nick. Não conseguia acreditar no que estava acontecendo, mas a caminhonete dele estava parada na rua que levava até a escola — imaginei que ele morasse na casa em frente. O capô estava aberto, e ele ali mexendo em alguma coisa. Tentei passar despercebida.

— Com licença... — chamou ele. — Ei! Pode me ajudar rapidinho?

Olhei em sua direção e levei uma das mãos ao peito.

— Eu?

— É.

— Foi mal, mas eu sou apenas uma garota de dezesseis anos... Não é seguro ajudar estranhos. Posso chamar alguém...

— Não sou um estranho. Sou sua dupla no laboratório de Química.

O quê?

Então ele sabia quem eu era? Será que ele estava tirando com a minha cara nas outras vezes que nos encontramos?

— Tem certeza? — perguntei. — Quer dizer, você até parece meio familiar, mas...

— Sim, tenho certeza, sentamos juntos na aula. Então, pode me ajudar?

Desci do meio-fio e me aproximei, tentando não sorrir ao sentir que aquele reconhecimento era quase uma vitória.

— O que precisa que eu faça?

O cabelo estava um pouco bagunçado pelo vento, e seus olhos eram de um azul profundo que contrastava o preto de sua jaqueta fechada. Sempre achei que fossem castanhos, mas acabaram me fazendo pensar na prosa floreada de Rebecca DeVos; ela meio que acertou precisamente aquela cor que parecia céu de verão sem nuvens.

Interrompendo meus pensamentos distraídos sobre seus olhos, Nick disse:

— Só preciso que ligue a caminhonete enquanto eu jogo fluido de partida nesta coisa congelada. Já dirigiu câmbio manual?

Coloquei as mãos nos bolsos e enterrei o pescoço um pouco mais no casaco de lã.

— Não, mas sei usar a embreagem.

— Perfeito. Então pode me ajudar?

Seu cheiro, que eu não sabia se era do sabonete ou perfume, me atingiu em cheio, mas deixei isso para lá.

— Aham.

Dei a volta na caminhonete e entrei. Precisei puxar o banco para a frente para que meu pé alcançasse a embreagem. Deixei a porta aberta a fim de ouvir seu comando.

— Agora — disse Nick.

Virei a chave, apesar daquela caminhonete velha não querer funcionar. Mas Nick devia saber o que estava fazendo porque, de repente, ela rugiu, ganhando vida. Acelerei um pouco até ele gritar:

— Pode colocar em ponto morto e deixar o motor ligado?

— Pode deixar.

Era familiar e reconfortante seguir instruções. Eu ajudava meu pai quando ele mexia no Porsche fazendo exatamente aquilo, mas tinha doze anos na época. Coloquei a caminhonete em ponto morto e saí.

Nick fechou o capô e veio até a porta do motorista.

— Muito obrigado. Betty é temperamental, detesta o frio.

— Quem é Betty?

— A caminhonete.

Revirei os olhos. A simpatia por Nick foi embora.

— Odeio tanto isso.

— O quê? O que você odeia? — perguntou ele, parecendo interessado, não ofendido.

— Quando homens sentem necessidade de se referir a seus amados carros como se fossem mulheres.

Isso fez com que ele abrisse aquele sorriso travesso com o qual acabei me acostumando nos últimos dias repetidos.

— Por quê?

— É tão machista. Vem do patriarcado e dos homens objetificando as mulheres. É como se dissessem "Eu amo tanto esse belo pedaço de metal que ele quase me deixa excitado. É tipo uma mulher".

— Só para você saber, essa caminhonete era do meu irmão — contou, ainda sorrindo. — Ele que escolheu o nome, porque antes ela era da nossa tia-avó Betty. E também temos uma cachorra chamada Betty.

Dei de ombros.

— Tá, tudo bem. Sou uma feminista maluca, pelo jeito.

— Pelo jeito.

— É, pelo jeito — disse, revirando os olhos e me sentindo... abatida, de repente. — Estou começando a achar que não passo de uma maluca mesmo.

Ele cruzou os braços sobre o peito.

— Você está bem?

— Não, não estou!

Soltei um suspiro e me questionei quantas vezes ele ia me perguntar isso antes que eu morresse de frustração naquele dia que se repetia várias vezes. Sacudi as mãos e tentei meu mantra — *Você está no controle* —, mas não funcionou, então soltei mais um suspiro.

— Na verdade está tudo HORRÍVEL — gritei. — Tem algo MUITO ESTRANHO acontecendo comigo, mas TÃO ESTRANHO que nem posso falar sobre isso!

Nick abriu um sorriso, e em seguida riu de verdade.

— Uau — disse ele. — Deve ser algo realmente muito estranho para você surtar *assim*.

Soltei outro suspiro.

— Você não faz a menor ideia.

Ele deu outra risada — e, nossa, Nick era lindo quando não agia como um babaca.

— Quer uma carona? Até a escola? — indagou ele. — Estou indo para lá e se você for andando... Acho que vai ser mais rápido ir comigo. E mais quente.

Quem é essa pessoa simpática e encantadora?

— Seria ótimo. Obrigada — respondi, colocando o cabelo atrás das orelhas.

Peguei minha bolsa e entrei na caminhonete, de repente me sentindo nervosa. O que era bizarro porque a sensação era a de que eu já tinha entrado vinte vezes naquela caminhonete, e não fiquei nervosa em nenhuma delas. Óbvio, ele tinha sido um chato todas elas; Nick Simpático era novidade.

Ele entrou no carro e pisou na embreagem.

— Você sempre vai andando para a escola? — perguntou Nick. — Estou surpreso por nunca ter visto você antes.

— Não. Hoje foi... bem... foi tipo um experimento — respondi, colocando o cinto de segurança.

— E qual foi o resultado?

Eu me endireitei no banco e ousei olhar para Nick, que estava esperando pela resposta com interesse.

— O resultado foi inconclusivo porque tive que interromper o experimento para fazer uma boa ação para um garoto com o carro quebrado.

— Que pena para o experimento, mas o garoto parece bacana.

Ri, incapaz de resistir.

— Ele pode até ser legal, mas soube de fontes confiáveis que na verdade ele é um chato que não fala nem com a dupla de laboratório.

— Eu *sabia* que você tinha me reconhecido. — Ele apontou para mim ao dizer isso, com um sorriso largo, e mal consegui acreditar na ironia. — Srta. Não Falo Com Estranhos.

Soltei outra risada.

— Cuidado nunca é demais.

— Dá pra ver — respondeu ele, voltando a olhar para a rua.

— Você terminou a leitura que era para hoje? Eu esqueci completamente, então vou ter que ficar com a cara enfiada no livro — disse, tentando puxar papo.

Eu me perguntei como alguém podia ter um cheiro tão agradável e ao mesmo tempo tão sutil. Não era como o perfume caro que Josh usava, e do qual eu gostava. Estava mais para sabonete ou amaciante. Eu seria capaz de hiperventilar só para ficar sentindo seu cheiro.

— Não, mas nunca leio — disse ele, ligando a seta e virando à esquerda, entrando no estacionamento. — Espero até um dia antes da prova, como todos os adolescentes normais.

— Está me chamando de anormal?

Nick estacionou numa vaga na primeira fileira que por um milagre estava livre.

— Estou dizendo que você é única — declarou ele.

Devo ter feito uma careta, porque ele desligou a caminhonete e abriu um sorriso.

— O que foi? Era para ser um elogio.

Tirei o cinto de segurança e abri a porta.

— Eu sei… E isso é estranho.

Nick puxou o freio de mão, guardou a chave no bolso e pegou a mochila que estava entre nós dois.

— Por quê? Nunca insultei você.

Ele tinha me insultado várias vezes ali mesmo naquela caminhonete, mas, até então, naquele dia, estava sendo bem simpático.

— É, parece que não — disse.

E saí.

Ele deu a volta até o meu lado e entramos na escola juntos. Ficamos em silêncio, mas eu ainda sentia seu cheiro, um calor e uma agitação ouvindo a neve chiar sob nossos sapatos.

Apontei para a ala sul porque precisava ir até lá para encontrar o Chris, mas Nick parou. Em seguida, olhou bem nos meus olhos com aqueles olhos *ridículos* de tão azuis.

— Não sei o que é a coisa terrível com a qual está lidando e sobre a qual não pode falar, mas, quando tudo dá errado, eu simplesmente penso: "Que se dane."

Engoli em seco e não sabia o que responder, porque seus olhos azuis me encaravam de um jeito que me provocava arrepios, e percebi o quanto seus lábios eram bonitos. Procurei as palavras certas para responder, sem sucesso.

— Ei, é, não...

Ele estendeu a mão, deu uma puxadinha leve na mecha de cabelo que tinha caído do meu rabo de cavalo, e disse:

— Que se dane, Emilie.

E saiu.

Quando me chamaram na coordenação, como sempre acontecia, fui até lá e falei a verdade.

Olhei para a sra. Bowen e disse:

— Posso ser sincera? Essa situação é catastrófica para meus planos; estava contando com esse curso de verão para me candidatar a bolsas de estudos de ensino superior. Existe algum outro curso que possa ter uma vaga?

Esperei a rejeição de sempre, mas ela inclinou a cabeça para o lado e fez um biquinho. De repente, começou a falar com o sr. Kessler a respeito de um curso que eu não conhecia e saiu para fazer uma ligação.

— O senhor conhece esse curso? — perguntei para o sr. Kessler. Ele assentiu.

— Conheço, sim. É muito, muito bom, e ajudaria muito a conseguir uma bolsa.

— Acha que eu tenho chance? — indaguei.

Senti a esperança reavivar dentro de mim. O sr. Kessler deu de ombros e abriu um sorriso encorajador, quase paterno.

— Tudo é possível.

A sra. Bowen voltou, mas não tinha conseguido falar com a pessoa para quem tinha ligado. Disse que ia confirmar algumas informações e voltaria a falar comigo, e deu para perceber que estava sendo sincera.

Antes de ir embora, ela se desculpou de novo, mas acrescentou:

— Vamos dar um jeito de consertar isso, Emilie. Dou minha palavra.

As coisas estavam se alinhando de um jeito que me deixou otimista com a possibilidade de acordar e viver o dia seguinte, em vez do mesmo Dia dos Namorados.

Depois da aula, tomei a decisão madura de não chegar nem perto da saída para o estacionamento, onde tantas vezes vi Josh com Macy. Com sorte, o universo que parecia estar a meu favor até então evitaria que eles se beijassem, mas passar longe do carro de Josh já seria ótimo — assim eu não teria que testemunhar caso isso acontecesse.

Seria como aquela questão filosófica: se uma árvore cai na floresta e ninguém está perto para ouvir, ela fez barulho? Então, se eu não estava lá para ver, será que aconteceu mesmo?

Quer dizer, sim. Quando me permitia me lembrar daquela cena, deles dois juntos, meu estômago ainda se revirava e eu me sentia uma boba, mas precisava tirar aquilo da cabeça se quisesse que meu dia fosse perfeito. Só assim minha vida voltaria ao normal.

Fui meticulosa e me esforcei para ser extremamente gentil com todos e também prestar atenção nas aulas. Até sorri quando passei por Lauren, Lallie e Nicole no corredor.

Quando cheguei ao laboratório de Química, Nick já estava lá. Respirei fundo, nervosa por algum motivo que decidi ignorar, e fui até meu lugar, do lado dele.

Nick levantou a cabeça quando coloquei minha mochila no chão.

— E aí! Você de novo — disse ele, sorrindo.

— Sou eu, sim — respondi, me sentando.

Senti meu rosto esquentar quando trocamos um olhar de reconhecimento. Ele me observou.

— Obrigado mais uma vez por ter me ajudado mais cedo.

Dei de ombros.

— Obrigada mais uma vez pela carona.

O sr. Bong entrou na sala com os olhos no celular em sua mão enquanto ia até sua mesa.

— Escutem, hoje é prova surpresa. Preciso que todos os alunos que se sentam à direita da mesa troquem de dupla com a mesa de trás.

Bong sempre nos fazia mudar de lugar para as provas porque, pelo jeito, na cabeça dele, tínhamos um pacto de cola com nossas duplas. Como eu estava à direita, peguei a mochila.

— Espere — disse Nick, pegando o celular que estava em cima da mesa. — Me dê seu número para eu te mandar mensagem.

Senti meu queixo cair. Tentei agir com naturalidade, mas Nick Stark estava pedindo meu número. *O que está acontecendo?* Ele estava pedindo meu número, e eu meio que queria passar. Dei uma risadinha, nervosa de repente.

— E por que eu faria isso? — perguntei.

— Vai descobrir quando eu te mandar a mensagem. Seu número, por favor.

Falei meu número, e ele digitou no celular.

De repente, meu celular vibrou.

Número desconhecido: Adivinha quem é?

Dei um sorriso e sentei na outra mesa. Em seguida, respondi:

Eu: O cara chato, que por acaso é minha dupla de laboratório?

Nick: É o cara chato que te deu uma carona até a escola.

Isso me fez sorrir.

Eu: Ah... AQUELE cara.

Nick: Quer uma carona pra casa?

Soltei um suspiro. Tipo, um suspiro audível. Porque... minha nossa. Nick Stark estava meio que me chamando para sair? Que dia era aquele? Quem era aquele garoto? O que estava acontecendo?

Eu: Já tenho carona, mas MUITO obrigada!

Quando enviei, fui surpreendida por uma sensação inesperada. Parecia... arrependimento.

Mas eu estava prestes a talvez escapar dessa sequência de dias repetidos e não podia arriscar. Precisava aperfeiçoar o restante do dia, e isso incluía comemorar o Dia dos Namorados com meu namorado.

Nick: Então se a Betty não pegar, você não vai poder ajudar?

Por que eu estava decepcionada por não poder ajudar?

Eu: Infelizmente. Mas tenho certeza de que vai ter algum estranho por aí para dar a partida na sua caminhonete.

Nick: Não somos estranhos, lembra?

Olhei para ele, e Nick estava olhando para mim com uma sobrancelha erguida e um pequeno sorriso nos lábios. Eu me senti um pouco atordoada ao responder:

Eu: Ah, é... tem razão.

O sr. Bong começou a distribuir as provas, e não pudemos mais conversar ou trocar mensagens pelo restante da aula. O que foi bom; eu precisava me concentrar. Assim que entreguei a prova, saí da sala sem ousar olhar na direção dele.

Passei o dia feliz, simpática e positiva. Depois das aulas, quando encontrei Josh em frente ao seu armário, ele se virou e abriu um sorriso enorme para mim.

— Ainda bem... *ainda bem*! — disse ele, se aproximando e encostando a testa na minha. — É Dia dos Namorados e eu ainda não tinha visto a Emmie do meu coração. Onde foi que você se escondeu o dia todo?

Abri um sorriso, mas uma pequena parte de mim ficou se perguntando se ele tinha beijado Macy. E, se não beijou, será que teve vontade? Eles conversaram e flertaram na ida até a Starbucks? Ele parecia o mesmo de sempre, mas algo dentro de mim estava diferente quando olhei para ele.

— Em lugar nenhum — respondi, afastando o pensamento bobo. — Você tem um tempinho para abrir seu presente antes da reunião da Simulação de Júri?

Josh virou de costas e pegou alguma coisa no armário.

— Só se você tiver um tempinho para abrir o seu — disse ele.

— *Acho* que consigo um tempinho — provoquei.

O primeiro pacote que ele me deu era uma caixa retangular... Dava para ver que eram chocolates. Rasguei o papel e em seguida abri um sorriso.

— Meu jantar favorito... Obrigada.

— Imagina. Doces para meu docinho — falou ele, com as duas mãos no coração.

— E *do* meu docinho — acrescentei, com um sorriso grande porque era romântico, além de ser as palavras perfeitas para o Dia dos Namorados.

Não queria ficar confiante demais, mas a sensação era a de que talvez eu estivesse conseguindo fazer o dia dar certo.

— Também tem isso aqui, meu docinho — disse ele, estendendo uma caixinha quadrada.

Soltei um suspiro, rindo, envolvida em seu sorriso e na festividade dos presentes. Abri a caixinha branca, e dentro dela havia uma pulseira de prata. Ele sorria, cheio de expectativa.

Esperei uma explicação, mas passei dois segundos sorrindo para ele sem entender.

— Ai, minha nossa, Josh, eu amei muito... Obrigada!

Joshua colocou a pulseira em meu braço depois de insistir, então não protestei. Estava temendo a vermelhidão que cobriria minha pele em breve. Porque, na semana anterior, eu tinha contado toda a história sobre minha alergia a prata. Sim, as pessoas às vezes esquecem as coisas, mas era uma história bem longa que incluía uma visita à emergência, e ele tinha dito que, se a gente já namorasse na época, teria entrado com pizza escondida no hospital para mim.

Então por que ele comprou uma pulseira de prata para mim?

Deixei isso pra lá, em nome do dia perfeito, e em seguida Josh abriu seu presente. Ele amou, como eu já esperava, e me envolveu em seus braços para me dar um beijão. E daí que estávamos no corredor da escola?

Quando se afastou e olhou para mim, abri um sorriso. Pigarreei, respirei bem fundo, olhei em seus olhos castanhos e disse:

— Eu te...

— Ainda não! — interrompeu ele, levantando um dedo. — Não diga mais nem uma palavra enquanto não ouvir meu poema.

Fiquei em silêncio, um pouco abalada. Josh sabia o que eu estava prestes a dizer? Estava com um sorriso enorme, então imaginei que não.

Josh leu o poema que tinha escrito para mim, dizendo que eu me encaixava em seus versos feito uma rima perfeita, e me envolveu em um abraço. Foi lindo, como todos os seus poemas, e depois eu andei pelos corredores sorrindo, indo em direção ao carro do Chris.

O amor não é a presença, mas a ausência. Meus ouvidos ficam tristes quando você não está falando; meus dedos sentem sua falta quando sua pele está longe.

Não tive a oportunidade de dizer que o amava, mas tudo bem. Ele usou a palavra "amor" no poema, então era quase como se ele tivesse dito antes, e eu ainda podia dizer quando ele ligasse *à noite.*

Quando saí da escola e o vento gelado atingiu meu rosto, ouvi a buzina antes mesmo de ver Chris. Aquele espertinho estava buzinando ao som de "We Will Rock You", do Queen, e quando cheguei no carro dele eu estava chorando de tanto rir.

— Será que dava pra andar *mais* devagar? — gritou Chris, da janela.

— Ah! Dava, sim — gritei de volta, rindo ainda mais quando tentei abrir a porta e estava trancada. — Me deixa entrar!

— Beleza — disse, destravando a porta. — Mas só porque eu preciso de grana para a gasolina.

— Tudo bem.

Entrei no carro e fechei a porta, e então vi Nick Stark na fileira seguinte de carros, mexendo no motor da caminhonete. Abri o vidro e gritei em sua direção:

— Precisa de ajuda?

Nick olhou para mim. De repente, senti um calor. Ele estava com aquele pequeno sorriso sarcástico.

— Não é por nada, mas eu tenho dezesseis anos — gritou ele. — Não é seguro conversar com estranhos.

Eu dei risada.

— Não somos estranhos, Nick Stark — respondi.

O sorrisinho virou um sorriso grande.

— É verdade... Você é minha dupla de laboratório de Química. Bem lembrado.

Ri mais uma vez e ouvi Chris soltar um resmungo, que eu ignorei.

— Mas sério... precisa de uma carona? — perguntei. — Ou de ajuda?

— Por acaso eu sou o quê, hein? Seu Uber? — protestou Chris.

— Não, mas obrigado — respondeu Nick. — Na verdade, agora Betty pegou, então não precisa.

— Bem, então tá. A gente se vê — disse, me sentindo um pouco... desapontada?

Nick me lançou um olhar que fez o meu mundo parar por um instante antes que a vida voltasse à velocidade normal.

— Oi, querida, como foi a escola?

Meu pai saiu da cozinha com um pano de prato no ombro.

Dei um sorriso e larguei a mochila. Já tinha tirado a pulseira do Josh na volta para casa e guardado para não precisar pensar naquilo.

— Foi tudo bem. Ei, podemos conversar rapidinho?

— Sim, sim. Só estou com a panela no fogo — respondeu ele.

Fui atrás dele até a cozinha e sentei em uma das banquetas do balcão. Ele estava preparando espaguete e almôndegas, uma receita da minha avó Max. O cheiro estava incrível.

— E aí? — indagou ele.

Peguei uma maçã da fruteira.

— A mamãe me falou sobre a promoção... — menti, obviamente, mas eu só queria assumir o controle da situação.

Os ombros do meu pai caíram e ele pareceu chateado.

— Caramba, sério? Eu disse a ela que queria falar com você primeiro...

— Não, tudo bem — disse, e mordi a maçã. — Ela entendeu errado uma coisa que eu disse e achou que eu já soubesse.

— Ah...

Ele fechou a boca e mexeu o molho, parecendo perdido em seus pensamentos. Meu pai tinha um ar mais jovial; tipo, ele ainda tinha cabelo e era cheio de energia. Dito isso, havia alguns fios grisalhos em suas têmporas que entregavam sua idade.

— É, então, posso ser sincera? Quero muito que vocês se mudem para a cidade dos seus sonhos. Quero mesmo — disse, tentando reunir coragem para falar do jeito certo. — Mas odeio a ideia de vocês se mudarem para longe de mim. Sabe, eu amo a mamãe... Mas aqui, com vocês, é onde eu realmente me sinto em casa.

Minha voz falhou no fim e senti uma urgência de dizer que não tinha problema, que estava tudo bem e que ele não precisava se preocupar, mas me obriguei a ficar em silêncio. Olhei para a maçã vermelha.

— Uau. É... Vou ser sincero, Emmie... Eu não esperava por isso. Acho que pensei que você não se importaria muito — declarou meu pai.

Levantei o olhar a tempo de vê-lo esfregar a nuca, como se estivesse desconfortável.

—Você achou que eu não me importaria com vocês se mudando para o outro lado do país? — perguntei.

Pisquei rápido, porque chorar nunca resolvia nada. Ainda não acreditava que tinha chorado como um bebê na frente do Nick no laboratório de Química, embora ele não fizesse ideia do que tinha acontecido.

— Como eu poderia não me importar? — continuei. —Você é meu *pai*. Os gêmeos são meus irmãos. Aqui é minha casa, o meu lugar no mundo.

Ele parou de coçar a nuca.

— Mas você parece tão feliz com sua mãe. Acho que eu...

— Conclusão precipitada. Você tirou uma conclusão precipitada — disse, sentindo um amargor na língua; havia tantas outras coisas que eu poderia dizer, mas não queria estragar o dia perfeito. — Eu amo a mamãe, mas me sinto em casa com *você*.

Ele engoliu em seco, e vi suas narinas dilatarem.

—Ah, Emmie... Me desculpe.

Balancei a cabeça e lutei contra as lágrimas.

— Não precisa pedir desculpa. Você não sabia disso porque eu nunca disse nada. — *Eu não queria causar nenhum problema.* — E não quero impedir a mudança nem coisa do tipo. Eu só, é... Sei lá... Achei que talvez pudéssemos procurar soluções para fazer isso tudo funcionar.

Ele deu a volta no balcão e sentou na banqueta ao meu lado. Disse que estava sofrendo muito com a ideia de não me ver todos os dias e que nós — ele, Lisa e eu — conversaríamos no dia seguinte para encontrar um jeito.

Mais tarde, quando fui para a cama, estava radiante de felicidade. Fazia muito tempo que não me sentia tão próxima do meu pai. Não tinha batido o carro, o curso de verão ainda era uma possibilidade, e Josh e eu tivemos o Dia dos Namorados perfeito.

Deitei na cama e pensei na pulseira de prata. Quer dizer, a joia era muito linda e parecia cara. Por que eu estava dando tanta importância ao fato de ele ter esquecido minha alergia?

Meu celular vibrou e peguei-o na mesinha de cabeceira, onde estava carregando. Achei que seria Josh, mas era Nick Stark.

Nick: Seu batom ficou na minha caminhonete.

Eu: Como assim?

Nick: Acabei de chegar em casa e, quando peguei minha mochila, vi que seu batom estava no chão.

Ele devia estar falando do meu brilho labial que eu não estava encontrando em lugar algum.

Nick: Te entrego na aula de Química, mas só queria avisar.

Eu: Obrigada. Você se saiu bem na prova?

Nick: Acertei tudo.

Eu: Uau. Convencido.

Nick: Sou mesmo. Química é a minha praia.

Eu: Você é MESMO um cara legal.

Nick: Eu sei. E aí, seu namorado te deu flores?

Eu: Na verdade, ganhei chocolate e uma pulseira.

Nick: Então está usando sua joia enquanto enche o bucho de chocolate?

Isso me fez rir.

Eu: Deixei o chocolate no carro do meu amigo e a pulseira me deu alergia, então... Não mesmo.

Nick: Nossa. Ele te deu uma pulseira que deixa o braço verde?

Soltei um suspiro e comecei a digitar uma resposta, mas, sem me dar conta, de repente estava ligando para ele.

— Alô?

— A pulseira não deixou meu braço verde. Sou alérgica a prata.

— Primeiro de tudo... Isso existe mesmo? — perguntou ele. — Em segundo lugar, aposto que ele gostaria que você tivesse contado esse pequeno detalhe antes que ele comprasse a bugiganga.

— Existe, *sim*... Eu sou alérgica — retruquei, pegando meu refrigerante na mesinha de cabeceira. — E eu contei, mas ele deve ter esquecido.

— Deixa eu ver se entendi — disse ele, com a voz grave e um pouco rouca, como se tivesse acabado de acordar. —Você contou ao Joshua Sutton, o cara mais inteligente da escola, que é alérgica a prata e ele te deu um colar de prata de Dia dos Namorados?

— Pulseira...

— Que seja. Obviamente, ele está tentando te matar.

Comecei a rir, embora quisesse esganá-lo por me fazer desconfiar do Josh.

— Não está, não.

—Tem certeza? Quer dizer, cuidado nunca é demais — falou ele, e dava para ouvir um sorriso em sua voz.

— Imagino que sim. — Pigarreei, sem acreditar que estava falando no telefone com Nick Stark. E *eu* tinha ligado para ele.

— E aí, onde você passou a noite?

— Uau. Por que quer saber, hein?

— Cala a boca — disse, rindo mais uma vez. — Estava trabalhando?

— Aham.

— E onde você trabalha?

— Devo me preocupar com esse interesse todo ao meu respeito?

— É óbvio que não — disse, lembrando-me do que ele achava sobre puxar assunto. — Só queria saber se pode me dar um desconto em algum dos meus lugares favoritos. Livrarias, cafés, pizzarias... Qualquer um desses me interessa. Gosto de ter contatos.

Ele pareceu um pouco mais acordado.

— Então você gosta de usar as pessoas para ganhos pessoais, é isso?

Sorri no silêncio do quarto.

— Exatamente. Embora não exista motivo para fazer isso parecer tão mercenário.

— Bem, sinto muito decepcionar você, mas trabalho no 402 Ink. É um estúdio de tatuagem.

Ele trabalhava em um estúdio de tatuagem?

Todos sabiam que Nick tinha feito algumas tatuagens no ano anterior, o que o fazia parecer radical, porque a idade legal para fazer tatuagem sem autorização dos responsáveis era dezoito anos. Mas então ele trabalhava lá? Nick era um verdadeiro bad boy.

— Isso não me decepciona — respondi, imaginando o sorriso dele. — Já estava planejando fechar os dois braços semana que vem, então é perfeito.

— Ah, com certeza.

— Você não tem como saber se é verdade ou não.

— Acho que tenho, sim.

Assenti, embora ele não pudesse me ver.

— O que você faz lá? — questionei.

— Só não tatuo. Atendo o telefone, cuido das redes sociais, do site, do caixa… Faço de tudo.

— Ah… Parece bem interessante.

Deitei no travesseiro e puxei a coberta até os ombros. Nick parecia estar caminhando.

— Só que não — respondeu ele. — E você, trabalha onde?

— Eu trabalho na cafeteria Hex.

— É mesmo? Hum… Estou surpreso por nunca ter encontrado você.

—Você vai muito lá?

— Não. Na verdade, odeio café.

Isso me fez bufar.

— Combina com você.

— Prefiro chá.

— Está mentindo?

— Bebo de quatro a cinco xícaras de chá todos os dias, sem brincadeira.

—Você *só pode* estar mentindo.

— Juro.

Tentei imaginá-lo tomando chá e, para falar a verdade, a imagem era encantadora. Ele parecia o Jess Mariano de *Gilmore Girls* quando falava de livros, e seu gosto por chá só reforçava isso.

— Detesto chá — declarei.

— Combina com você.

Josh amava chá e estava sempre tentando me convencer a experimentar o favorito dele.

—Você não vai tentar me convencer de que estou errada? — perguntei. — Em geral quem gosta de chá é bem insistente. Juram que se você tomar chá do jeito que elas tomam, vai gostar.

— Por que eu me importaria com a sua opinião?

— Eu... não faço ideia.

— Olha, preciso desligar. Só não queria que você surtasse por causa do batom.

— Estava mesmo prestes a surtar, então agradeço muito.

—Você parece mesmo o tipo que surta.

— Eu sei.

Ele deu uma risadinha.

— A propósito — disse ele —, sinto muito pelos presentes horríveis que ganhou de Dia dos Namorados.

Isso me fez rir.

—Tudo bem. O que deu para sua namorada? — indaguei.

— Namorada... Fala sério. Não tenho tempo para isso.

— Mas... e se tivesse?

Não sei por que, mas eu queria mesmo saber.

— Se eu tivesse? Não sei... Nada de chocolate e anafilaxia, com certeza.

Dei outra risada.

—Vai, eu quero uma resposta!

— Beleza — respondeu ele, resmungando. — Algo que fosse importante para ela, acho. Quer dizer, se ela gostasse de livros, como você, eu tentaria encontrar uma edição especial do seu livro favorito ou algo assim.

— Ah...

Não ia permitir que minha mente seguisse por esse caminho, o das possibilidades fantásticas de presentes.

— Mas uma garota me disse que sou um chato, então presentes e Dia dos Namorados dignos de comédias românticas não fazem meu tipo.

Lembrei-me daquela manhã na caminhonete.

— Ah... Que pena que é um chato, mas a garota parece legal.

Ele soltou uma gargalhada rouca encantadora que percorreu minhas veias até as pontas dos meus dedos dos pés.

— Boa noite, Emilie Hornby.

— Boa noite, Nick Stark.

Tinha acabado de desligar quando chegou uma mensagem.

Josh: Saudações, minha doce namorada.

Respondi, me sentindo um pouco culpada:

Eu: Saudações.

Josh: Aqui está lotado, então só vou conseguir te ligar no intervalo. Só queria te dar um oi rápido caso você pegue no sono.

Eu: Oi. 🙂

Josh: Está usando a pulseira?

Eu: Não... Estou na cama.

Josh: Eu lembrei que você ama coisas reluzentes e a pulseira me fez lembrar do seu sorriso.

Não tinha nenhuma preferência por coisas reluzentes, não era de ostentar. Além disso, como uma pulseira de prata lembraria meu sorriso? Seria o sorriso do sétimo ano, quando eu usava aparelho dental e dormia com um extrabucal?

As palavras de Nick Stark ressoaram em meus ouvidos: *Algo que fosse importante para ela.*

Eu: Que fofoooo <3 Mas o poema foi o presente mais reluzente.

Josh: Querida, preciso ir 🙂 **Até logo, docinho.**

Eu: Até mais.

Conectei o celular no carregador, apaguei a luz e me acomodei no travesseiro. Foi mesmo um ótimo Dia dos Namorados com Josh — afinal, ganhei uma poesia e uma joia. O que mais uma garota poderia querer? Era tudo o que eu esperava daquele dia, mesmo antes de ficar presa nele.

Ele era o namorado perfeito e correspondia a quase todos os itens relacionados ao romance que anotei em minha agenda.

Então por que eu não me sentia mais... sei lá... *apaixonada* ao pensar nele? Por causa da situação com a Macy, óbvio, só que tinha mais alguma coisa. Josh escreveu um poema para mim, mas por algum motivo pensar em Nick falando sobre o que compraria para uma namorada hipotética era mais arrebatador do que aquele poema.

Afastei esses pensamentos. Não sabia nada sobre Nick Stark — além do que ele gostava de ler, o que ouvia, qual era seu cheiro, onde trabalhava, como era sua risada quando estava com sono em uma ligação —, e era bem provável que ele fosse o babaca que sempre imaginei.

Josh era perfeito para mim, e eu só estava cansada.

Não fiz nenhum pedido naquela noite. De um jeito natural, o dia tinha sido quase perfeito, e eu não precisava da ajuda das estrelas.

Deixa comigo, Via Láctea.

Peguei no sono, sem perceber que, depois de ligar para Nick, esqueci de dizer "eu te amo" para Josh.

CONFISSÃO Nº 10

*Quando eu tinha três anos, corria atrás do Billy Tubbs
(o treinador de basquete) pela rua. Quando o alcançava,
eu o derrubava no chão e mordia suas costas. Meu pai
disse que ele chorava toda vez que me via.*

MAIS UM TERRÍVEL DIA
DOS NAMORADOS

Escutei o despertar e joguei o celular longe.

— Nãããããããããããããããããããão!

"Walking on Sunshine" continuou tocando depois de bater na parede e cair em algum lugar no escuro, mas em vez de ir pegá-lo eu enterrei o rosto no travesseiro e gritei até ficar sem ar.

Eu estava no inferno.

Tive o dia perfeito. Mas nada mudou? Continuo presa no Dia dos Namorados?

Peguei o roupão e fui para o banheiro. *De novo.* Abri o chuveiro e entrei, sabendo o que ia acontecer. Contei até cinco e...

— Emmie, já está saindo?

Bingo. Lisa ia dizer que meu irmão precisava ir ao banheiro.

Exatamente como todos os dias, gritei:

— Acabei de entrar.

— Joel precisa ir ao banheiro. É uma situação de vida ou morte.

— Tem um banheiro lá em cima.

Despejei xampu na mão e esfreguei a cabeça. Eu sabia qual seria a resposta, mas por algum motivo parecia importante seguir o roteiro.

— Seu pai está lá — explicou ela.

— Desarma o disjuntor do chuveiro que ele sai rapidinho — gritei.

Houve uma pausa. Em seguida, Lisa resmungou.

— Você não vai sair mesmo? — perguntou ela.

Pensei um pouco.

— Acho que não. Sinto muito — declarei.

Uau. Esfreguei a cabeça com mais força, e de repente um pensamento atropelou todos os outros em meu cérebro.

Eu. Tinha. Imunidade.

Estar presa no purgatório eterno do Dia dos Namorados era uma droga, obviamente. Mas foi só naquele momento que pensei que eu podia fazer o que quisesse sem ter que enfrentar nenhuma consequência.

Eu podia usar a filosofia de Nick Stark como mantra do dia: "Que se dane."

Tomei um banho bem longo em homenagem ao mantra e, quando saí e me sequei, tive uma epifania.

Eu podia dizer o que quisesse para qualquer pessoa, e tudo seria apagado no dia seguinte. Não ia ficar de castigo, ser suspensa ou presa, porque tudo seria esquecido. Na manhã seguinte eu estaria de volta na cama da casa do meu pai, feliz e contente, e ninguém testemunharia meus crimes.

Que comecem os jogos.

Saí do banheiro e fui direto para onde estava minha agenda.

Listinha de tarefas para o Dia dos Namorados
- DIA SEM CONSEQUÊNCIAS
- O QUE EU QUISER FAZER

Em vez de me apressar para liberar o banheiro como sempre fazia, arrastei um banquinho até a penteadeira. Aumentei o volume do celular para ouvir o último álbum do Volbeat e fiquei um tempão fazendo um delineado gatinho incrível. Fiz uma maquiagem completa e alisei o cabelo para fazer o rabo de cavalo alto perfeito.

— Nada mal, Emmie.

Olhei para meu reflexo. *Interessante*. Pelo que parece, quando dedicamos um tempo à aparência, o resultado é muito bom. Inclinei o tronco para a frente e passei o batom vermelho bem pertinho do espelho, fazendo um contorno perfeito dos lábios.

Em seguida, fui até meu closet e vasculhei as roupas, sabendo exatamente o que ia vestir para ir à escola. Tinha uma calça de couro preto *ma-ra-vi-lho-sa*, mas nunca tive coragem de ir com ela para a escola porque era MUITO justa.

Não tinha nada a ver comigo. Ou com a Emmie que todos achavam que eu era. Mas a calça deixava minha bunda incrível, então eu ia usá-la e ponto-final.

Coloquei uma blusa de caxemira macia e botas de suede que só tinha usado uma vez, e saltitei pela escada com minha mochila, cantarolando cheia de expectativa. Aquele dia estava destinado a ser um dos melhores da minha vida.

Ouvi meu pai sair enquanto eu alisava o cabelo, então só Lisa e os gêmeos estavam em casa. Entrei na cozinha e fui direto para a torta francesa de chocolate.

Os gêmeos estavam em suas cadeirinhas à mesa, enfiando pedaços de panqueca nas boquinhas carnudas de um jeito megafofo.

Ri quando Logan empurrou o copo da mesa e ficou olhando-o cair no chão.

É um *pirralhinho*.

Lisa pegou o copo e colocou-o ao lado dele. Ela estava tensa, então percebi que havia ficado chateada por eu não ter apressado o banho.

Mas não me importei. Hoje não.

Em geral, eu me virava do avesso para ser a hóspede perfeita. Sempre fazia de tudo para que meu pai e Lisa esquecessem o quanto a vida deles seria mais organizada se fossem só os quatro.

Hoje, no entanto… Que se dane. Que se danem a culpa e a submissão. Peguei um garfo e comi a torta de chocolate direto da forma, e quando terminei joguei a forma na pia.

— Ei, Lisa — chamei, abrindo um sorriso enorme. — Meu pai ainda guarda a chave do Porsche na bancada da entrada?

— Por quê?

Ela cruzou os braços e olhou para a forma suja na pia. Que, para falar a verdade, também estava me incomodando. A lava-louças ficava bem *ao lado* da pia; por que deixar a louça ali?

Eu me obriguei a ignorar aquilo tudo.

— Estou atrasada e preciso de um carro mais rápido.

No Dia Sem Consequências, que eu passaria a chamar de DSC, um Porsche seria melhor do que a minivan.

Sem me preocupar em esperar pela resposta, corri até a entrada e abri a gaveta.

— Ótimo… Parece que sim — comentei.

— Espere aí. Seu pai te deu permissão para ir com o carro dele?

Ele jamais faria isso. Amava aquele carro. Venerava. Lavaria com a língua se isso protegesse a pintura preta reluzente para sempre. Meu pai comprou o Porsche velho caindo aos pedaços de um ferro-velho quando eu era criança e passou horas concertando-o com meu tio Mick. O carro não era tão descolado assim, mas era rápido e reluzente.

E também não era uma minivan.

— Não se preocupe com isso. Tenham um ótimo dia, você e os gêmeos!

— Emilie, você não vai com o carro do seu pai, está me ouvindo?

Inclinei a cabeça, curvando os lábios para baixo.

— Estou ouvindo, Lisa, mas, sinto muito, vou *sim*. Tchauzinho.

Saí e fechei a porta, meio que esperando que ela viesse atrás de mim. *Tchauzinho?* Dei uma risadinha ao me dar conta do que tinha acabado de fazer e dizer.

Cantarolei ao entrar na garagem e entrei no Porsche antes que Lisa pudesse me impedir. O motor do carro roncou ao ganhar vida. Coloquei meus óculos escuros e saí cantando pneu, mais rápido do que conseguiria dizer "Consegui, otários".

Uau. Pisei no acelerador e voei pela rua Harrison, os pneus aderindo ao asfalto e fazendo todas aquelas coisas incríveis que os comerciais de TV dizem que os carros incríveis fazem.

Tradução: corri *muito*.

A sequência interminável de Dia dos Namorados que começou com um carro terrível e um acidente tinham ficado para trás. Que me fazia chorar no banheiro da escola. Que me fazia pegar o casaco velho do Nick Stark emprestado. Que pareciam ser dias importantes, mas obviamente não eram. O novo Dia dos Namorados começava com carros velozes e Metallica tocando no último volume do rádio, e eu *desafiei* o universo a estragar meu dia.

Não desta vez.

Olhei pelo retrovisor no exato instante em que uma viatura da polícia entrou atrás de mim e acendeu os faróis. Meu estômago se revirou por um momento, até que eu lembrei: sem consequências. Na verdade, eu podia dar início a uma perseguição em alta velocidade que apareceria em todos os canais de notícias do país se quisesse, mas isso parecia uma encrenca um pouco maior do que eu estava disposta a encarar.

Ainda mais porque *queria* ir para a escola. Eu tinha muito a fazer. Encostei, peguei a carteira de motorista e o documento do carro, e abri o vidro.

Quando o policial surgiu ao meu lado, parecia mal-humorado.

— Documentos, por favor.

Entreguei-os.

— Olha, eu sei que estava correndo, e peço desculpa — declarei.

—Você estava a 150 km/h em uma via de 70 km/h.

Eita.

— Desculpa mesmo.

—Vai precisar de mais que um pedido de desculpas, mocinha. Já volto.

Ele voltou para a viatura e eu aumentei um pouco o rádio, o som ressoando pelo carro. Comecei a cantar "Blackened", do Metallica, minha nada aleatória seleção musical para o Dia Sem Consequências. Acenei para todos que passavam por mim boquiabertos, me divertindo.

Era essa a sensação de ser rebelde? Porque eu meio que estava gostando disso. Gargalhei sozinha, incontrolavelmente, quando pensei na ideia insana de ter sido parada por um policial por exceder o limite de velocidade permitida no carro que tinha roubado do meu pai.

Quem era essa garota?

Comecei a ficar nervosa com a demora, ainda mais quando o guincho apareceu, mas eu tinha que lembrar que isso não importava. Nada importava. O que quer que acontecesse, eu acordaria no dia seguinte, livre e desimpedida.

Depois de um tempo, o policial finalmente voltou. Ele me entregou os documentos do carro e do seguro, mas ficou com minha carteira de motorista.

— Vou te dar uma multa por direção perigosa. Vai precisar se apresentar à Justiça. Como estava muito acima da velocidade permitida, não é uma multa que possa simplesmente pagar sem se apresentar ao juiz. Entendido?

Assenti e semicerrei os olhos por causa do sol que brilhava atrás de sua cabeça grande.

— Seu carro vai ser apreendido por causa da alta velocidade. Aqui está um panfleto com todas as informações sobre o tempo que ele passará aprendido e como recuperá-lo.

— Meu carro vai ser confiscado?

— Antes ele do que você, não acha?

— Com certeza.

Ser presa ia estragar meus planos para o dia.

— Além disso, sua carteira também será revogada até você se apresentar ao juiz, combinado? Ele vai decidir se você pode recuperá-la ou não.

— Nossa… você não está de brincadeira, não é?

De repente, ele tirou os óculos e olhou para mim com as sobrancelhas bem franzidas, como se não estivesse acreditando na minha ousadia.

— Mocinha, isso é muito sério.

— Eu sei, eu sei — respondi. — Só estava tentando aliviar o clima.

— Tem alguém que possa vir buscá-la?

Como meus pais eram péssimos em atender o celular e eu não estava a fim de ouvir sermões, respondi:

— Meus pais estão em reunião, então eu sei que não vão atender o celular. Tenho um trabalho muito importante para entregar antes do primeiro intervalo que não gostaria de perder.

Será que o senhor não poderia me deixar na escola Hazelwood quando terminar aqui?

CONFISSÃO Nº 11

Passei anos morrendo de vontade de brigar com a Khloe Kardashian.
Tenho certeza de que ganharia dela.

O policial me deixou na escola com uma expressão ao mesmo tempo admirada e indignada. Assim que entrei, fui até o armário do Josh. Já que não conseguiria encerrar o ciclo infindável de repetir o mesmo dia, pelo menos eu podia terminar com ele por beijar Macy e sentir que eu tinha algum controle sobre minha vida amorosa. Havia perdido a primeira aula, mas consegui chegar durante a troca de sala, o que significava que era grande a chance de ele estar lá.

Meu celular vibrou.

Pai: Me ligue AGORA.

Então Lisa contou sobre o carro.

Ou a polícia contou.

Virei no corredor e… uau. Ali estava ele.

Josh estava em pé ao lado do armário, rindo com Noah, e isso meio que me tirou o fôlego. Ele estava tão… *Josh*. Lindo, engraçado… Era o cara que devia ser perfeito para mim.

Fala sério, ele já leu Sylvia Plath para mim sentado numa canga sobre a grama. Como podia não ser minha alma gêmea?

Seus olhos me encontraram e meu rosto ficou quente, como sempre acontecia. Josh abriu aquele sorriso de quem sabia exatamente o efeito que tinha em mim.

— Emmie! Venha aqui!

Fui até Josh e, antes que tivesse a chance de terminar com ele em público, como tinha planejado, ele colocou as mãos em minha cintura e me puxou para perto.

Seus amigos se afastaram — os mesmos amigos que eu tinha planejado impressionar com um fora épico.

—Você chegou... A garota mais bonita da escola.

Ele encostou a testa na minha, e fui sugada por aquela voz grave e calma.

— Eu, é...

— Quer seu presente de Dia dos Namorados agora? — perguntou ele, dando um passo para trás. — Aliás, você está linda.

Coloquei o cabelo atrás da orelha. Em vez de abrir a boca para dar um fora nele, eu disse:

— Obrigada.

— Srta. Hornby, sr. Sutton, por favor, vão para a aula.

A srta. Radke, professora de Literatura, cruzou os braços e nos lançou um olhar de reprovação por trás dos óculos.

Josh abriu um sorriso.

— Perdemos nossa chance. Na hora do almoço, então?

Assenti, e ele me deu um selinho antes de se virar.

— Circulando, srta. Hornby — disse a srta. Radke.

— Emilie, estão chamando você na coordenação.

—Tá bem.

Levantei e fui até o professor, que era bem chato, então olhei para o quadro e completei:

— Obrigada.

Perdi um pouco da empolgação do Dia Sem Consequências após ver Josh, ainda mais porque ele foi perfeito, como sempre.

Aff. Tão, tão perfeito. Tipo, o jeito como sorriu ao me ver... Aquele não era o sorriso de alguém que tinha me esquecido e estava a fim de outra pessoa. Talvez eu não tivesse enganada sobre ele.

Não é?

Estava prestes a abrir a porta da coordenação quando ouvi uma risada vindo da direção da lanchonete. Olhei por sobre o ombro e percebi que a risadinha melódica e tilintante vinha de Macy Goldman, obviamente. Ela estava rindo no corredor, jogando o cabelo como uma supermodelo, e olhando para...

Ah.

Mesmo depois de testemunhar o beijo várias e várias vezes, meu peito pareceu desmoronar ao ver Josh sentado no chão conversando com Noah e sorrindo para Macy. Ele estava dando *aquele* sorriso para ela. Com o mesmo olhar apaixonado que direcionava a mim.

Pela primeira vez desde que vi o beijo, não fiquei triste ou magoada — fiquei furiosa. Irada, na verdade. Com tanta raiva que quis chutar tudo ou socar alguma coisa. Cerrei os dentes e entrei na sala da coordenação. Nem falei para a sra. Svoboda, fui direto até a sala do sr. Kessler.

— Aí está ela.

Entrei na sala, mas não me sentei. Também não olhei para eles. Só cruzei os braços e fervi de raiva, olhando fixamente para a mulher que estava prestes a arrancar o curso de verão de mim como se ela fosse a responsável por tudo que estava dando errado em minha vida. Ela não era culpada, mas teve o azar de estar ali quando a merda foi jogada no ventilador.

— Se veio até aqui me dizer que houve um equívoco e eu não conquistei a vaga no curso de verão, nem se dê ao trabalho. Preciso disso para me inscrever em bolsas de estudos para a faculdade... E não estou exagerando quando digo "preciso". Você *não vai* tirar isso de mim. Não posso perder a chance de ganhar um Pulitzer só porque alguém da sua equipe não sabe contar.

Cerrei os dentes e ela olhou para mim como se estivesse assustada.

O sr. Kessler inclinou a cabeça.

— Emilie, por que não senta um pouco? — indagou ele.

— Não posso — disse, levantando uma das mãos. — Tenho um compromisso agora, mas vocês vão ter que dar um jeito de consertar isso.

A mulher pigarreou, parecendo confusa.

— Como é que você sabia o que eu ia dizer? — perguntou ela.

Dei de ombros.

— Intuição, talvez. Acho que vai fazer de mim uma excelente jornalista, não acha?

Depois disso, saí da sala. O que mais poderia ser dito?

Reagir foi bom. Em vez de ser arrastada pela vida, eu estava assumindo o controle. Para o bem ou para o mal, aquele era o dia de ser proativa como nunca antes.

Porque nada importava.

A sra. Svoboda não estava mais na mesa. Sua cadeira estava vazia, e o microfone que se conectava aos alto-falantes da escola completamente abandonado.

Hum...

Olhei em volta. Nick Stark estava sentado numa cadeira, olhando para o celular. Que ironia. Observei seu rosto lindo e fui atingida por uma melancolia. Tínhamos passado um dia incrível e conversado por ligação horas atrás — a última coisa que escutei antes de pegar no sono foi a voz dele. Mas Nick não se lembrava disso. Éramos basicamente estranhos, mas eu sabia o que ele compraria para a namorada de Dia dos Namorados se tivesse uma.

E sabia que ele tinha cheirinho de sabonete.

Foco, Emmie.

A porta da direção estava fechada e a enfermeira estava ao telefone.

Eu não podia fazer isso.

Será?

Dei a volta na mesa, sentei na cadeira da sra. Svoboda e inclinei o tronco para a frente. Meu coração bateu forte quando apertei o botão do microfone de mesa.

— A-atenção, alunos da escola Hazelwood. Gostaria de anunciar que Joshua Sutton é um ridículo. — Dei uma risadinha. Juro. Deixei uma risadinha escapar dos meus lábios sorridentes e me recostei na cadeira. — Aqui é Emilie Hornby, e estou oficialmente te dando um fora, Josh, porque você é um babaca.

De repente, Nick olhou para mim como se não acreditasse no que estava ouvindo, e dei de ombros porque também não estava.

— Você é um grande babaca. É um idiota pretensioso que tem um carro horroroso, e eu estou terminando com você. — Soltei o botão, mas voltei a apertar. — Além disso, você é tão patético que chama seu grupo de amigos de "os Bards", como se fossem personagens de *Sociedade dos poetas mortos*, ou sei lá o que... Vai sonhando, querido. Câmbio, desligo.

Levantei em um salto e saí de perto da mesa o mais rápido que consegui, e Nick deu uma gargalhada. O sinal tocou no instante em que saí da sala, então tive a sorte de ser engolida pelos alunos que encheram os corredores. Tinha certeza de que me chamariam na coordenação mais tarde, mas com alguma sorte eu não estaria mais lá quando isso acontecesse.

Macy, Noah e Josh não estavam mais na lanchonete.

Caminhei com a cabeça erguida e com um sorriso divertido no rosto que eu não conseguia conter. Sabia que a maioria das pessoas pelas quais passei não sabia quem eu era nem sabia meu nome, mas ainda assim cumprimentei meus colegas com um aceno de cabeça descolado, como se eu fosse a protagonista de um filme.

"Sabotage", dos Beastie Boys, tocava na minha cabeça conforme eu caminhava cheia de atitude até o laboratório de Química.

Já estava quase chegando quando passei por Lallie, Lauren e Nicole.

Elas estavam em frente a um armário listando em voz alta tudo o que não gostaram na roupa da Isla Keller, que não fazia ideia do que estava acontecendo. Ela estava pegando um livro em seu armário e não merecia aqueles comentários maldosos.

— Sério, por que alguém usaria um sapato tão horrível? — indagou Lallie.

— Ai, minha nossa. É muito feito — disse Lauren Dreyer, tirando o pirulito dos lábios e apontando para os sapatos de Isla antes de enfiá-lo de novo na boca.

— Qual é o problema de vocês? — perguntei, com um tom de voz que assustou todas nós.

As três se viraram para mim.

— O quê? — perguntou Lallie.

— Por que vocês são tão mesquinhas? — perguntei.

Senti meu coração acelerar ao ver algumas pessoas parando e olhando em nossa direção.

— Olha, não fui eu que dei uma de babaca no alto-falante da escola — replicou Nicole, olhando para mim com os olhos semicerrados, parecendo uma rainha má.

— É, Emilie. Precisava? — questionou Lallie, com um sorriso sarcástico.

Normalmente eu estaria surtando, passando mal se aquelas garotas falassem comigo daquele jeito no corredor. Mas a Emmie do DSC não estava nem aí.

—Você sabe que não fez uma pergunta de verdade, né, Lallie? — indaguei, sem medo. — Ou está tão ocupada sendo desagradável que não consegue nem formar uma pergunta coerente?

Isso fez Nicole arquejar, então apontei para ela e continuei:

— E você nem precisa falar nada, Nicole. Você é babaca com o mundo inteiro desde, sei lá, o terceiro ano. Já sei que você vai dizer alguma coisa maldosa, então pode economizar sua saliva e meu tempo.

Dava para ver nos rostos bronzeados demais de Lallie e Lauren que elas estavam prestes a responder, mas eu não ia deixar.

— Vocês sabem que todo mundo, sério, *todo mundo*, desta escola que não anda com vocês odeia vocês? Pensem nisso. Todo mundo faz piada de vocês... Sabiam disso? Tudo em segredo porque todos morremos de medo, mas vocês são uma piada para a maior parte das pessoas.

Peguei o palito do pirulito da Lauren e arranquei-o de sua boca. Quase ri da expressão incrédula dela, mas consegui me manter séria ao jogar o pirulito no chão e sair, com a música "Sabotage" voltando a tocar em minha cabeça conforme eu andava pelo corredor.

Quando cheguei ao laboratório de Química, fui direto para minha mesa. Nick entrou um minuto depois, mas ficou em silêncio. Só levantou uma sobrancelha e sentou na banqueta.

— Qual é o carro dele?

— O quê? — perguntei, abrindo a mochila. — De quem?

— Do Josh. Você disse que o carro dele era horroroso, lembra?

Isso me fez sorrir, porque Josh achava que aquele era o carro mais incrível do planeta.

— Ah... É um MG 1959.

Nick respondeu com um daqueles sorrisos.

— Nossa.

Vi seu pomo de adão descer e subir quando ele engoliu em seco e fiquei chocada com o quanto ele era lindo. Cabelo escuro, olhos azuis, maçãs do rosto incríveis e cílios infinitamente longos. E seu corpo parecia definido. Tinha quase certeza de que, se corresse em sua direção a toda velocidade, ao atingi-lo eu seria lançada para trás em vez de derrubá-lo.

O sr. Bong entrou no laboratório e começou a aula. Não estava fazendo anotações, mas acho que nunca ia precisar delas. Então, em vez de pegar o caderno, peguei o celular.

Pai: Pelo jeito você não vai me ligar, então ficará de castigo. Sem celular quando chegar em casa. Onde está meu carro?

Eu sabia que devia me sentir um pouco mal por ter pegado o estimado carro dele, ainda mais depois do momento legal que tivemos na noite anterior — que ficou esquecido, já que o dia começou de novo. Mas algo na reação dele me irritou. Na maioria das vezes, tanto ele quanto minha mãe demoravam horas para responder à mais simples das perguntas. Quando eu tive uma reação alérgica a castanha de caju no acampamento de verão e precisava saber para qual pronto-socorro devia ir, os dois demoraram mais de uma hora para responder — e eles não moravam mais juntos.

Mas bastou que eu levasse uma hora para responder para meu pai perder a cabeça.

Meu celular vibrou.

Bafo de Onça: Pode vir hoje? Beck está doente e, como eu te dei folga no sábado, você me deve uma 🙂

Aff. Trabalho.

Olhei para o rosto do Nick de perfil e me lembrei das regras do DSC.

Eu: Eu NÃO vou hoje porque não estou a fim. Mas obrigada, Paulie.

Larguei o celular. Em vez de fazer anotações ou prestar atenção na aula, fiquei olhando para Nick.

E quando ele me pegou olhando, em vez de desviar o olhar como normalmente faria, apoiei o queixo em uma das mãos e sorri. *Sem consequências.* Ele franziu o cenho sem entender nada, o que me fez abrir um sorriso largo.

Nick voltou a olhar para o sr. Bong, e eu continuei o encarando. Depois de uns cinco segundos, ele resmungou, sem olhar para mim.

— *O que está fazendo?* — perguntou ele.

— Só olhando.

— É, estou vendo — disse ele, escrevendo alguma coisa no caderno. — Mas por quê?

Mordi o lábio inferior e pensei "Que se dane".

—Você é muito, muito bonito — revelei.

Ele continuou sem olhar para mim.

—Você acha? — indagou ele.

O professor parou a aula e fez cara feia para nós.

— Sr. Stark, gostaria de compartilhar com a turma o que pode ser tão importante que não pode esperar?

— Eu compartilho — disse, levantando a mão. — Estava dizendo ao Nick que acho ele muito bonito e gostaria de saber se ele quer sair comigo agora que estou solteira.

Eu sabia que Nick era bem chato, então havia uma grande possibilidade de que ele me rejeitasse na frente de todo mundo. Mas não importava, porque era o DSC.

Ele virou a cabeça e olhou para mim, os olhos arregalados.

— N-não é a ho-hora nem o lugar nem… nem… — gaguejou o sr. Bong.

— Com certeza — disse Nick.

Ouvi algumas risadas, e Nick abriu aquele sorriso que tinha se tornado tão familiar para mim.

— Sr. Stark, vo…

—Você quer sair agora, Nick? — perguntei rindo, porque era impossível não rir.

A cara do sr. Bong estava ficando vermelha.

— Já chega — disse ele. — Não sei o que deu em você hoje, Emilie, mas não admi...

—Vamos — concordou Nick, pegando a mochila e levantando, pendurando-a no ombro.

— Sentado, sr. Stark — ordenou sr. Bong.

— Perfeito — disse.

Abri um sorriso radiante para Nick ao pegar a mochila, e nos viramos para sair. A sala inteira ficou boquiaberta, chocada. Quando Nick segurou minha mão para me levar para fora do laboratório, juro que pude sentir uma corrente elétrica percorrer meu corpo, começando na ponta dos dedos.

— Aproveitem e deem uma passada na sala do diretor — gritou o sr. Bong.

Assim que fechamos a porta, Nick olhou para mim e então perguntou:

— Quer que eu dirija?

Sabe, como se matar aula abertamente fosse... nada de mais, e a maior de nossas preocupações fosse quem ia estar atrás do volante.

— Por favor — disse, assentindo.

Isso o fez sorrir.

—Vamos.

Nick me puxou pela mão, com firmeza, avançando depressa até a saída lateral.

—Vamos antes que o sr. Bong mande o inspetor atrás da gente — declarou ele.

Saímos correndo pelo corredor, e eu não consegui segurar a gargalhada. Que coisa absurda e louca de se fazer às dez e meia da manhã. Inspirei o ar fresco quando saímos do prédio e uma brisa fria e ensolarada bateu em nosso rosto. Nick continuou me puxando em direção a seu carro.

Enquanto corríamos pelo estacionamento coberto de neve, tive a sensação mágica e maravilhosa de ser outra pessoa. Era como se eu fosse uma personagem de filme criada para ser superficial, secundária, descomplicada, inesperada e completamente imprevisível.

— Aqui — disse ele, parando ao lado da Betty e abrindo a porta do passageiro. — Ainda quer fazer isso? — perguntou ele, olhando pra mim.

Nossos olhares se encontraram, e quando Nick me olhava daquele jeito, meu desejo era fazer o que ele quisesse. Era tão clichê, mas seus olhos tinham um brilho, um lampejo travesso, e eu estava viciada neles.

Abri um sorriso.

— Contanto que você tenha um casaco no chão da caminhonete que possa me emprestar, eu topo o que for.

Percebi que os cantos de seus olhos se enrugaram.

— Pelo jeito você está com sorte.

Conforme Nick dava a volta no carro para entrar do lado do motorista, entrei e estendi a mão atrás do banco para pegar o casaco. Quando enfiei os braços no tecido pesado, pareceu tão familiar que era como se o casaco fosse meu.

Nick entrou e pareceu não acreditar no que via. Abriu um sorriso e apontou para trás de mim.

— Pois é, o casaco está atrás do banco. Fique à vontade.

Ri ainda mais, e ele deu a partida na caminhonete. Tirei o elástico do meu rabo de cavalo e balancei a cabeça, passando os dedos pelo cabelo, tirando-o do rosto. Peguei os óculos escuros que estavam no painel e coloquei no rosto, repousando os pés em cima do painel.

— Confortável? — perguntou ele.

Nick parecia surpreso e entretido com minhas ações, então cruzei as pernas e os braços.

Eu me recostei no banco.

— Como há anos não me sentia — declarei.

Ele olhou para mim por um instante, sorridente, então balançou a cabeça.

— Então, aonde vamos? — questionou.

—Vamos para o centro da cidade.

— Para o centro, então. Aperte o cinto — disse ele, engatando a marcha.

Quis gritar quando a energia percorreu meu corpo, me envolvendo na emoção de viver o momento — o meu momento. O momento que eu queria viver, se é que isso faz algum sentido. Liguei o aparelho de som do carro, procurando uma estação da rádio até reconhecer as notas de uma música inacreditável.

"Thong Song", do Sisqó.

—Ai, meu Deus… lembra dessa música? — perguntei, olhando para Nick.

Ele me lançou um olhar que me dizia que lembrava, sim, e que também lamentava a lembrança.

— Cante… Vamos — incentivei. — *She had dumps like a truck, truck, truck.*

— Socorro — resmungou ele.

— *Guys like what, what, what* — continuei cantando.

— Alguém me mata — disse Nick.

Nick sorria enquanto eu berrava a letra inteira, sem me importar com nada além daquela sensação boa. Quando a música acabou, ele abaixou o volume.

—Você quer ir a algum lugar específico no centro? — indagou ele, calmo.

— Bem, eu quero muito fazer uma tatuagem. Tirando isso, topo quase qualquer coisa.

Ele olhou para mim com os olhos apertados, como se eu tivesse acabado de confessar que era uma alienígena.

— *O que foi?* — questionei.

Nick continuou me encarando.

— *O quê?* Você conhece algum estúdio bom em que eu possa fazer uma tatuagem?

Eu sabia que ele tinha uma boa indicação porque Nick me contou que trabalhava em um estúdio quando conversamos por ligação na noite anterior. Mas ele não sabia que eu sabia disso, e eu não queria que soasse estranho.

— Por que você acha que *eu* sei? — perguntou ele.

— Já vi sua tatuagem.

Ele manteve os olhos na rua.

— Eu mesmo posso ter feito — comentou ele.

— Não, fala sério. É no seu braço direito e você é destro. Seria impossível.

— Tá bom, sabe-tudo — replicou ele, disparando um olhar em minha direção. — Posso ter feito num centro de detenção juvenil.

— Isso faria mais sentido.

— Que ótimo.

— Mas ainda não parece verdade. Fez no estúdio Mooshie's?

Nick balançou a cabeça.

— Não.

— Por quê? Descolado demais para você?

— Modinha demais.

— E aí…? Onde você fez, então?

— No 402 Ink.

Abri um sorriso porque já sabia dessa informação.

— Beleza. Então é lá que você vai me levar?

—Você sabe que tem que marcar hora, né? Funciona assim. É pouco provável que alguém consiga te encaixar hoje — disse ele.

A mão direita dele estava relaxada e meio que caída sobre o volante, o cotovelo esquerdo descansando na janela, e apenas alguns de seus dedos de fato controlavam o volante. Era uma confiança descolada. Combinava com ele.

— Sério? Você não tem nenhum contato? — *Nenhum colega de trabalho?* — Nenhum favor que possa cobrar?

— Só porque eu tenho tatuagem não quer dizer que tenho uma horda de tatuadores disponíveis para me fazer favores.

— "Horda de tatuadores." Daria um bom nome de banda.

Surpreendentemente, isso o fez sorrir.

— Gostei. Imagino que você seria a vocalista — sugeriu ele.

— Está brincando? Minha voz é horrível. Eu ficaria com o tamborim, com certeza.

— Que triste.

— Não, "triste" é não ajudar uma amiga a conseguir um encaixe com um tatuador.

—Ah, então você é minha amiga?

Baixei o para-sol e peguei o batom dentro da bolsa.

— Sim. Somos amigos, Nick Stark. Lide com isso.

Ele ligou a seta e entrou em uma rodovia interestadual.

— Já que é minha amiga, diga três fatos sobre mim.

— Hum, vejamos. Três fatos… — Para ser sincera, eu poderia preencher várias páginas de caderno com o que eu sabia sobre ele desde o início do ciclo interminável de Dia dos Namorados. Mas fingi ter alguma dificuldade. — Primeiro, você tem uma caminhonete.

— Essa é fácil demais, Hornby.

— Beleza — disse, fechando o para-sol. — Hum… Para começar, você não faz anotações na aula de Química e mesmo assim sempre tira uma nota maior que a minha.

— Sua intrometida… Que tal olhar para a sua própria prova?

Sorrindo, guardei o batom.

— Em segundo lugar, você está sempre cheirando a sabonete.

Nick me olhou de soslaio.

— Isso se chama higiene básica.

Revirei os olhos.

— Não. Você tem cheiro de *sabonete* mesmo. Até parece que é feito de sabonete em barra.

Ele deu uma risadinha.

— Você é tão estranha — comentou.

— Não sou, não. E terceiro, hummm... — Olhei para ele. — Você é menos babaca do que eu pensava.

A última coisa que disse saiu mais sincera do que eu pretendia, nada a ver com o tom de brincadeira do restante da conversa, e fiquei vermelha, encarando meus joelhos.

— Bem, acho que isso é bom sinal, né? — falou Nick, sorrindo e ligando a seta para trocar de pista.

Soltei um pigarro.

— Pois é. E aí, vai me ajudar?

— Bom, eles só abrem depois do almoço, mas vou, sim — respondeu ele, sem tirar os olhos da estrada.

— Vai mesmo? — indaguei, dando um gritinho, sem me importar. — Isso!

Ele só balançou a cabeça e acelerou.

— Beleza, Nick — disse, sentindo uma urgência de conhecê--lo por completo. — Proponho um jogo.

— Não.

— Eu faço uma pergunta, e você responde — disse, devagar.

Tentei não rir ao perceber que, embora ele estivesse focando a pista, os cantos de seus olhos estavam enrugados.

— Não — insistiu ele.

— Vamos... Vai ser divertido. Tipo "Verdade ou consequência", mas é só verdade e sem promiscuidade — expliquei, desligando o rádio. — Você pode me fazer perguntas também, se quiser.

Nick voltou a me olhar de soslaio.

— Não, obrigado.

Sem me incomodar com a resistência, virei para ele e abri um sorriso.

— Primeira pergunta. Se você fosse obrigado por lei a competir profissionalmente em um evento esportivo ou ser morto por um pelotão de fuzilamento, que esporte você escolheria?

Ele nem olhou para mim.

— Corrida — declarou.

Inclinei a cabeça, encarando a calça jeans desbotada e o casaco preto de Nick.

— É mesmo? Não consigo imaginar você correndo.

— Próxima pergunta.

— Não, não... O objetivo do jogo é eu aprender algo sobre você. Então você corre?

— Aham.

Eu simplesmente não conseguia imaginar. Quer dizer, ele parecia estar em ótima forma, mas também parecia intenso demais para correr.

— *Sério?* Você sai para correr?

Nick semicerrou os olhos.

— Como é que eu correria se não saísse para correr?

— Sei lá. — Eu não sabia mesmo. Mas... — Bom, o que você escuta quando corre?

— Esse jogo é muito chato — resmungou ele, pegando a saída para a rua St. Mary.

— Escuta Metallica?

Ele olhou para mim.

— Às vezes.

— O que mais? — indaguei, porque eu precisava saber. — E você corre todos os dias?

Ele parou no semáforo vermelho, virou e me encarou daquele jeito que me suga para dentro e não consigo enxergar mais nada.

— Acordo todos os dias às seis da manhã e corro oito quilômetros. Agora é minha vez, então?

Pisquei fundo. Seis da manhã? *Oito* quilômetros?

— Ainda não — disse, e soltei um pigarro. — Tá, agora uma pergunta hipotética. Por que um garoto fingiria não reconhecer uma garota que ele conhece da escola?

— O quê? Que pergunta idiota.

— Para você pode ser, mas para mim não — expliquei, rindo sem querer, sabendo que aquilo não parecia fazer sentido. — Preciso saber o ponto de vista de um garoto. Se um garoto esbarra numa garota que já conhece, mas finge não conhecê-la... O que ele estaria aprontando?

Nick olhou para mim.

— Eu diria que ele não gosta dela e quer evitar a conversa. Ou é a fim dela e está tentando bancar o descolado.

— Entendi.

Um calor percorreu meu corpo ao considerar que ele pudesse ser *a fim* de mim. Seria possível? Será que Nick Stark tinha reparado em mim? Será que ele já gostava de mim antes de tudo isso acontecer?

Mas também era bem possível que ele não gostasse de mim. Pensei na Emmie que eu era na escola, a Emmie que Nick via na sala de aula. Será que eu teria gostado de mim se me conhecesse?

Na mesma hora, decidi que isso não importava — uma conclusão não muito típica para mim. Mas resolvi seguir em frente.

— Você passou no teste — declarei. — Agora só mais uma pergunta hipotética.

— Ainda bem.

Sorri e tentei pensar na melhor maneira de falar o que eu queria sem parecer muito esquisita.

— Beleza. Se você começasse a reviver o mesmo dia várias vezes, como se estivesse preso nele, e tudo acontecesse de maneira repetida... Você contaria a alguém?

— De jeito nenhum.

Fiquei decepcionada.

— Sério? — perguntei.

— Não tem como não parecer louco ao revelar uma coisa dessa.

— Ah, é verdade.

Nick analisou meu rosto.

— Eu dei a resposta errada ou algo assim?

Balancei a cabeça.

— Não. Não existem respostas erradas para perguntas hipotéticas.

— Beleza... Minha vez, então — declarou ele.

— Mas eu mal comecei a fazer minhas perguntas — protestei.

— Não estou nem aí — disse Nick, olhando para minha blusa. — Por que você não se veste sempre assim?

— Como assim? — indaguei, cruzando os braços sobre o peito. — Você vai mesmo falar sobre como eu me visto? Não seja esse cara.

— Eu não sou — rebateu ele, apontando para mim com o queixo. — É que você sempre se veste como uma patricinha que organiza a agenda da semana por cores e secretamente sonha em casar com um senador. A roupa que você escolheu hoje parece de uma pessoa de verdade, não de alguém que quer ser uma influenciadora da Ralph Lauren.

— Olha, duas coisas — disse, contendo uma risada. — Primeiro de tudo, é exatamente assim que eu quero parecer. Ou *queria* parecer, pelo menos.

— Que surpresa.

— Em segundo lugar, você tem razão sobre a roupa de hoje... Estou me sentindo eu mesma. — Olhei para a calça de couro e deslizei o dedo sobre a costura lateral. — Hoje é o dia da Emmie, estou focada apenas no que *eu* quero. E hoje eu queria usar calça de couro.

— Bem, vo...

— Não, minha vez — interrompi. — Por que você é tão antissocial?

Nick fez uma careta.

— Eu não sou antissocial — retrucou ele.

—Você nunca falou comigo na aula de Química.

Isso foi antes que o Dia dos Namorados começasse a se repetir, obviamente.

—Você também nunca me disse uma palavra — rebateu ele.

— É que... Foi só por causa do seu jeito.

Ele fez uma careta ainda pior, repetindo o que eu disse como se eu fosse ridícula:

— Do *meu jeito*?

— Você passa uma vibe "Não me incomode" muito forte. Próxima pergunta. Você está a fim de alguém no momento?

Era o DSC, então o orgulho não importava.

A careta dele desapareceu.

— Eu estaria aqui com você se estivesse? — perguntou ele.

— Provavelmente não, mas eu queria confirmar.

Nick abriu um sorriso devagar e seus olhos brilharam quando ele olhou para mim.

— Por quê? Você tem planos para mim, Hornby? — questionou Nick.

Senti meu rosto esquentar, mas mantive uma expressão indiferente.

— Hoje, tudo é possível.

— Entendi... Minha vez.

Ele entrou no estacionamento do Old Market, abriu a janela e pegou o ticket.

— Qual é o seu filme favorito? — perguntou. — Não o que você diz para as pessoas que é seu filme favorito, mas seu filme favorito *de verdade*.

Sorri, porque naquele momento ele parecia me entender por completo.

— Sempre digo que é *A lista de Schindler*, mas na verdade é *Titanic*.

— Ah, Emilie — disse ele, horrorizado. — Tem razão em mentir sobre isso. Enterre esse segredo no fundo da sua terrível alma para sempre.

— E qual é o *seu* filme favorito? — questionei.

Ele desligou a caminhonete.

— *Snatch: Porcos e Diamantes.* Já viu?

— Não assisto pornô.

— Limpe essa sua cabecinha — disse ele, sorrindo tanto que seus olhos cerúleos (obrigada, Rebecca DeVos) fechavam um pouco. — É dirigido pelo Guy Ritchie, e tem o Brad Pitt no elenco, sua bobinha.

Quando ele veio abrir a porta da caminhonete para mim, não consegui me conter: sorri para ele como se eu fosse uma criança pequena dando de cara com a Elsa do *Frozen*.

Ele franziu o cenho.

— Por que está sorrindo assim?

Dei de ombros.

— Porque eu meio que gosto de você, eu acho — revelei.

—Ah, você *acha*? — perguntou ele, devagar, com um sorriso provocante que fez meu estômago embrulhar. —Você me arrastou para fora do laboratório de Química e não tem certeza?

Dei de ombros mais uma vez.

— Ainda estou decidindo. Te aviso assim que tiver certeza — disse, começando a andar, puxando-o atrás de mim.

De repente, ele me puxou para o lado contrário, me fazendo parar. Sua respiração fez uma pequena fumaça em frente a seu rosto, e ele sorriu.

—Você nem sabia que devia usar luvas e casaco no inverno de Nebraska…Você não sabe de nada, Emilie Hornby.

Antes que eu me desse conta do que ele estava fazendo, Nick soltou minha mão, tirou suas luvas enormes e colocou-as em mim. Elas ficaram enormes nas minhas mãos, mas eram quentinhas. Em seguida, ele estendeu a mão e colocou o capuz do casaco que eu tinha pegado emprestado em minha cabeça.

—Você parece uma criança — resmungou ele, ainda sorrindo com o rosto pairando logo acima do meu. — Mas talvez agora não morra congelada.

— Sabe, se estivéssemos em um filme, eu olharia para sua boca agora. Assim. — Deixei que meus olhos descessem até seus lábios. — E você me beijaria.

— É mesmo? — sussurrou ele.

Nick olhou para meus lábios, e senti meu estômago afundar.

—Aham — respondi, quase sem ar.

—Ainda bem que não estamos num filme, então.

Ai. Olhei para ele.

—Você não ia querer me beijar? — indaguei, baixinho.

Ele ficou em silêncio por um instante, e o momento pairou conforme nossas respirações se misturavam numa nuvem. Seu olhar estava solene e sério.

— Não ia querer lidar com as complicações que beijar você causariam — declarou ele.

— Por que você é tão triste? — indaguei.

Não tinha a intenção de questioná-lo sobre aquilo, nem percebi que ela estava na ponta da minha língua, mas nunca quis tanto saber a resposta para uma pergunta quanto naquele momento.

A mandíbula dele tensionou, relaxou, e Nick continuou me encarando, apreensivo. Ali, paralisado, senti que ele queria me contar alguma coisa, mas algo no modo como engoliu em seco me fez querer protegê-lo da resposta.

— Esquece… Não precisa responder — disse, puxando a sua manga e voltando a caminhar. — Tenho várias outras perguntas.

— Maravilha.

— Então, me conta a história da sua vida — pedi, querendo saber cada detalhe que não fosse triste. — Você cresceu aqui?

Quem é seu melhor amigo? Tem irmãos e irmãs? Animais de estimação? Bem, fora a Betty, lógico.

Ele me olhou de um jeito estranho.

— Como você sabe o nome da minha cachorra?

Droga.

—Você me disse quando... É... Não me lembro, na verdade, mas acho que você mencionou.

Bela resposta, idiota.

Por sorte, ele só respondeu:

— Betty é nosso único animal de estimação. E você?

Ajeitei os óculos escuros dele em meu rosto.

— Minha mãe e o marido dela têm um cachorro que é uma mistura de pug e beagle chamado Potássio... Eu não me lembro de onde eles arranjaram esse nome ridículo. O cachorro é fofo, mas não somos muito próximos.

Nick sorriu. Continuei:

— Meu pai e a esposa dele têm um gato, o Big Al, que é incrível, mas é famoso por fazer xixi no tapete da lavanderia, então deve ter algum problema.

Nick abriu a porta de uma cafeteria para mim.

— Também tenho dois irmãozinhos do segundo casamento do meu pai — contei. — Caramba, minha família parece bem disfuncional, né?

— Não — respondeu ele.

Ergui uma sobrancelha.

—Talvez um pouco — admitiu.

Nick lançou outro olhar que me aqueceu por dentro. Em seguida, entramos em uma fila grande.

— As perguntas eram para você. Você tem irmãos e irmãs?

—Você é sempre tão intrometida assim?

— Não... Só no DSC.

— A gente devia conversar sobre esse seu DSC.

Abri o casaco e seu olhar desceu por uma fração de segundo. Senti meu coração acelerar só de pensar que talvez Nick fosse a fim de mim.

— Por que está fazendo isso? — perguntou ele.

—Você não acreditaria se eu te contasse — expliquei, olhando para aquele rosto que já conhecia muito bem. — Digamos que é um experimento social. O que vai acontecer se eu passar um dia inteiro fazendo exatamente o que quero, sem me preocupar com as consequências?

Ele deu de ombros.

—Vai ter um dia divertido e um pesadelo amanhã.

— É por isso que me recuso a pensar no amanhã — repliquei, baixinho.

A fila andou, e Nick ficou pensativo. Ele devia estar pensando que eu era um pouco doida; quer dizer, eu acharia isso se fosse o contrário. Esperamos mais um pouco, e ele nem olhou para mim. Fiquei com medo de que ele fosse embora, que percebesse que minha versão rebelde não valia as consequências e fugisse, me deixando sozinha no centro da cidade.

Chegamos ao balcão e o barista olhou para mim.

— Um café grande, por favor — pedi. — E o cavalheiro vai querer... um chá?

Olhei para Nick, que revirou os olhos.

— Um chá verde grande, por favor.

Ri ao perceber que ele ficou irritado por eu ter acertado seu pedido, e só voltamos a conversar quando pegamos as bebidas e saímos da cafeteria. Fomos andando sem rumo, e eu estava começando a sentir o calor do copo através das luvas do Nick.

— Só para constar — disse ele —, acho essa ideia de DSC horrível, porque você vai ter que lidar com as consequências amanhã.

Olhei para ele.

—Você não en...

— Mas ainda assim quero participar dele.

Estava prestes a tomar um gole, mas hesitei.

— *Sério?*

— Sempre penso demais, e também odeio essa droga de Dia dos Namorados — contou ele, olhando para a frente. — Então acho que agir como um idiota, como você, por algumas horas pode ser uma folga disso tudo.

—Ah, que fofo.

Por fim, tomei um gole daquela bebida deliciosa.

— Mas você não quer roubar um carro nem nada assim, né? — perguntou ele.

Soltei uma risada contida e quase engasguei com o café. Levantei um dedo enquanto tossia.

— Já fiz isso hoje de manhã — revelei.

Uma pessoa passou fazendo corrida, e Nick me lançou um olhar inexpressivo.

— Por favor, me diga que está brincando.

— Ah, mais ou menos, eu acho?

Contei sobre o estimado carro do meu pai, que levei uma multa por ultrapassar o limite de velocidade e depois acompanhei o reboque. Nick ficou escandalizado com cada palavra, o que parecia uma espécie de vitória.

— Então não vou ser presa nem nada — expliquei —, mas, sim, comecei o dia roubando um carro.

Ele apertou os olhos, virando de lado para manter o contato visual enquanto caminhávamos.

— Estou chocado que *você*, a garota que sempre vejo lendo no laboratório de Química, lendo no refeitório, que está sempre mexendo na mochila, que, *obviamente*, sempre está cheia de livros, está querendo dar uma de rebelde. Achei que você estava mais para uma bibliotecária.

— Na verdade essa é minha segunda opção de carreira — disse, fascinada que ele soubesse daquelas coisas sobre mim depois de ter fingido não me conhecer várias vezes.

— Mas você está por aí pegando carros escondido — continuou ele —, matando aula e dando um fora no ex-namorado em público. Teve alguma coisa que foi a gota d'água para você fazer tudo isso?

A lembrança de Josh beijando Macy surgiu em minha mente, mas eu a afastei.

— Uma garota não pode simplesmente dar uma sacudida nas coisas?

— Uma garota doida, talvez.

— Bem, então essa sou eu.

E talvez eu fosse mesmo, já que a verdadeira explicação era *muito* doida.

Quando passamos por uma barraquinha de comida, Nick perguntou:

— E aí, seu pai vai te matar?

— Provavelmente.

Nick franziu as sobrancelhas.

— E por que você não parece preocupada?

Dei de ombros.

— Ele vai gritar por um tempo, mas depois vai parar.

Na verdade meu pai não ia gritar, mas eu não sabia como explicar isso ao Nick. Ele balançou a cabeça.

— Nossos pais são muito diferentes. Meu pai é bem legal, mas ele *acabaria* comigo. Tipo, fico com medo só de pensar na reação dele a algo assim, e ele nem tem um carro legal que eu possa roubar.

Paramos para esperar o semáforo abrir para os pedestres e dei outro gole no café.

— Seus pais ainda são casados? — perguntei.

Eu era fascinada por pessoas cujos pais ainda estavam juntos. A ideia de passar a infância inteira com os pais juntos na mesma casa me parecia surreal e linda de um jeito impossível.

— Aham.

A luz ficou verde, e atravessamos a rua. Esperei que ele elaborasse e falasse sobre a família, mas Nick ficou em silêncio.

— Você não respondeu se tem irmãos e irmãs — disse, me inclinando para a esquerda e esbarrando nele. — Tem quantos? Um, dois, dez?

Percebi que ele ficou irritado e sua mandíbula tensionou.

— Temos mesmo que ficar com esse papo furado de "me conte sobre sua família"? — indagou.

— Ah… Hum, desculpa.

Tropecei em uma rachadura na calçada e o café espirrou na minha luva.

— Tudo bem.

Estava tudo bem, sim, com certeza. Olhei para a frente e me perguntei se era possível eu me sentir ainda mais idiota, porque dava para ver que Nick estava irritado comigo. De repente, me dei conta do frio gelado em meu rosto e me esforcei para pensar em alguma coisa — qualquer coisa — que pudesse dizer.

— Para.

Olhei para ele.

— O quê?

— Para de se sentir assim… Eu não estou irritado.

Revirei os olhos.

— Como *você* sabe como estou me sentindo?

— É que você fez uma careta.

— Careta?

Nick deu de ombros e apontou para meu rosto com a mão que estava livre.

— Ah, tá… Entendi.

— Então, srta. DSC...

Nick segurou meu cotovelo e me conduziu para fora da calçada, e ficamos parados ao lado de uma loja fechada. Ele olhou para mim com aquele rosto lindo, o cheiro de sabonete me envolvendo.

— Me diga. Qual rebeldia épica digna do filme *Curtindo a vida adoidado* vamos fazer primeiro?

CONFISSÃO Nº 12

Comecei a tomar café aos onze anos. Minha mãe saía
para trabalhar e sempre deixava uma xícara no bule.
Como parecia uma coisa de adulto, eu bebia.

Um estalo me fez sair dos pensamentos. Por que eu estava com medo de insultá-lo, se era o Dia Sem Consequências?

— Não tenho exatamente um plano, mas a gente devia ir até o banco.

Nick ergueu uma sobrancelha.

—Vai investir?

— Não, quero ir até o quadragésimo andar do Fisrt Bank. Escuta só...

Naquele momento, quem o pegou pelo cotovelo fui *eu*, e começamos a andar. Contei o que eu sabia e o que queria descobrir enquanto caminhávamos em direção ao arranha-céu. O prédio daquele banco era o mais alto da cidade — eram quarenta e quatro andares, para ser exata. Minha tia Ellen já tinha trabalhado lá e me disse que, logo que o prédio foi inaugurado, as pessoas reservavam a varanda do último andar para fazer pedidos de casamento.

E eu sabia disso porque foi onde meu pai, jovem e bobo, pediu minha mãe, que também era imatura e impulsiva, em casamento.

Mas agora, quando eu pesquisava no Google... Nada. Nenhuma menção a varanda, nenhuma referência a pedidos de casamento na varanda.

Era como se aquele lugar nunca tivesse existido.

Eu era obcecada pela varanda desaparecida desde que a tia Ellen me contou essa história quando eu tinha dez anos. A ideia de que o lugar do início de tantos "felizes para sempre" tinha sido apagado era fascinante. Achava triste, e minha mãe brincou que talvez fosse o universo tentando consertar alguns erros. Mas todos aqueles casais que foram até lá para o grande pedido nunca mais poderiam revisitar o local.

Nunca mais.

A Emmie de dez anos, um tanto precoce, chegou a ligar para o zelador do prédio. Em vez de me explicar o desaparecimento da varanda, ele disse que eu estava enganada e negou que ela tivesse existido.

Mas eu sabia a verdade.

Desde então, sempre quis subir lá escondida. Imaginei que Nick acharia a ideia ruim, mas ele ouviu com atenção. Assentiu e olhou para o topo do prédio quando nos aproximamos.

Pensei que ia recusar, mas ele só comentou:

— Tenho quase certeza de que vamos precisar de crachás para passar pela recepção.

Surpresa por Nick estar realmente considerando fazer aquilo, meus olhos procuraram os dele.

— É provável.

— E aí, qual é o plano? — perguntou ele.

— Hummm — murmurei, mordendo o lábio quando paramos ao lado das fontes em frente ao prédio. *Pense, Emmie… Pense.* — Podemos acionar o alarme de incêndio.

— Nada que faça a gente ser preso, sua criminosa — brincou.

Nick deu uma risada, me olhando de cima a baixo, fazendo com que fosse impossível não sorrir.

— Talvez a gente possa subornar o segurança… — sugeri. — Você tem dinheiro?

Ele ficou em silêncio, só me olhando.

— Olha, não ouvi você dar nem uma ideia...

Nick jogou o copo de chá verde na lixeira.

— Deve haver uma porta lateral — disse ele. — Essas portas de saída que quase todo prédio tem. Em geral só abre por dentro.

— E...?

— E aí vamos precisar achar essa porta e ficar à espreita. Assim que alguém sair, a gente entra.

Pisquei, pensando no plano.

— É genial — declarei.

— Não, é só bom senso.

— Beleza, nada de elogios para você então. Eu retiro o elogio.

—Você não pode retirar um elogio.

— Posso, sim.

— Não. Meu ego já sabe que você me acha um gênio, por mais que agora você negue.

Dei uma risada.

— Eu não acho você um gênio. Só falei que a *ideia* é genial.

— Dá no mesmo.

Revirei os olhos e tomei um gole de café.

— Espera aí... Você já terminou o chá?

— Não terminei, é que estava ruim e eu cansei de carregar.

— Mas você *acabou* de comprar.

—Vamos ficar falando do chá ou procurar a porta? — questionou ele.

Joguei o café na lixeira.

—Vamos procurar a porta — declarei.

Andamos ao redor do prédio, nos comportando como dois adolescentes perambulando pelo centro da cidade, para o caso de haver câmeras. Conforme procurávamos, Nick me contou uma história hilária sobre quando trabalhou em um campo de golfe e ficou preso no coletor de bolinhas.

— Eu nem sei o que é um *coletor de bolinhas* — disse, olhando para a fachada de pedra do prédio.

— Uma máquina que coleta bolas de golfe.

Revirei os olhos.

— Obviamente, mas não consigo imaginar uma.

—Você não precisa imaginar. Mas eu fiquei preso dentro de uma dessas máquinas por uma hora e quase morri de insolação.

—Você não podia ter quebrado o vidro ou algo assim?

Nick balançou a cabeça.

— A gente morria de medo do chefe, Matt... Ele era um babaca. Nunca pensaríamos em fazer algo assim.

—Você preferia morrer em um coletor de bolinhas?

Em vez de me responder, ele exclamou:

— Olha!

E apontou para uma porta que ficava nos fundos do prédio, pintada da mesma cor do tijolo e quase imperceptível.

— Acha que as pessoas usam essa porta? — perguntei.

— Não faço a menor ideia — respondeu ele.

A porta abriu.

Arquejei e quase fui pisoteada pelas três mulheres que saíram. A do meio pediu desculpa, e Nick deu um passo à frente e segurou a porta para elas como se fosse um cavalheiro.

Nada a ver com o cara que era minha dupla de laboratório, um chato quietão.

Assim que elas se afastaram, Nick ergueu a sobrancelha.

—Você primeiro? — perguntou ele.

—Vamos.

Entramos, e a porta se fechou.

Estávamos na escada. Fui até porta que levava ao que quer que houvesse ali.

— Espera — disse Nick.

Hesitei.

— Por quê? — indaguei.

— Não sabemos o que tem do outro lado dessa porta. Mas sabemos que temos que subir até o quadragésimo andar, então... talvez devêssemos...

Nick apontou a escada com o queixo.

— Então você quer *subir* quarenta andares de escada? Olha, nem todo mundo corre toda manhã.

Não queria mostrar meu sedentarismo para ele. Não mesmo.

— Podemos subir dois andares de cada vez e parar para descansar — sugeriu ele.

— Não preciso da sua pena fitness.

Ele ergueu a sobrancelha.

— Então você quer...?

Soltei um suspiro longo e um gemido.

— Não. Vamos nessa — declarei.

Os dois primeiros andares foram fáceis, mas comecei a ter cãibra nas coxas quando cheguei no terceiro andar. Senti minha testa começar a suar.

— Você está bem? — perguntou Nick quando paramos para descansar pela primeira vez.

— *Você* está? — Tentei não ofegar, mas deu para ver que eu estava sem ar. — Isso é moleza.

Percebi que ele não demonstrava nenhum sinal de cansaço, a não ser um leve rubor nas bochechas.

— É mesmo? — perguntou ele, me olhando desconfiado. — Desculpa... Estou muito devagar? Quer subir o próximo lance correndo?

É ÓBVIO QUE NÃO. Não, obrigada. Você é louco, por acaso? Essas seriam todas respostas apropriadas, mas minha boca não parecia capaz de formar essas palavras. O que era estranho, porque eu não me considerava muito competitiva, ainda mais no que dizia respeito a conquistas esportivas.

Mas perceber que ele sabia que eu não conseguiria me fez dizer o impensável.

— E se a gente subisse os próximos dois correndo? — sugeri.

Ele abriu um sorriso largo e saiu em disparada. Subi a escada correndo devagar atrás dele, querendo morrer com aquela calça de couro, e ele no mesmo instante diminuiu a velocidade para me acompanhar. Olhei para a esquerda e ali estava ele, sorrindo como se pudesse passar o dia todo subindo escadas naquele ritmo.

Sorri de volta enquanto meu coração batia forte, gritava obscenidades e tentava lembrar qual era sua função.

Corremos um lance, e mais um, e continuamos correndo depois disso. Minhas pernas começaram a queimar, e eu estava subindo a um ritmo mais lento do que se estivesse caminhando, para falar a verdade. Meu rosto devia estar estampando a dor que eu estava sentindo, porque Nick ficou com pena de mim.

— Espera — disse ele.

Ele hesitou, e fiquei feliz de ver que também estava sem ar. Nick levantou um dedo enquanto recuperava o fôlego, o que achei ótimo porque minha audição estava baixa.

— Então — continuou, ofegante — todos os andares deste prédio têm elevador.

— E daí?

Coloquei as mãos em cima da cabeça, meus pulmões gritando.

— Que tal sairmos da escadaria? Pense bem. É provável que a gente consiga entrar em um elevador num andar aleatório antes que alguém perceba nossa presença.

— Tem certeza? — perguntei.

Não queria subir nem mais um degrau, mas também não queria ser pega agora que estávamos tão perto.

— Aham. Confia em mim?

Assenti, ainda tentando estabilizar a respiração, o que o fez sorrir.

—Vamos ficar aqui mais alguns minutos, só para não sairmos da escadaria ofegantes e suando. As pessoas podem perceber.

Uma imagem de nós dois nos beijando contra a parede da escadaria surgiu em minha mente.

Nossa...

—Aliás, acho que é minha vez de fazer uma pergunta — declarou ele.

Fiquei feliz por ele me tirar dos pensamentos.

— Não... É minha vez — disse, me escorando na parede. — Agora, uma pergunta importante. Você já se apaixonou?

Nick olhou para mim como se achasse aquela pergunta absurda.

— Com certeza não.

— Não chegou nem perto?

Não sei por quê, mas fiquei chocada com a resposta.

— Já gostei de alguém, lógico, mas nunca me apaixonei *de verdade*. Não cheguei nem perto — explicou ele, baixando a cabeça e começando a brincar com o zíper da jaqueta. — E você?

Coloquei o cabelo atrás das orelhas.

— Hummm. Quando acordei no Dia dos Namorados, eu achava que estava apaixonada. Mas aqui estou eu, me perguntando se algum dia gostei do Josh de verdade.

Nick levantou o olhar.

—Talvez seja só porque está com raiva dele.

— É exatamente por isso que é tão estranho — Hesitei para pensar um pouco. — Sim, estou irritada por ele ter beijado a ex-namorada, mas não é nada de mais. Com certeza eu deveria estar mais irritada.

Aquela situação toda fazia eu me sentir... Sei lá... Arrependida. Será que meus sentimentos não eram genuínos?

Ele continuou brincando com o zíper.

— Mas então... por quê? — indagou Nick.

— É um pensamento recente, ainda estou tentando entender.

— Saquei.

Ele desencostou da parede, foi até a porta e abriu uma frestinha. Ficou uns vinte segundos dando uma olhada antes de voltar a fechar.

— Certo... A barra está limpa — disse ele, me olhando por sobre o ombro. — Preparada?

— O que vamos dizer se...

— Deixa comigo... Não se preocupe. — Ele me olhou com os cantos dos olhos enrugados. — Ainda confia em mim, né?

Era estranho o quanto eu confiava.

— Confio.

— Então vamos. Finja que é aqui mesmo que devemos estar.

— Beleza.

Nick abriu a porta e saímos. Vi um corredor com várias salas em ambos os lados, o chão de carpete.

Mas as salas com paredes de vidro.

Avançamos pelo corredor e Nick piscou para mim, o que me fez dar uma risadinha. Passamos apressados por várias salas, e uma mulher de terninho deu um sorriso ao sair de sua sala e passar por nós.

Depois disso, sorrimos um para o outro, porque — caramba! — o plano estava mesmo funcionando. Íamos conseguir chegar até o elevador.

— Com licença.

Droga. Continuamos andando, olhando bem à frente e ouvindo a voz grave de um homem mais velho repetindo as palavras atrás de nós.

— Com licença. Vocês dois?

Nick se virou, e sua expressão se transformou no rosto inocente e doce de um estudante. Assisti admirada, o coração acelerado.

— Pois não? — disse Nick.

— Posso ajudá-los?

— Na verdade, seria ótimo. Pode nos dizer onde fica o elevador? — perguntou Nick. — Estamos aqui para um estágio e acho que erramos o andar.

Nossa... Boa, Nick.

Virei e vi o homem olhando desconfiado para nós dois. Achei Nick superconvincente, mas o funcionário bem-vestido ainda parecia não acreditar.

Abri meu melhor sorriso de boa aluna.

— Fica por ali — disse ele, apontando —, mas eu não vi vocês saírem do elevador.

— É que subimos pela escada — expliquei, sorrindo mais ainda. — Gosto de me exercitar, mas meu amigo aqui está um pouco fora de forma. Achei que ele fosse vomitar enquanto subíamos, por isso desistimos da escada e viemos procurar o elevador.

Então finalmente, *finalmente*, o homem sorriu.

— Não é todo mundo que dá conta dessa escada.

Estendi a mão e cutuquei a barriga do Nick (incrivelmente firme, aliás) com o dedo.

— Nem me fale — respondi. — Achei que ia ter que carregar esse molenga.

— Muito obrigado pela ajuda, senhor — disse Nick, segurando meu dedo.

O homem deu uma risada. Nick se virou para mim e disse:

— Vamos, temos que correr ou vamos chegar atrasados.

De algum jeito conseguimos seguir com calma até o elevador, mas, no instante em que as portas se fecharam, caí na gargalhada.

— Nick Stark, você mente tão bem! — exclamei, olhando para o sorriso dele.

Ele riu e se aproximou um pouco mais.

— E você estava dando uma de espertinha com esse papo de "molenga".

Fiquei sem fôlego. Ele estava *bem* ali, o rosto sobre o meu e o corpo meio que me prendendo contra a parede do elevador, e me dei conta de que eu queria que ele me beijasse. A epifania que tive na escadaria sobre meus sentimentos por Josh fez com que eu me abrisse para explorar meus sentimentos por Nick.

— É melhor a gente ir até o trigésimo nono andar e subir o restante de escada — disse ele, a voz grave e baixa, os olhos sem deixar os meus.

Assenti, e o elevador começou a subir. Podia jurar que ele estava se aproximando quando, de repente...

O elevador parou.

Nós nos afastamos num salto e olhamos para os números. Pelo jeito estávamos no décimo segundo andar, então mais pessoas esperavam pelo elevador. As portas se abriram e um segurança se juntou a nós.

Qual era a probabilidade de isso acontecer?

E o que tinha acabado de quase acontecer entre mim e Nick?

Abri um sorriso educado para o segurança e ele retribuiu, entrou e apertou o botão do trigésimo sexto andar enquanto as portas se fechavam. Olhei para Nick de soslaio, e ele ficou olhando para a frente, indiferente à presença do homem.

O elevador começou a se mexer e observei o visor acima da porta informando cada andar que passávamos. Pigarreei e mordi o lábio, o silêncio quase me matando.

Quando chegamos ao trigésimo sexto andar e o elevador parou, o segurança alto abriu outro sorriso educado para mim.

— Tenha um bom dia — disse quando as portas se abriram.

Ele assentiu.

— Igualmente.

Quando as portas se fecharam atrás dele, percebi que Nick estava me encarando de um jeito indecifrável, e eu implorei a meu cérebro que não pensasse demais sobre o que estava acontecendo entre nós dois. O elevador parou quando chegamos ao trigésimo nono andar, obviamente.

— Preparada para mais uma? — indagou ele.

Sorri e resmunguei uma resposta qualquer, mas a verdade era que naquele momento eu não era capaz de manter uma conversa. Precisava de um minuto para me acalmar.

As portas se abriram, e o andar tinha uma espécie de recepção com um balcão. Era muito silencioso, e o simples fato de existirmos pareceu irritar a mulher de aparência séria atrás do balcão.

— Posso ajudá-los? — perguntou ela.

— Pode dizer onde fica a escada? — disse Nick. — Nosso supervisor de estágio disse que podemos descer por ela para fazer um pouco de exercício, mas esquecemos a direção. Fica por aqui?

Nick apontou para o outro lado do prédio, e eu fiquei chocada com sua compostura.

A mulher assentiu.

— Eu levo vocês — declarou ela.

Ela se levantou e contornou o balcão, e senti minha respiração ficar presa na garganta. Nick sorriu e eles começaram a andar, então fui atrás.

— Estão estagiando em que área? — questionou ela.

— Recursos Humanos. É um programa novo, de verão.

— Ah, é? — perguntou ela, olhando para Nick. — Não sabia que eles tinham esse tipo de programa.

— Acredite, todos ficaram surpresos com nossa presença hoje.

A mulher deu uma risada e Nick acrescentou:

— Mas estou bem animado. Faz tempo que você trabalha aqui?

Ela assentiu.

— Quinze anos.

— Uau... É bastante tempo.

A mulher sorriu e olhou para mim.

— Só para vocês, porque são jovens — disse ela. — Acreditem, quinze anos passam voando.

— Então você trabalhava aqui quando as pessoas faziam pedidos de casamento lá em cima? — perguntou Nick de um jeito muito casual, como se aquilo fosse de conhecimento geral. — Ou isso já não acontecia mais quando você entrou?

— Ah, ainda acontecia, mas em geral à noite ou aos finais de semana, então não afetava muito o trabalho.

— Sabe por que não acontece mais? Por que a varanda meio que foi fechada? — indagou Nick, tão tranquilo que fiquei ainda mais impressionada.

— Não faço ideia. Ouvi dizer que um executivo rígido assumiu o escritório e mandou parar, mas é só um boato. — Ela parou de andar e apontou para a porta ao final do corredor. — A escada fica ali, mas aviso que são *muitos* degraus, mesmo para descer. Cuidado.

Pigarreei e agradeci.

— Pode deixar. Muito obrigada.

— Imagina.

Nick abriu a porta e eu passei; ele veio logo atrás. Por um instante, quando a porta bateu atrás de nós, eu me perguntei se ele ia me beijar.

— Estamos quase... Vamos lá, Hornby — disse ele.

Subimos o último lance de escadas, e eu não sabia o que dizer. Minhas mãos ainda estavam um pouco trêmulas, e minha cabeça cheia de perguntas.

Quando chegamos ao topo, sem dizer uma palavra, Nick abriu a porta. Saímos para mais um andar silencioso. Parecia composto de salas muito sofisticadas, provavelmente para funcionários com cargos mais altos, e pelo jeito ninguém ali fazia nem um barulho sequer.

Nem um barulhinho mesmo.

— Onde será que fica a varanda? — questionei, baixinho.

— Se eu tivesse que adivinhar... diria que no lado leste — respondeu ele, sussurrando. — Acho que iam querer que a varanda tivesse vista para o coração da cidade.

— Ah, boa ideia!

Avançamos pelo corredor, os dois atentos para ver se havia algum sinal que indicasse uma varanda. Percorremos todo o andar, mas não encontramos nada.

Foi então que Nick viu.

— Olha — disse ele.

Virei para a direção que ele indicou com a cabeça.

— Não acredito.

Uma das salas estava com a janela aberta, e a varanda ficava do outro lado. Teríamos que atravessar uma sala para chegar até lá, já que todas elas tinham portas que levavam para fora.

— Vamos continuar andando — declarou Nick. — Pode ser que tenha uma área comum.

Quando chegamos ao fim do corredor percebemos que as salas eram os únicos pontos de acesso.

— Bem, acho que é isso, então — falei, com uma tristeza irracional por precisar desistir do meu sonho. — É melhor a gente ir antes que nos prendam.

A porta do banheiro à esquerda se abriu e um segurança apareceu. *Lógico*. Quando ele foi até o bebedouro e se curvou, olhei para Nick com os olhos arregalados. Em vez de responder, ele olhou por cima da minha cabeça. Estava prestes a dizer para esquecermos daquela história toda, mas Nick disse:

— Com licença, senhor?

Virei para ver com quem ele estava falando.

Nick passou por mim e se aproximou da porta de uma das salas elegantes. O homem atrás da mesa parecia ocupado e importante: um executivo bem mal-humorado, com a gravata perfeita e um relógio caro no pulso.

— Pois não?

Nick olhou para mim por um segundo.

— Podemos conversar? — perguntou para o homem. — Dá para ver que está ocupado… mas juro que vai ser só um minuto.

Não fazia ideia do que estava acontecendo. Em seguida, Nick entrou na sala do homem e fechou a porta. Dei uma risadinha constrangedora quando o segurança se endireitou e me cumprimentou com um aceno, e jamais saberia o que dizer se ele me perguntasse o que eu estava fazendo ali.

O homem que estava na sala com Nick abriu a porta e chamou o segurança:

— Jerome? Ei, pode vir aqui um instante?

Com certeza nos pegaram.

— Aham.

O segurança entrou na sala e fechou a porta. Olhei para o corredor vazio e soltei uma risadinha contida, porque a vida estava ficando cada mais bizarra. Dava para ver o Nick na sala chique conversando com os homens. Um minuto depois, o segurança e o executivo começaram a rir.

Como assim?

A porta se abriu de repente e Nick sorriu para mim como uma criança travessa.

—Venha, Emmie.

Entrei na sala sem a menor ideia do que estava acontecendo. Nick me pegou pela mão.

— Agora eu devo uma ao Bill e ao Jerome — disse Nick.

— Quem?

— Oi, eu sou o Bill — falou o executivo, sorrindo para mim como se tivéssemos sido convidados para um chá.

— Jerome. É um prazer — disse o segurança, sorrindo para mim como se me achasse encantadora.

— O prazer é meu — sussurrei.

Nick me puxou para trás da mesa do Bill e virou a maçaneta, abrindo a porta que levava à varanda.

— Vou pedir ao Jerome que tranque a porta em dez minutos — informou Bill.

Senti o ar gelado em meu rosto.

— Terminamos em cinco minutos — respondeu Nick, entrelaçando os dedos nos meus com força e me puxando para a varanda.

A porta se fechou e eu olhei para Nick, boquiaberta.

— Ai, minha nossa… Como conseguiu isso? — perguntei, suspirando e puxando Nick até a beirada. — O que disse para eles?

Ele deu um sorrisinho.

— Qual pergunta eu respondo primeiro?

— As duas. Uau.

Nós nos aproximamos ainda mais da beirada, e a cidade lá embaixo era de tirar o fôlego. Embora desse para ouvir o som distante do trânsito, o lugar era muito silencioso. De repente, entendi perfeitamente por que aquele seria um lugar perfeito para fazer um pedido de casamento.

— Só expliquei que estávamos em uma missão para encontrar a varanda misteriosa — explicou ele, com uma expressão estranha. — Acho que eles são caras legais.

Olhei para a vista e soltei um suspiro.

— É incrível.

Tentei imaginar meus pais ali, jovens e apaixonados.

Será que meu pai tinha ficado nervoso, com medo de que minha mãe recusasse? Será que ela chorou de felicidade e gritou "mil vezes sim"? Ou será que ficou tensa, irritada com o gesto grandioso e dramático?

Era bobeira pensar nisso, mas fiquei um pouco emocionada de estar ali onde o pedido tinha acontecido.

Nick passou a mão no cabelo.

— É... Eu não imaginava que seria tão legal — comentou ele.

— É bem mais alto do que eu pensava — acrescentei, sem coragem suficiente para ir até a extremidade, embora fosse quase impossível passar pelo parapeito. — Obrigada por fazer isso acontecer.

— É o Dia Sem Consequências, Hornby.

Uma movimentação atrás dele chamou minha atenção, e arquejei. Percebi que havia várias pessoas reunidas na varanda em frente à sala do Bill. Era como se a equipe inteira e seus assistentes — e, minha nossa, até o segurança — tivessem saído para confraternizar e... olhar para nós...?

— Nick, o que você disse ao Bill para que ele nos deixasse vir aqui?

Quando olhei para ele, seus olhos estavam em meus lábios e eu quase esqueci o que estava acontecendo.

Ele deu de ombros.

— Não se preocupe com na... — começou ele.

— Porque tem uma multidão olhando para a gente — interrompi.

— O quê? — Nick olhou para trás. — Ah, droga.

— Como assim, por quê? Tem alguma coisa...

— Eu disse que queria vir aqui para te fazer um convite-surpresa para o baile.

— Me convidar para o baile? *Nick*...

Não estava acreditando que ele tinha dito aquilo... É óbvio que uma pequena multidão estava reunida por perto. Adultos amam essas bobeiras românticas.

Nick pareceu não se importar.

— É só a gente dizer que eu fiz o convite-surpresa e você aceitou — sugeriu ele.

Esperei pelo restante, mas pelo jeito o plano era só esse mesmo. Franzi as sobrancelhas.

— Isso não é um convite-surpresa — declarei.

Nick pareceu surpreso.

— Não?

Revirei os olhos.

— *Não*. É só um convite comum. Um *convite-surpresa* é quando você faz um gesto grandioso para convidar a pessoa. Ou seja, conseguir ajuda de uma celebridade, fazer um bolo, cantar uma música, escrever "Quer ir ao baile comigo?" com milhares de pétalas de rosas... Como você não sabe disso?

Para falar a verdade, isso era o que eu sabia, mas talvez fosse diferente em outros lugares. Mas na minha cidade, na nossa escola, um convite-surpresa era isso. Um evento monumental, como se fosse um pedido de casamento.

— Por que alguém faria? — perguntou ele, parecendo indignado. — O baile é só uma festa.

— Quer mesmo discutir os méritos do convite-surpresa comigo agora? Toda aquela gente está esperando um grande pedido.

Nick ficou em silêncio, pegou o celular e começou a procurar alguma coisa.

Olhei para os espectadores atrás dele, que seguiam olhando para nós cheios de expectativa.

— É... Nick...?

— Espera aí.

Ele mexeu mais um pouco no celular, então olhou para mim e deu um sorrisinho.

— Nick...

O celular começou a tocar uma música bem alta. Mas antes mesmo que eu pudesse perguntar o que estava acontecendo —

espera, estava tocando a música "Cupid Shuffle"? — ele me entregou o aparelho.

Nick deu cinco passos grandes para trás e começou a fazer a pior dancinha que já vi. Com um sorrisinho bobo, ele tentou uma versão patética da coreografia do videoclipe da música.

— Sério mesmo? — gritei.

Comecei a gargalhar e ele gritou, mais alto do que a música:

— Emilie Hornby, quer dançar essa música comigo no baile?

— É… — respondi, também gritando em meio a uma risadinha incontrolável. — Está insinuando que é meu Cupido, dançando para que eu aceite ir ao baile com você?

Nick assentiu e cantou a parte "To the left, to the left, to the left, to the left".

— Sim! — gritou ele.— É exatamente isso que estou dizendo!

Então fez um giro espontâneo.

— Como *você* conhece essa música? — perguntei.

Eu sabia, ainda que não pudesse ter certeza, que Nick Stark nunca tinha dançado assim na vida.

— Já fui a casamentos — explicou ele —, e a letra da música meio que diz o que a gente tem que fazer. Agora, por favor, diga que sim.

Não conseguia mais enxergar por causa das lágrimas e meu estômago estava doendo de tanto rir.

— Primeiro diga que me ama — disse.

Nick balançou a cabeça.

— Sua pé no saco! Por favor, diga que vai ao baile comigo.

— Sim — gritei, de um jeito dramático e dando pulinhos. — Sim, eu quero muito ir ao baile com você!

As pessoas atrás de nós começaram a aplaudir.

Nick olhou para mim e gritou:

—Vem dançar comigo, Emmie!

— Não, obri…

— Vai — gritou Jerome, me lançando um olhar paterno. — Acabe com o sofrimento do pobre garoto.

— Não existe remédio para isso?

Nick segurou minha mão, e continuei gargalhando até a música acabar enquanto dançávamos como se estivéssemos num casamento com uma pequena equipe de executivos.

— Foi uma ideia excelente, Hornby — disse Nick, me provocando enquanto ia "To the right, to the right".

Dei risada, ainda dançando, olhando para aquele horizonte lindo e para o garoto ao meu lado.

— Eu sei.

CONFISSÃO Nº 13

*No oitavo ano, beijei Chris Baker nos fundos de um trailer.
Até hoje, sempre que sinto o cheiro do perfume Polo me
lembro de suas calças de corrida barulhentas.*

Quando as portas do elevador se abriram, três homens já estavam lá dentro, de terno e com cortes de cabelo elegantes. Entramos e descemos lado a lado em silêncio.

— Nossa, vou devorar aquelas batatas fritas em formato de waffle — disse um dos homens.

— Queria que eles voltassem com a Pizzaria Bernie. Gosto de frango, não me levem a mal, mas faz muito tempo que é a única opção.

— Então vá comprar uma pizza.

—Ah, não, cara… Tenho muita preguiça e o refeitório é mais prático.

Olhei para Nick para ver se ele também achava aquela conversa hilária, e seus lábios comprimidos me disseram que ele também estava segurando a risada.

— Com licença — disse um deles quando as portas finalmente abriram.

Demos espaço e os homens saíram. Nick soltou um suspiro longo, e quando as portas começaram a fechar, ele estendeu a mão perto do sensor e elas voltaram a abrir. Ele olhou para mim, erguendo uma das sobrancelhas de um jeito bem fofo.

— E aí, quer ir ao refeitório comer um frango frito? — indagou ele.

Dei um gritinho.

— Ai, será que podemos?

Ele deu de ombros.

— Por que não? Se nos expulsarem, já conseguimos o que queríamos mesmo… Então não faz diferença.

Fiquei animada.

— Minha mãe *nunca* me deixava comer frango frito quando pequena, então essa é minha comida favorita. Só que eu como em segredo — disse, consciente de que estava tagarelando, mas não conseguia evitar. — Aí eu como quando ela não está por perto, sabe?

— Que tipo de pessoa proíbe frango frito? — perguntou, e dava para ver aquelas ruguinhas ao redor dos olhos. — Coitada dessa nerd faminta.

Isso me fez rir.

— Pois é.

Nick apontou para a porta do elevador.

— Então, vamos?

Assim que saímos do elevador, os sons e os cheiros do refeitório da empresa nos cercaram. Seguimos as pessoas e… encontramos um refeitório enorme.

Havia estações de comida em todas as laterais e as mesas estavam dispostas no centro do cômodo. Todas as opções pareciam refeições comuns para um refeitório, com exceção da estação do Frango do Chachi, onde uma fila crescente já estava se formando.

— Frango frito? — perguntou ele, olhando ao redor do refeitório.

— Frango frito — respondi.

Enquanto esperávamos na fila, Nick me contou sobre quando sua irmã sem querer passou com o carro por cima do pé de um funcionário de fast-food num drive-thru, e eu estava chorando de rir quando nos sentamos com a comida.

— Não acredito que ela ainda deu marcha a ré — disse.

— Ela falou que foi uma reação natural. Escutou um grito e voltou para ver o que tinha acontecido.

— Faz sentido.

— Talvez — disse ele, mergulhando um frango no molho.

— Mas, olha só... — comecei, pegando o pote de ketchup da mesa e esguichando em meu prato. — Você disse que nunca se apaixonou, mas... Tipo, você *acredita* no amor, né?

Ele inclinou a cabeça e franziu as sobrancelhas.

— Nossa, você é persistente. O que está fazendo, Hornby?

— Conhecendo melhor o meu parceiro do Dia Sem Consequência. Mas, já que você é tímido... eu posso começar.

Numa situação comum, eu jamais entraria nesse assunto, porque qualquer pessoa acharia sufocante e patético. Mas eu queria saber mais sobre ele, então estava aproveitando o dia que, no fim, nunca teria acontecido. O que Nick achava daquela conversa não importava, porque ele não se lembraria de nada depois.

Assim que pensei nisso, senti uma leve tristeza. Estava me divertindo tanto que pensar que tudo seria esquecido e que Nick não se lembraria de nada parecia um pouco trágico.

— Então... — continuei. — Embora eu não o veja com muita frequência na vida real, acredito plenamente no amor verdadeiro. Acho que demanda esforço e planejamento, e não destino. Mas com certeza o amor está por aí, se prestarmos atenção nele.

Nick assentiu, como se estivesse considerando meu argumento, e limpou as mãos no guardanapo.

— Mas isso não parece simples demais? — indagou ele. — Parece uma criança dizendo que acredita no Papai Noel. Tipo, sim, óbvio, parece incrível, mas... se é bom demais para ser verdade, é porque provavelmente *não é*.

Mergulhei uma batata frita no ketchup.

— Que sarcástico.

— Não é nada sarcástico — rebateu ele, mergulhando um punhado de batata frita no ketchup. — Não sou cético em relação ao amor... Só não acho que ele vá entrar pela chaminé da minha casa com um saco cheio de presentes.

— O amor não é como o Papai Noel.

— Por que não? — perguntou ele, erguendo o copo de refrigerante. — Você espera e deseja que ele chegue, espiando pela porta para ver se o destino trouxe a pessoa certa, aquela que vai te fazer feliz para sempre.

Peguei um frango e apontei para Nick.

— Não é a mesma coisa. O amor não depende de magia ou de faz de conta.

Ele tomou um gole do refrigerante.

— Mas você já viu um primeiro encontro? Aquilo é só magia e faz de conta.

— Como você vai ser feliz se pensa assim? — perguntei, mordendo o frango.

Ele olhou para mim e cruzou os braços.

— Não é meu objetivo "ser feliz".

Parei de mastigar. Nick parecia estar falando sério.

— Você é desses caras que curtem ser emburrados?

Ele franziu o cenho e pareceu ofendido, como se minha sugestão fosse um insulto.

— Não.

— Então por que não quer ser feliz? — questionei.

Nick deu de ombros e pegou o refrigerante.

— Não falei que não quero ser feliz. Só que esse não é meu objetivo.

Limpei a boca com o guardanapo e coloquei-o sobre a bandeja.

— Mas...

— Quer dizer, você é *sempre* feliz? — perguntou ele.

Fiquei um pouco distraída com seu pomo de adão subindo e descendo quando ele tomou outro gole de Coca-Cola.

— Não, obviamente — respondi, colocando o dedo no topo do canudo. — Mas gostaria de ser. Quer dizer, a felicidade meio que *é* o grande objetivo, né? Tipo, da vida.

— Bem, sim, mas…

— Porque a felicidade é o estado normal — declarei.

Tirei o canudo do copo, levei a outra ponta até a boca e removi o dedo, deixando o refrigerante pingar em minha língua.

— A satisfação é a variável — continuei. — Às vezes não estamos satisfeitos, às vezes estamos exultantes, mas a felicidade é o estado normal.

Ele deixou o copo de refrigerante sobre a mesa. Sua expressão estava séria.

—Você está muito enganada. O estado normal é a existência. Apenas existir, emocionalmente, é a referência do ser humano. A *felicidade* é, tipo… uma coisa fluida e flutuante à qual é impossível se agarrar. Elusiva pra caramba. Às vezes temos sorte e a seguramos por um tempinho, mas uma hora ou outra escorre pelos dedos.

Balancei a cabeça, tentando entender como ele podia ter uma visão tão deprimente.

— Essa é a coisa mais deprimente que já ouvi.

— Não é, não.

Larguei tudo na bandeja. Precisava me concentrar em fazê-lo desistir daquela ideia ridícula.

— É, sim — insisti. — De acordo com a sua teoria, precisamos ficar atentos sempre que estamos felizes porque tudo pode implodir a qualquer momento.

Ele soltou uma tosse meio risonha, um pouco surpreso, e esfregou a nuca.

— É que... Bem, essa é meio que a realidade, não acha? — declarou ele.

— Quem partiu seu coração, Stark? — perguntei, provocando-o.

Nick olhou para mim, e me arrependi no mesmo instante. Porque, nossa, havia muita melancolia em seu olhar. Por uma fração de segundo, ele pareceu um garotinho triste.

Em seguida, sorriu, e a tristeza foi embora tão rápido quanto surgiu.

— A grande questão é quem jogou pó de fada em você, Emilie Hornby.

— Não é isso. Sei que sou a única pessoa que realmente se importa com a minha felicidade, então faço dela prioridade. Você devia tentar... tipo, tentar *de verdade*, olhar para as coisas de um outro jeito.

Isso o fez sorrir.

— É mesmo?

— Aham — respondi, sorrindo também. — Pense. Em um dia comum, talvez passe por sua cabeça "Que droga ter que ir para a escola".

— Eu jamais pensaria isso... — respondeu ele, sério. — Educação é importante.

— Você sabe do que eu estou falando. Num dia comum, quando estiver se sentindo meio pra baixo, se obrigue a mudar esse pensamento. Em vez de "Que droga ter que ir para a escola", pense "O dia está tão lindo que depois da escola acho que vou abaixar o banco da caminhonete e ler um bom livro na brisa com cheirinho de primavera".

Nick soltou uma risada alta.

— Por que eu pensaria algo tão ridículo assim?

— Então que tal "Pelo menos vou sentar ao lado da Emilie Hornby na aula de Química... Que supimpa!"

— Sério mesmo? — disse ele, provocando de um jeito sarcástico com aquele olhar reluzente.

— Ah, tá, vai dizer que você nunca disse "supimpa" em pensamento?

— Nunquinha.

— Bem, e seus amigos, sr. Existência? — indaguei, me inclinando sobre a mesa, curiosa. — Como é possível que você não se envolva em nenhuma panelinha e em nenhum acontecimento da escola? Te vejo pelos corredores às vezes, e você parece ter amigos, mas nunca ouvi falar de você socializando. Nunca te vi nas festas, nem nos jogos de futebol, nem em outros eventos da escola...

— E...?

— E... qual é a sua? Você sai com seus amigos ou é um eremita?

Nick olhou por sobre meu ombro como se estivesse pensando ou observando alguém.

Por um instante, achei que ele fosse dar uma resposta babaca sem sentido.

— Eu saía muito mais com meus amigos, mas em algum momento parei de me importar com a escola no geral. Parece tudo tão... sem sentido, sabe? Não os estudos em si, mas todos os joguinhos.

Seu olhar cruzou com o meu e ele parecia... intenso.

— Às vezes, tento participar de um assunto ou outro para não ser um "eremita", como você descreveu tão bem, mas parece sem sentido.

Eu não sabia o que responder.

— Ah... Bem, talvez se você tentasse...

— Hornby, eu juro que vou surtar se você me disser para ser positivo.

Abri um sorriso.

— Olha, não dói tentar, sabe...

Um dos cantos de seus lábios se curvou de leve.

— Na verdade acho que pode doer, sim.

CONFISSÃO Nº 14

Uma vez escrevi "Beth Mills é fedida" no banheiro da escola depois que ela disse para todo mundo que o acampamento de verão que eu fui na verdade era um acampamento para crianças asmáticas.

Depois que saímos do prédio, Nick me carregou nas costas até o estúdio de tatuagem. Ele deixou até que eu enterrasse meu nariz gelado em seu pescoço sem reclamar. Quando finalmente chegamos, ele endireitou o tronco e eu desci. A fachada do 402 Ink era interessante porque não tinha nenhum símbolo além do letreiro vermelho de neon na parte inferior da vitrine.

Nick abriu a porta, e eu entrei atrás dele.

— Ficando com medo? — perguntou.

— Nem um pouco. Pode trazer as agulhas.

Fiquei andando pela recepção, onde havia desenhos de tatuagens espalhados por toda parte. Estava nervosa, mas também muito animada. Fazer uma tatuagem era algo em que eu nunca tinha pensado e jamais teria coragem de fazer antes de ficar presa naquele dia terrível.

No entanto parecia algo que eu *precisava* fazer, já que tinha ganhado um passe livre. Seria um lembrete, embora temporário, do dia em que, pela primeira vez, fiz o que queria fazer, e não o que *devia* fazer, ou o que todos esperavam que eu fizesse.

Mal tinha conseguido absorver tudo isso quando ouvi Nick perguntar:

— Dante está trabalhando hoje?

Olhei para ele, que estava parado em frente ao balcão da recepção.

— Então você *tem mesmo* tatuadores disponíveis — observei, arqueando as sobrancelhas.

Nick olhou para mim e deu uma piscadinha.

Sempre achei piscadinhas meio bregas, mas de repente mudei de ideia. As do Nick me faziam derreter.

A pessoa que imaginei ser Dante saiu da sala dos fundos e eles deram um aperto de mão coreografado enquanto eu explorava o lugar e observava todos os desenhos. Eles ficaram cochichando por alguns minutos.

— Será que você consegue encaixar minha amiga Emilie hoje? — perguntou Nick.

— Aham — respondeu Dante, em seguida olhando para mim. — Sabe o que quer? E trouxe documento?

Tirei a carteira de motorista falsa do bolso, fui até ele e passei a mão no cabelo.

— Aqui. E são só sete palavras. Tenho uma foto de uma fonte que gosto.

— Quais sete palavras? — indagou Nick, colocando as mãos nos bolsos e olhando desconfiado para o documento.

— Não é da sua conta — declarei.

— Então são cinco palavras — observou Dante.

— Lembre que é para a vida toda, Hornby — avisou Nick.

Não sei por que, mas eu gostava muito quando ele me chamava pelo sobrenome.

— Não me diga, Stark.

Mal sabia ele que eu acordaria com a pele sem tinta, intacta, e o Dia dos Namorados se repetiria mais uma vez.

Dante precisou atender alguém que entrou na loja, e Nick olhou para mim e se aproximou.

— Por que *você* tem um documento falso? — perguntou ele, baixinho.

Meu rosto ficou quente.

— E-eu não... Q-quer dizer, não é... — gaguejei.

Ele me cutucou com o cotovelo, e senti um frio na barriga.

— Não vou dedurar você — garantiu ele, sua voz grave ressoando. — Só não consigo acreditar que a nerd Emilie Hornby tem um documento falso. Eu até entenderia se fosse um cartão da biblioteca falso... Mas uma carteira de motorista? Inacreditável.

Eu me senti um pouco menos ridícula.

— Chris trabalha com um cara que comprou uma máquina no mercado clandestino e testou com a gente — expliquei.

Ele abriu a boca, chocado.

— Chris? O garoto simpático do clube de Teatro?

— Aham.

Ele balançou a cabeça, sorrindo.

—Vocês, bonzinhos, andam enlouquecendo. Quem diria?

— Pronta?

Dante voltou, e eu o segui até uma sala, grata por Nick estar ali me acompanhando; na verdade eu estava um pouco nervosa. Mostrei ao Dante a frase que queria tatuar, a letra de uma das minhas músicas favoritas.

— Tem certeza? — perguntou Nick. — Quer dizer, entendo que esteja se sentindo corajosa hoje, mas daqui a alguns anos, ou até algumas horas, pode se arrepender de ter tatuado isso em sua pele.

— Acredite, sei o que estou fazendo.

Não sabia, pelo menos não no que dizia respeito aos detalhes técnicos de uma tatuagem. Fiquei ainda mais nervosa quando os dois se sentaram ao redor de mim. Depois que Dante esterilizou meu braço, aplicou o decalque e ligou a máquina, descobri como era doloroso fazer uma tatuagem.

Quer dizer, sim, a dor era relativa. Não era como arrancar um dente ou ser golpeada no rosto com uma chave de fenda, mas parecia que alguém estava enfiando uma agulha em meu braço e arrastando na pele.

Porque, sabe… Era exatamente *isso* que Dante estava fazendo.

— E aí, de onde vocês se conhecem? — perguntei, embora soubesse muito bem a resposta, sentindo a necessidade de falar alguma coisa enquanto Dante se debruçava em cima do meu braço. — Só das tatuagens do Nick?

—Você é tão intrometida — comentou Nick.

— Ele trabalha aqui — explicou Dante, sem levantar a cabeça. — Ele é o faz-tudo. Nick não te contou?

Ergui uma sobrancelha e sorri para Nick, que balançou a cabeça e deu um leve sorriso. Olhar para seu rosto me fez pensar no quase beijo do elevador. Não sei se minha expressão mudou, mas a dele mudou.

Sua mandíbula se retesou e seu olhar ficou ardente. A sensação era a de que havia um fio invisível me puxando em sua direção; uma corrente elétrica que parecia mais forte que a agulha que era arrastada na minha pele.

Engoli em seco.

O que foi mesmo que Dante acabou de falar?

— Não, é… Ele não mencionou isso.

— O que foi, Nickie? Tem vergonha de nós? — indagou Dante, provocando-o.

— Ela é muito intrometida e não precisa saber das coisas — retrucou ele.

Bufei.

— Beleza, Nickie — provoquei.

Dante achou o comentário bem engraçado, mas eu não pude rir porque Nick estava me olhando *daquele* jeito de novo. A intensidade do seu olhar me deixou incapaz de pensar ou me comunicar, e Dante ficou resmungando e murmurando enquanto terminava a tatuagem.

Quando finalmente acabou, Dante me mostrou a tatuagem e eu arquejei, passando os dedos de leve ao redor do ponto de tinta em meu braço.

— Uau… Ficou incrível.

I HAD A MARVELOUS TIME RUINING EVERYTHING

Era um verso da música "the last great american dynasty", da Taylor Swift, que significava "Eu me diverti bastante estragando tudo".

Eu amei.

Dante saiu da sala para buscar alguma coisa, e Nick se levantou. Ele se aproximou e ergueu meu antebraço até a altura dos olhos. Minha respiração ficou presa quando Nick passou o polegar logo abaixo da tatuagem, de um jeito bem suave, tão próximo que eu quase não conseguia lembrar como era o mundo além do seu rosto.

— Gostei — disse ele.

O dedo dele ainda roçava minha pele, de um lado para o outro. Parecia que ele não estava falando só da tatuagem, com o rosto pairando sobre o meu, a poucos centímetros de distância.

—Vou só colocar isso no seu braço, e vocês estão liberados — explicou Dante ao voltar para a sala, com uma pomada em uma das mãos e plástico filme na outra.

Nick deu um passo para trás e eu estava chocada para fazer alguma coisa além de assentir e tentar acalmar meus batimentos cardíacos. Ele saiu da sala e Dante explicou como eu devia cuidar da tatuagem enquanto passava a pomada e a cobria com plástico filme. Não prestei atenção, porque sabia que a tatuagem sumiria em poucas horas.

Dante me levou até a recepção e percebi que meu parceiro do Dia Sem Consequência estava parado perto da porta conversando com um garoto de cabelo preto espetado e tatuagens cobrindo todo o braço. Meu rosto ficou quente quando Nick olhou para mim, e então segui Dante até o balcão.

Paguei pela tatuagem e assinei um termo.

— Como você conseguiu convencer o eremita a sair da toca? — perguntou Dante.

— Na verdade, eu o obriguei a vir.

Entreguei o papel e ele sorriu de um jeito bem simpático e caloroso.

— Bem, fico feliz. Nickie teve que crescer rápido demais depois do acidente. Acho que ele precisa se divertir um pouco.

Olhei para trás para ter certeza de que Nick não estava ouvindo e me achando intrometida.

— Acidente? Nick sofreu um acidente? — questionei.

— Ele não… O Eric.

— Eric?

— Irmão dele. Hoje é aniversário do acidente…

Nick se aproximou e ajeitou o catálogo em cima do balcão.

— Pronta, Hornby? — perguntou ele.

Ele parecia não ter ouvido nada, e não pude deixar de pensar que tinha descoberto algo que Nick não queria que eu soubesse.

Assenti e pigarreei.

— Sim, Stark.

Nick se despediu dos amigos, e eu gritei:

— Obrigada!

Em seguida, saímos do estúdio.

— Minha nossa, que frio! — resmungou Nick, fechando o casaco.

Eu me abracei no meu casaco — na verdade, era o casaco *dele* — e o ajustei no corpo.

— Já te agradeci por esse casaco maravilhoso?

— Imagina.

Ele olhou para mim, seus olhos percorrendo o casaco enorme, e fez uma careta. Engoliu em seco e tensionou a mandíbula, ficando em silêncio por um tempo até finalmente pigarrear.

— E aí? Aonde vamos agora? — indagou ele.

Olhei para o lado e apontei para a escada que subia pela lateral de um prédio de tijolos. Parecia ter poucos andares, e tudo o que eu queria era distrair Nick do que quer que estivesse o deixando tão triste. Além disso, era o DSC, então subir em um terraço era uma ótima ideia.

— Não — respondeu Nick.

— Só porque já subimos até uma varanda?

— Porque se formos subir em um terraço, é melhor levar algo quente para beber. Além disso, conheço um lugar melhor. Vamos.

Nick me pegou pela mão e me puxou mais para perto, e avançamos pela calçada. As pernas dele eram muito mais compridas do que as minhas, então ele estava quase me arrastando.

— Devagar — pedi, dando risada.

— Está frio demais para andar devagar, Emmie — disse ele, me fazendo parar e se virando de costas para mim. — Suba.

— De novo? — perguntei, quase sem ar depois de ouvi-lo usar meu apelido de um jeito tão íntimo. — Eu *consigo* andar mais rápido… Você não precisa me carregar como se eu fosse uma criança.

Nick me olhou por sobre o ombro.

— Ah, eu gosto. Fico quentinho e meio chapado com seu perfume.

Trocamos um sorrisinho antes que eu subisse, como se reconhecêssemos, ainda que sem palavras, a atração entre nós. Abracei seu pescoço, e Nick segurou minhas pernas com mais firmeza contra o próprio corpo.

— Vamos — disse ele.

Nick disparou, caminhando quase tão rápido quanto se eu estivesse correndo. Por sorte não havia muitas pessoas na calçada, então foi fácil para ele caminhar comigo agarrada a seu corpo.

—Tudo bem aí atrás, Hornby?

— Estou ficando pesada, né?

— ... ficando?

— Cala a boca.

Senti a vibração da risada dele e ri também, apertando-o entre minhas pernas, o que me rendeu mais uma risada. Nick percorreu mais uma quadra e então me colocou no chão quando chegamos a uma barraquinha na esquina. O Café Thrive era um trailer reformado bem charmoso, todo de madeira reluzente e com acabamentos contemporâneos.

O atendente olhou para nós.

—Vi seus pais ontem, e sua mãe *ainda* parece estar irritada comigo — declarou ele.

Nick deu um sorrisinho de lado.

—Você destruiu o carro dela... Está mesmo surpreso? — retrucou Nick.

O homem, que tinha "Tyler" escrito no crachá e parecia ter uns vinte e poucos anos, riu e começou a me contar a história de quando Nick ofereceu uma carona até o trabalho com o carro da mãe dele e eles ficaram presos na neve. Pelo que entendi, era para Tyler pisar bem de leve no acelerador enquanto Nick empurrava, mas Tyler achou que fazia mais sentido pisar fundo e "arrancar aquela coisa da neve logo", o que fez com que o carro disparasse, desviasse e batesse num parquímetro.

Nick estava gargalhando.

— Ty saiu do carro, olhou para o estrago e ficou ofendido com o parquímetro.

Era maravilhoso ver Nick tão animado.

Quase fui dominada por um desejo desesperador de fazer o que fosse necessário para que ele ficasse feliz daquele jeito o tempo todo.

— A propósito, esta é Emilie — disse Nick ao Tyler.

Trocamos cumprimentos, e Tyler perguntou:

—Vocês não deviam estar na escola agora?

— Na verdade, sim — revelou Nick, travesso. — Mas essa criminosa me convenceu a matar aula. Agora quer subir em um terraço no frio, como se estivéssemos num filme idiota.

Tyler assentiu.

— Bacana. Então vai levá-la ao TJ's?

— Aham — concordou Nick. — Mas antes precisamos de bebidas quentes.

— O de sempre, grandalhão?

— Dois.

Tyler se afastou para preparar as bebidas.

— *Quem* é você, Nick Stark? — perguntei.

Ele me olhou com os olhos semicerrados, e uma rajada de vento soprou entre nós.

— Como assim?

— Adolescentes, como nós, não têm uma vida de verdade. Curtimos com os amigos da escola e talvez, tipo, vamos até o shopping. Mas aí está você — disse, apontando para a barraquinha e os prédios do centro —, com amigos adultos e, tipo, contatos no centro da cidade. Você é um agente secreto? Ou tem quarenta anos em segredo?

Ele analisou meu rosto e disse, baixinho:

— Eu poderia te contar, mas aí teria que te matar.

— Sempre dizem isso, mas será que precisam *mesmo*? — perguntei, brincando, colocando os cabelos esvoaçantes atrás da orelha. — Não poderia ser só "Eu poderia te contar, mas você teria que guardar segredo para sempre"?

— Dois mochas grandes com chocolate e chantilly extra.

Tyler apareceu na janela com dois copos de papel enormes. Olhei para Nick, que com certeza era um chocólatra.

— Fiquei com uma cárie só de ouvir isso — brinquei.

— Né? — disse Tyler, pegando o cartão do Nick.

Eles começaram a falar sobre alguém que eu não conhecia enquanto o pagamento era efetuado, e eu fiquei só observando. Nick parecia tão à vontade e caloroso quando estava com seus amigos, e aquele era um lado que eu nunca tinha visto.

Na escola, ele sempre tentava sobreviver ao dia sem fazer qualquer contato.

Aquilo era... tão diferente.

Nós nos afastamos da barraquinha, e Nick me levou uma quadra adiante, onde entramos em num prédio. Ele se recusou a responder qualquer pergunta e simplesmente andou na minha frente. Pegamos um elevador até o último andar, atravessamos um corredor pequeno e entramos numa grande sala do zelador, onde Nick apontou para uma escada que ficava entre duas caldeiras enferrujadas e parecia levar a uma jaula.

— Vou primeiro e abro a escotilha se você segurar meu copo.

Pisquei, confusa.

— O quê? Uma escotilha?

Nick me estendeu a bebida fumegante.

— Confia em mim? — perguntou, sem desviar o olhar.

Assenti e estendi a mão que estava livre.

— Boa garota — disse ele.

Nick me entregou o copo e então começou a subir a escada misteriosa. Ouvi o barulho de seus sapatos em cada degrau de metal e depois só um som de ferragens, em seguida um vento gelado soprou e o cômodo ficou iluminado.

— Estou descendo para pegar meu café — avisou Nick. — Não suba com as duas mãos ocupadas.

Um segundo depois, ele surgiu em minha frente e pegou o café.

— É melhor você subir primeiro. Se escorregar, estarei aqui para amortecer a queda. Acha que consegue subir segurando só com uma das mãos? Se não, deixo meu copo aqui e levo o seu.

Olhei para a escada

— Uau. Um verdadeiro cavalheiro.

Ele ergueu uma sobrancelha.

— Ou isso ou eu gosto muito de apreciar essa sua calça de couro.

Se outra pessoa dissesse isso, talvez tivesse levado um soco. Mas o sorriso dele me dizia que Nick havia falado de propósito porque sabia que ia me irritar. Revirei os olhos e comecei a subir.

Quando cheguei ao terraço, fui golpeada pelo ar congelante do inverno. Nick surgiu atrás de mim e, antes mesmo que eu pudesse dar uma olhada no lugar, ele pediu:

— Feche os olhos.

Obedeci.

— Não parece uma boa ideia fazer isso em um terraço — comentei.

— Eu sei, eu sei — disse ele, segurando minha mão e começando a me guiar. — Prometo não matar você. Mas quero que só veja quando estiver no lugar perfeito.

— Já vi a cidade da varanda do banco. Não pode ser tão diferente assim.

—Você não faz ideia.

Deixei que Nick me conduzisse até finalmente parar. Senti sua respiração quente em meu rosto quando ele se aproximou.

— Pronto, Emmie... — sussurrou Nick. — Abra os olhos.

CONFISSÃO Nº 15

No oitavo ano, decidi entrar no time de basquete porque achei que isso me tornaria popular. Eu usava um All Star cor-de-rosa e marquei apenas dois pontos durante toda a temporada. Não funcionou.

Abri os olhos e fiquei sem fôlego ao absorver a beleza. Subir mais de quarenta andares para admirar a vista foi bacana porque dava para ver tudo de cima, mas aquela visão era como ser abraçada pela minha cidade favorita. Estávamos no coração do centro, no Old Market, em Omaha, então dava para ver as carruagens puxadas por cavalos, as pessoas caminhando e a fonte enorme que tinham instalado no ano anterior.

Estávamos *dentro* do Old Market, não exatamente acima, mas éramos invisíveis.

Era de tirar o fôlego.

— É mágico — murmurei.

— Pois é — concordou Nick, olhando para o horizonte. — É meu lugar favorito na cidade inteira.

— De novo, *quem* é você? Como sabe deste lugar?

Tomei um gole daquela bebida cheia de chocolate e olhei para a mandíbula definida dele.

— Meu irmão morava neste prédio — respondeu ele, ainda com o olhar vago. — Então sempre que eu vinha a gente subia aqui.

— Sortudo. Meus irmãos são muito pequenos e nem são meus irmãos *de verdade*. Onde ele mora agora?

Estava olhando para a fonte, mas, como Nick não respondeu, virei para ele. Mexendo nas mangas do casaco, ele soltou um suspiro.

— Bem, isso é estranho. Ele não mora em lugar nenhum, na verdade.

Ah, não. O acidente.

— É, Nick, eu...

— Ele morreu num acidente de quadriciclo.

— Nick, eu sinto *muito*.

Ele deu de ombros.

— Tudo bem. Não é tão recente assim. Quer dizer, já faz, tipo, um ano.

— *Um ano*? Não é tanto tempo assim.

Um ano era como se tivesse acontecido ontem. Mas Nick não parecia arrasado como se o luto fosse recente. Ele parecia... pesaroso, exausto, sem forças.

— Está tudo bem — disse ele, abrindo um sorriso cansado. — Não queria jogar essa informação em cima de você. É tão estranho falar sobre isso.

— Bem, vo...

Ele engoliu em seco.

— Na verdade está fazendo um ano hoje — interrompeu ele, tentando soar despreocupado. — Ele morreu no último Dia dos Namorados.

— Sério?

Ele abriu um sorriso de lado.

— Uma data bem romântica, não acha?

A ideia de alguém morrer num dia em que as pessoas compram balões e pizzas em formato de coração parecia terrível. E eu me senti idiota por ficar sentindo pena de mim mesma por causa da separação dos meus pais enquanto Nick estava lidando com o luto.

— Se eu fosse você, ia querer dar uma voadora em qualquer um que falasse sobre presentes, chocolates ou flores. Tipo, quem se importa?

Isso fez seu sorriso se alargar só um pouquinho.

— Pois é.

Fazia todo sentido. Por isso ele parecia um adulto no corpo de um adolescente. Como bailes, festas e jogos de basquete poderiam ter alguma importância após sofrer uma perda como aquela?

— Entendo perfeitamente se não quiser mais ser meu parceiro do Dia Sem Consequência, Nick. — Hesitei, largando meu copo no parapeito ao lado do dele e enfiando as mãos nos bolsos, me sentindo culpada por carregá-lo em minhas aventuras. — Talvez você prefira…

— Ficar com meus pais ouvindo o quanto a casa está quieta? Não… Isso aqui é bem melhor.

Segui Nick até um banco que ficava ao lado de uma planta morta no canto do terraço. Ele sentou e, quando sentei ao seu lado, Nick me puxou pela manga do casaco para mais perto. Deslizei até que eu me apoiasse em seu peito. Então ele abraçou meus ombros e descansou o queixo em minha cabeça.

— Posso? — perguntou ele, baixinho, e sua voz vibrou em minha cabeça.

—Aham.

Ficamos sentados, observando o mundo todo diante de nossos olhos, pelo que pareceu um bom tempo. Mas não foi constrangedor… Apenas silencioso.

— Sabe, a coisa mais estranha nisso tudo é a desconexão que faço entre a vida e a morte — confessou Nick, sereno. — Posso passar uma hora consciente de que ele está morto, mas, cinco minutos depois, quando ouço um barulho em casa, penso coisas bizarras, tipo, "Ah, acho que ele está tomando banho". *É como se meu cérebro soubesse mas minha memória esquecesse.*

— Nossa… isso é terrível.

O sol aqueceu levemente meu rosto.

— Um pouco — concordou ele, baixinho. — Mas parte de mim gosta da confusão porque durante uma fração de segundo é como se nada tivesse mudado. Estranho, né?

Senti meu coração se partir, e coloquei minha mão em cima da dele.

— Nem um pouco. Mas o sentimento depois dessa fração de segundo deve ser horrível.

— É a pior coisa do mundo. Como sabe disso? — indagou ele, soltando um ruído que estava entre uma risada e um gemido.

Passei o dedo sobre os nós de seus dedos.

— Não sei como poderia não ser assim. Vocês eram próximos?

— Aham. Quer dizer, tanto quanto irmãos com três anos de diferença podem ser próximos. Passamos a maior parte da infância brigando, mas estávamos sempre juntos.

— Deve ser tão solitário…

Havia coisas muito piores do que a solidão, mas a vida tinha me ensinado que o vazio de se sentir sozinho podia ser doloroso e sufocante. Eu me virei um pouco e coloquei as mãos em seu rosto, arrasada com a tristeza em seus olhos.

Não tinha ideia do que estava fazendo, mas beijei a ponta de seu nariz. Aquilo não tinha nada a ver com amor ou atração, era apenas alguém que precisava de cuidado. Eu sabia disso porque, embora não fosse comparável à situação dele, me sentia solitária com frequência. Sempre que minha mãe esquecia que o fim de semana era dela ou que meu pai deixava um bilhete avisando para pedir uma pizza porque ele, Lisa e os meninos já tinham jantado, eu me sentia completamente sozinha no mundo.

As mãos do Nick cobriram as minhas, prendendo-as em seu rosto.

— Para com isso — disse ele. — Para de me olhar assim, como se estivesse com o coração partido. Estava pensando no Josh?

— O quê? — Isso me fez bufar. E me dei conta de que não senti nada ao ouvir o nome do meu ex-namorado. — Sabe, na verdade, eu esqueci que ele existia.

Nick tirou minha mão de seu rosto e entrelaçou nossos dedos, fazendo carinho em minha pele com o polegar.

— Então o que foi isso? O que te deixou tão triste assim? — perguntou ele.

Esfreguei os lábios um no outro. Nunca falava sobre meus pais com ninguém, nunca *mesmo*. Mas Nick parecia realmente interessado, e então contei tudo. Nossos dedos ficaram entre nós dois, entrelaçados, e eu divaguei sobre as brigas internas entre meus pais e suas novas famílias.

Só me dei conta do quanto estava compartilhando quando lágrimas embaçaram minha visão.

Não, não, não, sua idiota... Não chora na frente do Nick Stark. Ele é quem devia estar chorando!

— Nossa, me desculpa — disse, piscando rápido. — É estranho, eu nunca falo sobre essas coisas com ninguém. Tenho certeza que minha vida familiar patética deve ser a última coisa que você precisa ouvir hoje.

Ele engoliu em seco.

— Você está enganada. Por algum motivo, é bom saber que não sou o único... é... caramba... solitário, sabe? Pois é, acho que isso ajuda.

Eu me obriguei a dar um sorriso.

— Então quer dizer que você está feliz por eu estar chorando. Que *babaca*.

Nick riu e apertou minha mão.

— Um pouquinho.

Nós dois rimos.

— Entendo o que quer dizer — declarei. — Nada faz com que a gente se sinta mais sozinho do que achar que somos os únicos solitários.

— Me fale mais sobre você — pediu ele. — É uma boa distração.

Contei a ele um milhão de histórias bobas, mas Nick pareceu fascinado com cada uma delas. Fez piadas e me provocou, mas de um jeito caloroso e gentil, tudo de que meu coração solitário precisava.

— Sua sociopata pervertida! Então a oradora da turma não é uma santinha — brincou ele, rindo, puxando uma mecha do meu cabelo quando contei sobre minha caixinha de confissões.

— Só para você saber, já faz um bom tempo que não coloco nenhum papelzinho com uma confissão nova na caixa — expliquei.

— Duvido — disse ele, meio tossindo.

Nós dois rimos.

—Ah! Essa é boa. Tudo o que eu queria no meu aniversário de nove anos era um bolo roxo de unicórnio da confeitaria Miller. Era majestoso, Nick, sério. Tinha purpurina *no meio* da cobertura, então parecia que era diamante polvilhado. Todo sábado, quando minha avó me levava para comer donuts, eu olhava para aquele bolo lindo e reluzente. Passei um ano apaixonada por ele e queria de presente. Nada de brinquedos nem roupas. O bolo era a única coisa que eu queria, e não parava de falar disso.

— Parece ser um bolo feio — provocou Nick, e seus dedos acariciaram os meus de leve. — Mas continue.

— Então chegou meu aniversário e eu estava *muito* animada, né? Minha mãe e o namorado me levaram ao ringue de patinação, e eu cheia de energia. Fiquei um tempinho patinando com minhas amigas, então chega a hora do bolo.

— Sinto que vou odiar essa parte — disse Nick.

Dei um sorriso ao perceber a simpatia no olhar dele.

— Ah, com certeza. Porque minha mãe olhou para o meu pai e disse: "Tom? O bolo...?"

Balancei a cabeça ao lembrar. Continuei:

— E ele disse: "Beth? O bolo...?"

— Ah, não — disse Nick, com um gemido.

— *Sim*. E eles começaram a conversar daquele jeitinho repleto de sorrisos falsos, que na verdade são sorrisos homicidas, e discutiram. Como a festa foi no fim de semana da minha mãe, ele achou que era responsabilidade dela. Mas ela achava que, como eu vi o bolo quando estava com a minha avó, mãe *do meu pai*, a responsabilidade era dele.

— Enquanto isso você ficou ouvindo a palavra "responsabilidade" ressoar e se sentiu péssima, né?

— Exatamente. Tipo, se eles se importassem comigo e com meu aniversário, não deviam querer que eu tivesse o bolo roxo de unicórnio? — Revirei os olhos. — Aí eles encerraram o assunto e enfiaram umas velas numa pizza de pepperoni que já estava sem umas fatias que as crianças tinham arrancado.

— Não teve bolo? — perguntou ele, indignado.

— Não.

Eu meio que quis rir de tanto que Nick parecia ofendido.

— Você e o seu irmão tiveram essas festas cafonas em ringues de patinação? — indaguei.

— Óbvio que não... Nossas festas eram num *laser tag*.

— Nossa, que descolado.

Ele começou a falar sobre o irmão e compartilhou lembranças que faziam sua voz falhar e seus olhos brilharem, e eu não queria parar de ouvir. Contou várias histórias dos dois — as vezes que exploraram a cidade quando Eric foi morar no centro, quando fizeram coisas detestáveis e suas trocas de memes engraçados. Estava chorando de novo, mas desta vez era de tanto rir.

Eu me ajeitei no banco.

— Então sua tatuagem é sobre o Eric? — perguntei.

— Aham.

Ele olhou para o meu casaco, que na verdade era dele, e fechou-o um pouco mais. Foi um gesto carinhoso que me aqueceu mais do que o casaco em si.

— É uma cópia exata da tatuagem que ele tinha.

— Exatamente igual?

— Pois é.

— Que incrível. Foi o Dante que fez?

— Foi. Ele fez a do Eric e depois a minha.

— Posso ver?

Nick deu um sorriso travesso.

— Eu teria que tirar a camiseta — explicou ele.

— Ah, bem, tenho certeza de que não quer fazer isso — provoquei, fingindo que meu rosto não estava pegado fogo de repente. — Deve ter vergonha do seu corpo molengo.

Os cantos de seus olhos se enrugaram.

—Você quer muito ver meu peitoral, né, Hornby?

— Não fique se achando, Nick — retruquei, apontando para o meu braço. — Só gosto muito de tatuagens, como você pode imaginar.

— É... verdade. Você é uma rebelde.

Revirei os olhos, dramática.

— Ai, esquece. Não quero mais ver.

Ele deu um sorrisinho de lado e se levantou. Com aquele olhar travesso, o que eu imaginava surgindo sempre que ele aprontava com o irmão mais velho, Nick tirou o casaco e jogou-o no banco.

— Está congelando, Nick... Acho que...

— Se Emilie Hornby quer que eu mostre a minha tatuagem — disse ele, puxando a parte de trás da blusa sobre a cabeça como se estivesse trocando de roupa em seu quarto sozinho em vez de no meio da cidade num clima congelante —, eu vou mostrar.

Levantei, rindo dele ali em pé com a blusa na mão.

Ao me aproximar, obriguei meus olhos a se concentrarem apenas na tatuagem, um padrão celta que envolvia seu bíceps e subia em uma curva pelo ombro.

Coloquei os dedos em sua pele e deixei que deslizassem sobre as linhas de tinta, sem ousar olhar em seus olhos. Sua pele era firme e definida, e parecia que estávamos sozinhos no escuro conforme eu percorria o desenho.

Ele soltou um suspiro.

—Tá… Chega. Foi uma péssima ideia.

Olhei para seu rosto e seu olhar pareceu intenso. Contra minha vontade, assenti e afastei a mão, e fiquei observando-o enquanto ele vestia a blusa, e depois o casaco.

De repente, comecei a me perguntar se eu devia estar constrangida por tê-lo tocado.

—Tenho que admitir, Hornby… o DSC foi uma ótima ideia — disse Nick, me tirando dos pensamentos.

Aquele comentário dissolveu qualquer tensão, e abri um sorriso grande.

—Tá. Tenho uma ideia do que podemos fazer depois daqui, e pode ser incrível ou péssima.

— Então deve ser péssima.

— Deve — concordei.

Me afastei alguns passos e fiquei andando de um lado para o outro enquanto pensava em como propor a ideia de um jeito que o fizesse entender.

— Como hoje faz um ano que Eric faleceu — comecei —, e você obviamente está pensando nele, que tal se a gente, tipo, fizesse uma homenagem a ele?

— Emilie…

— Não... Escuta — insisti, andando de um lado para o outro para me manter aquecida. — Pelo jeito vocês sempre se divertiam na cidade, já que ela é o cenário das suas melhoras lembranças. Então, que tal se a gente revisitasse alguns desses lugares?

Nick abriu a boca para falar, mas corri e coloquei a mão em cima dela.

— Deixa eu terminar, Stark.

Ele inclinou a cabeça e os cantos de seus olhos se enrugaram, então tirei a mão de sua boca e voltei a andar, feliz porque ele estava sorrindo com os olhos. Eu ficava entusiasmada sempre que era responsável por *aquela* expressão em seu rosto.

— E se a gente... é... fosse de patinete até o Joslyn como vocês fizeram no 4 de Julho? Ou podemos ir até o parque de bicicleta e descer os escorregadores gigantes... Alimentar os patos como vocês faziam quando vinham com sua mãe na infância. Não quero ultrapassar seus limites, é óbvio, mas até que seria legal se você pudesse sentir seu irmão participando do Dia Sem Consequências.

— Hornby...

— Por favor, não fique bravo por eu estar me introme...

— Emilie...

— ... tendo. Eu só quero...

— Minha nossa, Emmie, para de falar. — Nick veio até mim, sorrindo, e desta vez foi *ele* quem colocou a mão na *minha* boca. — Se você não ficar quieta, não vou poder dizer que acho uma ótima ideia. Caramba.

Observei aqueles olhos provocantes de pertinho e me dei conta de que eu estava sentindo alguma coisa forte. Quer dizer, sim, fazia pouco tempo que a gente se conhecia, mas parecia que eu sabia mais sobre ele do que sobre muitas pessoas que eram importantes para mim.

E parecia que ele me conhecia também.

E eu quase nunca sentia isso com alguém.

Ele tirou a mão do meu rosto e perguntou:

—Vamos embarcar na próxima etapa da jornada?

CONFISSÃO Nº 16

*Quando eu era pequena e minha mãe me obrigava a pedir desculpa,
eu mentalmente acrescentava um "só que não" ao final de cada pedido.*

Parei de mastigar a pizza e olhei para Nick com a maior careta que consegui fazer.

— Então é por isso que você não namora? Porque você não tem *tempo*? — perguntei, incrédula.

Estava começando a escurecer, então entramos na pizzaria Zio para comer e nos aquecer. Depois do terraço, fomos de patinete elétrico até o Museu Joslyn — Nick ainda tinha a senha do Eric de quando ele trabalhou por um breve período na empresa de patinetes, então conseguiu desativar o rastreador para que pudéssemos sair da zona permitida. No museu, enquanto explorávamos, ele me ensinou cinco coisas que eu não sabia sobre Van Gogh:

1. Existem teorias de que, na verdade, foi Gauguin quem cortou a orelha de Van Gogh, não ele mesmo.
2. Van Gogh pintou um autorretrato com a orelha enfaixada após o corte.
3. Ele só vendeu um único quadro em vida.
4. Deu um tiro no próprio peito enquanto pintava em um campo, mas conseguiu voltar andando até a casa e só morreu dois dias depois.
5. Suas últimas palavras foram "A tristeza durará para sempre".

Talvez eu tenha ficado deprimida, porque são informações muito tristes, mas então Nick me contou outras duas coisas sobre Van Gogh que com certeza não eram verdade e que fizeram com que eu me sentisse muito melhor:

1. Os amigos o chamavam de "Van", mas quando ele bebia muito, eles gritavam: "Van Grogue!"
2. A mulher que recebeu a orelha do Van Gogh vendeu o órgão na internet e ganhou tanto dinheiro que começou a cortar partes do próprio corpo para vender. Um dos dedos do pé foi vendido por um milhão de dólares, e ela viveu feliz para sempre e batizou todos os sete filhos de Vinnie.

Depois disso, largamos os patinetes e alugamos bicicletas, e pedalamos sobre os bancos de neve (muito difícil) e poças lamacentas (muita sujeira) até chegar aos escorregadores do parque. Nick, com suas ideias incríveis, foi numa papelaria e comprou papel-manteiga para escorregarmos, e descemos tão rápido que saímos voando e aterrissamos num monte de neve.

Enquanto gritávamos a plenos pulmões, obviamente.

Então fomos alimentar os patos — também foi Nick que comprou o alpiste — até nossos dedos dos pés ficarem congelados demais para fazer qualquer outra coisa. Após passarmos mais de uma hora na pizzaria quentinha, fiquei com um pouco de medo de morrermos congelados quando tivéssemos que ir embora.

— Não fale assim... É algo inteligente, na verdade — disse ele, pegando o refrigerante com uma das mãos e apontando para mim com a outra. — Não tenho tempo para toda a bobeira emocional necessária para satisfazer a outra pessoa. Seria horrível se eu fosse um namorado irritante, frio e distante, não é?

Revirei os olhos e larguei a pizza.

— Acho que entendo o que você está dizendo, mas está exagerando o tanto de esforço necessário para expressar seus sentimentos. Mandar uma mensagem dizendo "eu amo a sua risada" leva, tipo, quinze segundos e significaria o mundo para alguém que gostasse de você de verdade.

—Você está sendo muito simplista — disse ele.

— Não, *você* está sendo simplista. Suas desculpas são vagas e generalizadas e, para falar a verdade... patéticas.

— Ah, então agora eu sou patético.

Sua expressão estava séria e intensa, e eu estava apaixonada pelo jeito como ele me provocava.

Assenti.

— Um pouco, sim.

— Me dê a borda da sua pizza. Agora.

Nick pegou a borda da pizza. Estava na terceira fatia, e já tínhamos estabelecido que a parte de que eu menos gostava era a parte de que ele mais gostava, o que fez dele minha equipe de limpeza. Nick levou a borda da pizza até a boca.

— É tão errado assim eu gostar de ser solteiro? — perguntou.

— Não é, mas você não gosta.

— Como você sabe? — indagou Nick.

— *Sabendo*.

Não estava me iludindo, me convencendo de algo em que queria acreditar. Nem estava falando de mim, para ser sincera. Estava só falando dele. Nick Stark era caloroso, engraçado e carinhoso, e seu rosto se iluminava quando ele estava com os amigos e quando se lembrava do irmão.

O Nick que ele se obrigava a ser na escola, no entanto, que se mantinha distante porque não conseguia ter forças para carregar mais fardos emocionais, era trabalhoso para ele. Talvez ele acreditasse que a felicidade era elusiva e fluida por causa do que tinha acontecido com o irmão e, em vez de tentar alcançá-la e correr o risco de quebrar a cara, perdeu até mesmo o interesse de tentar.

Talvez ele tenha desistido de tentar encontrar o amor, e até mesmo de fazer uma nova amizade.

— Bem, então quero fazer uma pergunta — declarou ele, pegando um guardanapo e limpando as mãos. — Se você *sabe* disso, como achava que estava loucamente apaixonada por alguém hoje de manhã e agora "esqueceu que ele existia"?

— Não vamos falar sobre isso — brinquei, mas a verdade é que eu não queria *mesmo* falar sobre aquilo. Estava mais interessada em Nick. — Que tal deixarmos esse assunto pra lá?

Ele apertou os olhos.

— Beleza, mas... Primeiro, me diga o que ele faz que te irrita.

Dei risada.

— Ai, minha nossa. Com certeza os toques de celular.

— Explique, por favor.

Levantei o copo e joguei um cubo de gelo na boca.

— Josh ainda acha que toques de celulares são hilários — expliquei. — Sabe, como quando a gente estava no fundamental? Ele ainda se preocupa em escolher um toque diferente para cada pessoa, e acha engraçado pegar meu celular escondido e escolher os toques.

— Ele mexe no seu celular? — perguntou Nick, balançando a cabeça.

— Não me importo com isso... Não tenho nada a esconder. Mas ele colocou um relincho de cavalo como toque do contato dele e acha engraçadíssimo saber que eu ouço isso sempre que manda mensagem.

— Que babaca — disse Nick.

Ele parecia estar com ciúme, e eu queria mesmo que estivesse.

— O engraçado é que isso só me irrita. Aquele cavalo me faz querer jogar o celular pela janela.

— Imagino.

Abri um sorriso.

— Mas ele achou que estava sendo legal quando colocou o toque. Ele ri toda vez que ouve aquele relincho idiota.

— Então você finge que gosta? — questionou ele.

Assenti, e Nick fez uma careta e balançou a cabeça, como se estivesse me julgando.

— Podemos parar de falar sobre relacionamentos agora? — perguntou ele, empurrando o prato e o copo até o meio da mesa e dando uma olhada no celular. — Na verdade, é melhor a gente voltar para a caminhonete.

Nós nos agasalhamos e saímos, e Nick me carregou nas costas mais uma vez. Não consegui parar de rir quando ele decidiu que seria engraçado cantarolar "nossa trilha sonora", que parecia *muito* ser "Thong Song", embora tenha negado.

Minha barriga estava doendo de tanto rir, então enfiei o rosto na lateral de seu pescoço em busca de seu calor corporal.

— Nossa, como seu nariz está gelado — comentou ele, e pareceu que seus dentes estavam quase batendo de frio.

— Desculpa — disse, mas não estava arrependida.

Deixei que meu rosto absorvesse seu calor, e ele tossiu uma risada quase ofegante.

— Não estou reclamando — declarou ele.

Me dei conta de que Nick era incrível. Ele era engraçado e lindo, e eu nunca tinha me sentido tão à vontade com um garoto. Tipo, nunca (tirando o Chris).

Estranho, né?

Porque a Emmie rebelde do Dia Sem Consequências não tinha nada a ver comigo, então essas reflexões apaixonadas não faziam nem sentido. A Emilie Hornby de verdade nunca se aproximaria tanto assim por alguém que mal conhecia, então essa pessoa que ele estava conhecendo nem era real.

Ou era?

Será que a Emmie rebelde tinha um pouco... de mim?

Passamos por um apartamento com as cortinas escancaradas, vimos a TV ligada de um estranho. Rose e Jack estavam no convés, observando passageiros da terceira classe chutando uma bola de gelo que tinha caído do iceberg em que o navio batera.

Estava passando *Titanic*.

Nick não acreditava em destino, e nem eu, mas não era *estranho* estar passando *Titanic* no exato momento em que passamos ali?

— Uau, você tinha razão, Hornby — observou ele, sarcástico, parando em frente à janela. — Jogando futebol com pedaços de iceberg? Obviamente é o *melhor filme do mundo*.

—Você é terrível, Stark — respondi, descendo de suas costas.

— Absolutamente *terrível*.

Ficamos parados um tempinho, assistindo ao filme pela janela. Quando olhei para Nick, fiquei arrasada com a ideia de ir para casa. De terminar o dia.

Ele concordou em me levar até a casa do meu pai quando terminássemos para que eu entrasse escondida e pegasse a chave da casa da minha avó. E estava consciente de que Nick poderia tirar sarro dos pôsteres das boy bands que ele *sabia* que decoravam as paredes do meu quarto. Depois, ele ia me levar até a casa da minha avó Max, onde eu poderia dormir tranquila sem receber bronca dos meus pais.

Mas Nick não ia se lembrar.

Não ia se lembrar de nada.

O dia tinha sido incrível, mas, quando eu acordasse na manhã seguinte, ele não teria existido para outra pessoa que não eu. Por algum motivo, soltei um pigarro e pisquei rápido para me recuperar da emoção que senti ao me dar conta disso.

Ele olhou para mim.

—Tudo bem?

— Não quero que esse dia acabe, Nicholas Stark — expliquei, tentando soar tranquila.

— Nem eu. — Ele se aproximou até que eu só conseguisse ver seu rosto, e sua voz ficou mais grave e mais baixa. — Eu pensei bem e quero muito que o Dia Sem Consequências termine com um beijo, Emmie.

— É mesmo? — perguntei, ofegante de um jeito constrangedor.

Ele colocou as mãos em minha cintura, uma de cada lado, e se aproximou ainda mais. Senti sua respiração em meu ouvido.

— Aham. Mas não quero que ainda esteja pensando no Sutton.

— Falei sério quando disse que esqueci que ele existia — disse, a voz falha.

— Então… Posso?

Em um dia qualquer, eu teria respondido um "pode" trêmulo ou talvez até um "sim, por favor". Mas era o DSC. A segunda metade do DSC, para ser exata.

Assenti e fiquei nas pontas dos pés, colocando as mãos em seu peito e minha boca na dele.

Seus lábios estavam quentes, e ele me beijou como se tivesse passado a vida inteira morrendo de vontade de fazer isso. Meus dedos se curvaram no tecido macio de seu casaco quando ele abriu minha boca com a sua, me deixando um pouco tonta ao me abraçar pela cintura e me puxar mais para perto.

De repente, eu senti cada centímetro do seu corpo contra o meu, dos joelhos ao peito e aos lábios, e me senti fraca, então deslizei as mãos e me agarrei a seus ombros para me apoiar nele. Ser beijada por Nick Stark foi inebriante. Ele me beijou como se tivesse algo a provar.

Tudo desapareceu, exceto a sensação de sua barba por fazer em minha pele, de seus dedos em minhas costas. Por fim, ele levantou a cabeça e colocou uma mecha de cabelo atrás da minha orelha.

Eu me senti quase tímida quando nos olhamos, e passei a língua no lábio inferior.

— Não acha estranho que a gen... — comecei.

— A gente não se conhecia e agora parece que nos conhecemos há anos? — completou ele.

Assenti.

— É — concordei. — Quer dizer, é meio...

— Bizarro? Com certeza — disse ele. Seus olhos percorreram meu rosto e senti a vibração de sua voz em seu peito contra o meu. — Hoje de manhã eu não te conhecia e agora sei qual é a sensação da sua mão na minha, o som de sua voz quando está tentando não chorar, o gosto do seu beijo. Sei que odeia salada de maionese e ama aquele vídeo com o gato que toca a campainha do jantar.

Abri um sorriso, me sentindo encantada com suas palavras.

— E eu sei que a cicatriz em cima da sua sobrancelha é de quanto Eric correu atrás de você e você bateu na saída da calefação. Sei que grita palavrões quando uma garota descolada está ganhando de você em uma corrida de patinete. E também sei que beija com os dentes. De um jeito bom.

Ele sorriu.

— Foi só um dia mesmo? — perguntou ele.

— É difícil acreditar — disse, sorridente, feliz por ele não ter se afastado; gostava de sentir meu corpo contra o seu, preso ali em seu abraço. — A propósito, tenho uma confissão a fazer.

— Deixa eu adivinhar... Você trapaceou e, na verdade, está com essas respostas misteriosas escritas na palma da mão.

Levantei as mãos.

— Não.

— Então...

— Então, é... Preciso confessar que acho que estou obcecada por você. Por isto. — Engoli em seco. — Pela gente.

Ele franziu o cenho.

213

— Emilie…

— Ai, meu Deus, não estrague tudo, Stark. Não ligo para mais nada que não seja o dia de hoje, tá? — disse, revirando os olhos e dando um cutucão em seu peito. — O que quero dizer é que estou obcecada pela gente *no DSC*. Pelo dia que acabamos de passar juntos. Não me importo com o futuro, então pare de me olhar *assim*.

Aproximei meu rosto do seu, como se fosse beijá-lo de novo, mas em vez disso coloquei a mão no bolso de seu casaco e peguei as chaves do carro.

Nick soltou um gemido, e o som de sua decepção fez com que eu me sentisse vitoriosa.

— Pelo jeito é Emmie quem vai dirigindo para casa — cantarolei.

Segurei as chaves acima da cabeça, chacoalhando-as antes de virar e sair correndo na direção do estacionamento onde tínhamos deixado Betty.

— Me dá essa chave, Hornby — disse ele, calmo, indo atrás de mim, ainda caminhando devagar.

Olhei por sobre o ombro enquanto corria.

— Acho que não. Vou dirigir a Betty e você vai de carona.

Ele ergueu as sobrancelhas, rindo.

— Acho bom você me devolver a chave — declarou ele.

Comecei a rir e sacudi as chaves mais uma vez.

— Essa? Você quer essa chave?

Nick abriu um sorriso grande.

— Essa mesma.

Gritei e comecei a correr mais rápido, e ouvi ele correr atrás de mim.

— Vai se arrepender disso.

— Acho que não…

Nick me pegou, me abraçando com força e me levantando do chão. Gritei, e mais uma vez quando ele se abaixou, me levantou ainda mais alto e me jogou sobre o ombro. Eu não conseguia parar de rir.

— Nick! Me põe no chão!

Ele tirou a chave da minha mão com facilidade e deu um tapinha na minha bunda.

— Acho que não.

— Por favor!

Gargalhei ainda mais quando passamos por um casal mais velho passeando com o cachorro. Nick me segurou ainda mais forte.

— Sem chance. Se você vai se comportar como um animal selvagem, mocinha, vou te tratar como um.

— Boa tarde — disse o atendente do estacionamento quando passamos pela entrada.

— Boa tarde — respondeu Nick, alto, como se fosse o carregador de mulheres mais amigável do planeta.

— Estamos perto do carro? — perguntei, olhando para a linda bunda dele.

— Já estou vendo a Betty — respondeu ele.

— Então me coloque no chão… Vou me comportar.

— Acho que isso é impossível no seu caso — comentou ele, mas um minuto depois me colocou no chão, ao lado da caminhonete.

— Obrigada — disse, colocando o cabelo para trás e arrumando a blusa. — Por me trazer até o carro. Na verdade era o que eu queria quando roubei as chaves. Andar é coisa de perdedores.

A expressão de Nick mudou para um sorriso e ele balançou a cabeça devagar, olhando para mim.

— Estou gostando de te conhecer, Emilie Hornby.

Engoli em seco e, enquanto ele sorria para mim, pensei mais uma vez no fato de que Nick não ia se lembrar daquilo. De nada daquilo. Na manhã seguinte ele não ia me conhecer como naquele momento.

Odiava tanto isso que senti uma ardência atrás dos olhos.

— Eu também, Nick Stark — disse, tentando soar despreocupada. — Tive um dia incrível com você.

Seu rosto estava sério, mas ele ficou em silêncio. Passamos um momento ali, trocando olhares. Seus olhos passearam por minhas bochechas, minha testa e meu queixo, e me dei conta de que estávamos vendo aquele momento de jeitos totalmente diferentes. Queria ter a esperança de que ele se lembrasse de tudo no dia seguinte, mas Nick estava memorizando cada momento para poder relembrar com carinho.

Porque para ele o Dia Sem Consequências significava esquecer o dia que passamos juntos assim que acordasse.

— Pronta para ir para casa? — perguntou ele, a voz baixa e um pouco rouca.

Assenti, incapaz de falar de tanta decepção.

— Emmie. Acorde.

— Humm?

Abri os olhos e ali estava Nick, sorrindo para mim. Parece que cochilei com a cabeça no ombro dele.

Aquele rosto… Caramba. Ele era fofo, divertido e gato, e eu queria muito voltar a dormir encostada nele. Para sempre.

— Estamos na casa do seu pai — disse ele.

Olhei pelo para-brisa, meio desorientada, e fiquei aliviada ao perceber que Nick tinha estacionado nos fundos da casa, não na entrada.

— Ah… É.

Por favor, diga que eu não estava babando. Eu me ajeitei e abri a porta, um pouco tonta de sono, com o cheiro do Nick e o calor dentro de sua caminhonete. Desci, e ele ficou ao meu lado na escuridão gelada.

— Tem certeza de que quer entrar escondida? — perguntou ele, caminhando ao meu lado após eu fechar a porta e seguir para os fundos da casa, onde ficava minha janela. — Parece arriscado.

Abri o portão e entrei no quintal dos fundos. A lua brilhava no céu, e nossos pés trituravam a neve, e eu estava um pouco surpresa por ele vir comigo e não preferir ficar na caminhonete quentinha.

— Não é, não. Meu quarto fica no porão, então meu pai e a esposa dele dormem dois andares acima. E ele ronca feito um trem de carga.

— Falou como uma criminosa — disse ele.

Dei uma risada, saindo fumaça da minha boca. Destranquei a porta do porão e a abri, sentindo o calor de Nick atrás de mim. Ele não disse nada quando abri a porta do meu quarto escuro, mas assim que a fechei atrás de nós e nos sentimos um pouco mais seguros, ele abriu um sorriso (obrigada luar que entrava pela janela por essa visão).

— Você é *mesmo* uma sociopata — declarou ele.

Segui seu olhar até minha estante de livros, organizada por cor e sem um único livro fora do lugar, e tive que admitir que meu quarto parecia mesmo um pouco… organizado demais. Mesmo com a luz apagada. Dei de ombros e sorri, abrindo a gaveta da mesinha de cabeceira e pegando a chave.

— Aquele é…? — Ele apontou para meu closet com as sobrancelhas erguidas. — O famoso closet? Onde fica a caixa com as confissões?

Algo no fato de ele se lembrar disso fez meu coração disparar. Era como se Nick me enxergasse por inteiro, e senti um calorzinho no peito. Assenti, sorrindo constrangida.

— Quer ver?

— Pare de tentar me fazer entrar em um closet com você — sussurrou ele, brincando. — E é óbvio que quero ver.

Abri a porta, acendi a luz e apontei. Ele entrou no closet, e eu o segui.

Minha mente logo pensou em coisas íntimas quando fechei a porta silenciosamente; estávamos tão, tão sozinhos no silêncio do meu quarto. Por sorte, antes que eu pudesse pensar demais e morrer de ataque cardíaco, ele abriu um sorriso.

— Uau, seu closet também é organizado por cor — disse ele, surpreso. — Então você é *mesmo* uma sociopata?

— Não. Só gosto de saber onde as coisas estão, e isso facilita.

— Talvez eu esteja com certo medo de você neste momento — sussurrou ele.

— Então talvez você não devesse pegar a caixa de confissões.

— Por favor, me mostre — pediu ele, fazendo um X no peito com o braço. — Vou me comportar.

Uma risadinha baixa me escapou quando estendi a mão para pegar a caixa atrás dele. Nick cutucou minha costela quando subi nas pontas dos pés, e eu senti tanta cócega que quase caí em cima dele. Ouvi sua risada grave e silenciosa em meu ouvido — estava tão pertinho — e me dei conta de que o closet era um ótimo lugar para estar.

Ainda mais quando Nick disse em meu ouvido:

— Seu perfume está me deixando tonto, nossa. Precisamos nos apressar.

Isso me deixou sem fôlego. Peguei a caixa.

— Aqui está.

— É só uma caixa de sapatos? — perguntou ele, apertando os olhos. — Sério? Tinha imaginado algo muito mais interessante.

— É um disfarce. Um esconderijo à vista de todos.

Nick pegou a caixa com uma das mãos e colocou a outra sobre a tampa.

— Posso?

Revirei os olhos e assenti, nervosa por deixar alguém ver todas aquelas vulnerabilidades, mas confiante de que era seguro compartilhá-las com Nick. Ele abriu a caixa e pegou um papel. Leu em silêncio e em seguida olhou para mim.

—Você jogou batatas na piscina do vizinho?

— Eles estavam viajando e eu estava entediada. Queria ver se conseguia acertar a piscina deles do meu deque.

— E aí?

Ele me olhou como se eu estivesse prestes a confessar um assassinato.

— Eu consegui. Quinze batatas seguidas.

Nick voltou a sorrir com tudo.

— Pegaram você?

— Nunca nem desconfiaram.

Nick colocou a mão dentro da caixa e pegou mais um papel. Ele caiu na gargalhada assim que leu e eu tive que mandá-lo ficar quieto enquanto também ria, esperando para ver qual confissão tinha lido.

—Você tem um vídeo cantando no YouTube com cem mil visualizações? — perguntou ele, ainda rindo.

Assenti e mordi o lábio, tentando segurar a risada.

— Eu estava na sétima série. Não está no meu nome e eu estou disfarçada, então você nunca vai encontrar.

— Mas você vai me mostrar, né?

Dei de ombros, tentando parecer tranquila e sedutora. Saber que ele esqueceria tudo aquilo fazia com que fosse quase impossível.

— Quem sabe um dia. Você precisa *conquistar* esse privilégio.

— É mesmo? — perguntou Nick, baixinho e com um olhar penetrante.

Esqueci até como respirar, então só assenti.

— Pelo menos me diga qual é a música — pediu ele, guardando o papel de volta na caixa e abrindo um sorriso. — Que música a Emmie nerd sociopata cantou?

Pigarreei.

— "Lose Yourself", do Eminem — sussurrei.

Nick não esboçou nenhuma reação.

— Tá brincando?

Ergui o queixo e olhei em seus olhos, o que o fez dar um sorrisinho e balançar a cabeça.

Lemos mais algumas confissões, mas tivemos que parar quando Nick caiu na gargalhada ao saber que eu usei o cartão de crédito do meu pai para enviar flores ao quarto de hotel do Justin Bieber, porque ficamos com medo de fazer muito barulho. Quando eu estava guardando a caixa, ouvimos passos descendo a escada e ficamos paralisados.

Esperamos.

Quem quer que estivesse lá em cima, parecia estar andando de um lado para o outro, ou em círculos.

— Vamos — sussurrei depois de alguns minutos.

— Tem certeza? — respondeu ele, baixinho.

Dei de ombros, lembrando que era o DSC. Houve momentos em que eu recordava que aquele era um dia em que eu podia fazer o que quisesse, mas em outros eu esquecia completamente.

Mas a questão era que o dia seguinte não contaria, então eu só tinha aquela noite.

Aquela noite era meu tudo.

Ele pegou minha mão e saímos da casa sem que percebessem. Quando chegamos na casa da minha avó, fiquei feliz por ter ido buscar a chave porque todas as luzes estavam apagadas, como se ela já tivesse ido dormir.

Coloquei a chave na fechadura, e Nick olhou para mim sob o brilho dourado da luz da varanda.

— Bem...

Cobri sua boca com a mão pela segunda vez naquele dia. Já que ele ia esquecer, eu decidi dizer como estava me sentindo.

— Eu te amo, Nicholas Stark.

Pisquei rápido e fiquei surpresa com o quanto estava emotiva. Senti minha garganta apertar. Continuei:

— Isso não vai importar amanhã e vai ser como se eu nunca tivesse dito, mas hoje, *neste* Dia dos Namorados, eu me apaixonei por você.

A mandíbula dele tensionou e relaxou em seguida, e vi seu pomo de adão subir e descer quando ele engoliu em seco.

— Mas só por hoje, prometo — sussurrei. — Amanhã estará tudo acabado.

Nick me olhou como se estivesse frustrado, confuso e também totalmente a fim de mim. Senti a atração gravitacional quando ele se aproximou.

Então ele olhou para o relógio. Apertou um botão.

— Então vamos — disse Nick, pegando minha mão e me levando para fora da varanda.

Quase correndo, ele me puxou até o lado escuro da casa da minha avó, que não era iluminado pelas luzes da varanda ou da rua. Esmagando a neve com os pés, ele foi me empurrando até me colocar contra a lateral da casa.

Estávamos perto demais, nos encarando.

— O que está fazendo? — perguntei, com a respiração trêmula.

— Só temos mais sete minutos.

Nick me lançou um olhar tão intenso que fiquei meio tonta.

— Como assim?

Ele inclinou o corpo sobre o meu, colocando as mãos em minhas bochechas e respirando em meus lábios.

—Você só me ama por mais sete minutos.

Coloquei minhas mãos em sua mandíbula, e ele abaixou o rosto.

— Então vamos aproveitar — sussurrei.

Nick não sabia que no dia seguinte nada daquilo teria acontecido, mas me beijou como se só tivéssemos sete minutos até que o mundo acabasse. Senti seus dedos em minhas costas e em minha pele quando eles deslizaram por baixo da minha blusa. Era Nick Stark e suas mãos confiantes, e meu coração era todo dele naquele momento.

Eu conseguia sentir o coração dele bater forte, e nossos corpos estavam pressionados um contra o outro. Então, num piscar de olhos, tudo mudou. Nosso beijo não ficou mais lento, mas de repente pareceu mais profundo. Ou quem sabe tenha sido só para mim, porque eu tinha plena consciência de que aquele momento ia desaparecer com a manhã, mas as coisas ficaram mais densas, cada movimento cheio de significado e emoção.

Nick continuou me beijando com delicadeza, mas seus olhos se abriram. Fiquei atordoada enquanto nos observávamos, seus olhos azuis me deixando tonta com aquela intensidade toda. Suas mãos continuavam em minhas costas, mas as pontas de seus dedos acariciavam de leve minha espinha. Ele afastou só um pouquinho os lábios dos meus e sussurrou meu nome, e então...

— Droga.

Ele deu um passo para trás e suas mãos despencaram ao lado do corpo. Levei um segundo para ouvir o alarme e entender.

Nossos sete minutos tinham acabado.

O Dia Sem Consequências tinha chegado ao fim.

Nick passou as mãos no rosto e olhou para mim como se estivesse perdido.

— Caramba. Não quero isso, Hornby.

— O quê? — perguntei, engolindo em seco e balançando a cabeça. — Ah, eu sei. Não foi nada de mais...

— Emilie! — A voz da minha avó soou no jardim em frente à casa. —Você está aí? Sua chave está na porta e tem uma caminhonete na entrada.Vou chamar a polícia se eu não ouvir...

— Estou aqui, vovó — gritei.

Nick e eu nos afastamos e ajeitamos nossas roupas.

— Olha só, Nick, a gen...

—Vamos, antes que sua avó chame a polícia.

Ele pegou minha mão e me levou até a frente, mas eu ainda estava processando o que tinha acontecido. Quando chegamos à varanda, minha avó pareceu estar furiosa, olhando para nós com cara feia.

—Vó, este é Nick Stark — falei, torcendo para que meus lábios não estivessem inchados do beijo. — Nick, essa é a minha avó, Max.

— É um prazer — disse ele.

— Por favor, saia da minha varanda — respondeu ela.

Ele assentiu e sorriu como se apreciasse a franqueza, então foi até a caminhonete e deu partida. Fiquei ali parada, olhando, e minha mente repassava cada detalhe daquele dia incrível.

— De manhã eu te mato, querida — avisou minha avó, abrindo a porta e entrando. — Mas agora eu preciso dormir um pouco.

Fiquei na varanda, desejando que aquela noite nunca acabasse.

— Eu te amo, vovó. Boa noite.

— Boa noite, sua pestinha.

Só depois de entrar e tirar os sapatos que me dei conta de que ainda estava com o casaco do Nick.

CONFISSÃO Nº 17

*No sétimo ano, decidi usar a mesma camiseta todos os dias
só para ver se alguém ia reparar. Ninguém comentou,
então desisti depois de dezesseis dias.*

— Acorda, Emilie!

A voz do meu pai me despertou de repente. Com o coração batendo forte, semicerrei os olhos em meio a claridade, tentando olhar para ele. Ele estava em pé ao lado da cama com as mãos na cintura. Parecia furioso.

— Que horas são? — perguntei.

— Excelente pergunta, Emmie — disse ele, alto. — Uma e quinze da manhã.

Sentei, tirei o cabelo do rosto e peguei meus óculos na mesinha de cabeceira.

— O quê? O que aconteceu?

— *O que aconteceu?* — perguntou ele, seu rosto vermelho e sua voz ficando estridente. — O que aconteceu foi que minha filha não voltou para casa ontem à noite. O que aconteceu foi que você ignorou minhas mensagens e ficou na rua sem me dizer onde estava. Ligamos para todos os seus amigos e estávamos quase chamando a polícia porque achávamos que você poderia estar morta!

Espera. *Uma e quinze da manhã?*

— Não é mais Dia dos Namorados?

Meu pai bufou.

— Você não ouviu quando eu disse que é 1h15? Pegue suas coisas e vamos. *Agora.*

— Thomas, você precisa se acalmar...

— Não, mãe, não preciso. Ela não voltou para casa e eu quase morri de preocupação — disse meu pai, praticamente cuspindo as palavras para minha avó. Eu nunca tinha ouvido ele falar tão alto. — Eu devia saber que ela estaria aqui.

Ou no closet do meu quarto, sob seus pés, na sua casa, com Nick Stark.

Minha avó cruzou os braços sobre o peito.

— Ah, que ótimo — disse minha avó. — Achei que você soubesse que ela estava aqui. A coitadinha sempre vem para cá porque é invisível para você e para Beth.

— Ah, me poupe — declarou meu pai, se virando para mim. — Pegue suas coisas e vamos.

Levantei da cama, peguei minhas coisas e corri para o banheiro. Fechei a porta e tirei o celular da bolsa em silêncio.

— Cadê meu carro? — gritou meu pai, atrás da porta. — Na rua, onde pode ser amassado, imagino?

— É... Não exatamente. — Larguei o celular, abri a porta e desejei que houvesse um jeito de fazer com que aquilo não parecesse tão ruim. Mordi o lábio e olhei para minha avó. — Um policial me parou porque eu estava correndo, e eles apreenderam o carro. Estou com as informações para buscar...

— Eles *apreenderam* o carro?

Tá, agora sim eu nunca tinha ouvido meu pai falar tão alto. Ele colocou as mãos na cabeça e olhou para mim como se eu tivesse acabado de confessar um assassinato.

— A que velocidade você estava? — indagou ele.

Engoli em seco.

— É...

Minha avó se colocou entre nós dois e olhou para mim com os olhos arregalados.

—Vai se trocar, Emilie. Agora — ordenou ela.

Fechei a porta e soltei um suspiro. Dava para escutar minha avó discutir com meu pai, levando-o para o andar de baixo. Peguei o celular de cima do balcão e minhas mãos tremeram quando desbloqueei o aparelho, esperando a confirmação do calendário. Porque... Bem... Será que eu tinha saído daquele ciclo temeroso?

Senti o coração bater na garganta quando conferi a tela inicial. *Pelo amor de Deus!*

Era dia 15 de fevereiro.

Depressa, tirei a calça do pijama — que era de um conjunto que eu deixava na minha avó — e vesti a calça de couro do dia anterior, surtando enquanto a realidade me atingia com tudo. Flashes das coisas que fiz começaram a surgir.

Roubei o carro do meu pai, enfrentei Lallie, Lauren e Nicole, terminei com Josh pelo alto-falante, fui grosseira com meu chefe, marquei todas essas pessoas quando postei uma foto da minha tatuagem nas redes sociais...

Eu ia vomitar.

Então olhei para meu braço. Ah, não. *Não, não, não.* Dei uma olhada no plástico filme e arquejei.

I HAD A MARVELOUS TIME RUINING EVERYTHING

Minha nossa, eu fiz uma tatuagem. Que significa que eu me diverti estragando o dia dessas pessoas.

—Ai, meu Deus!

Olhei para o espelho e encarei meu próprio rosto.

O que foi que eu fiz?

CONFISSÃO Nº 18

O pneu do meu carro furou três vezes ano passado. Todas elas porque eu não estava prestando atenção e bati no meio-fio.

— Sua mãe está aqui… Que maravilha.

Paramos na garagem do meu pai e meu estômago embrulhou quando vi o carro da minha mãe, estacionado um pouco torto como se ela tivesse chegado cantando pneu e descido correndo.

Ela estava em pé na cozinha com os braços cruzados. Assim que entramos, apontou um dedo para mim.

— Emilie Elizabeth, vá até seu quarto e pegue o que precisar — ordenou ela, com os dentes cerrados. — Você vai para casa comigo. Agora!

— Minha nossa, Beth, pode se acalmar um pouco? — disse meu pai, exausto, largando a chave em cima do balcão.

Eu me senti culpada por deixá-lo preocupado, ainda mais porque ele se recusou a falar comigo no carro.

Assim que saímos da casa da minha avó, só consegui dizer:

— É, eu…

Ao que ele ladrou:

— Não fale comigo agora, Emmie.

Passei o restante dos três minutos do caminho pensando em todas as coisas que tinha feito no Dia Sem Consequências. Tudo parecia confuso depois de ter ficado presa e vivendo o Dias dos Namorados e ter vivido o mesmo dia repetidas vezes, então eu não tinha certeza absoluta de que tudo aquilo tinha mesmo acontecido.

Porque não podia ter acontecido, né? Quer dizer, isso não acontecia na vida real. Devia haver outra explicação.

Talvez tivessem sido múltiplos sonhos. Talvez tivesse sido um sonho *sobre* dias que se repetem.

— Você está de brincadeira? Me acalmar? — indagou minha mãe, apertando os olhos, pronta para brigar.

Ela estava com o pijama xadrez da Ralph Lauren e o cabelo preso em um rabo de cavalo apertado. O cheiro suave de seu hidratante flutuou pela cozinha e me atingiu como um soco duplo de pavor e saudade de casa.

— Tenho dificuldade de me acalmar quando sua paternidade negligente leva nossa filha a se comportar mal na escola e não voltar para casa — continuou ela.

— Shh — disse Lisa, que estava sentada à mesa, mexendo as mãos no ar, lembrando a todos que os gêmeos estavam dormindo.

— Ah, por favor, você sabe que não sou negligente — disse meu pai, num tom baixo, passando uma das mãos no cabelo bagunçado. — Emilie é adolescente. Adolescentes às vezes tomam decisões idiotas. Ela ter feito isso não significa que...

— Significa, sim!

— Gente... shhh! — interveio Lisa, apontando para o andar de cima, onde os gêmeos estavam dormindo.

— Não, caramba, não significa — sussurrou meu pai, meio gritando. — Sei que você é perfeita, Beth, mas o restante de nós, incluindo nossa filha, não é. Será que você pode ser razoável...

— Não *ouse* dizer que não estou sendo razoável sendo que você não sabia onde ela estava!

— Shhh!

— Shh *você*, Lisa... Minha nossa! — declarou minha mãe, desistindo de controlar o volume de sua voz. — Vá pegar suas coisas *agora*, Emilie. Amanhã, *hoje*, é meu dia, independentemente desta zona.

Ainda estava parada à porta, paralisada pela briga. Olhei para meu pai e ele assentiu, tenso, então corri para meu quarto. Pisquei rápido, tentando não chorar, enquanto enfiava roupas na mochila. Eu era velha demais para chorar porque meus pais estavam brigando, né?

Mas é que fazia um tempo que eles não brigavam assim. E eu *detestava* quando eu era a causa da confusão e quando eles falavam sobre mim como se eu não estivesse presente. Como se eu fosse um objeto sobre o qual eles discutiam e não a filha que eles deviam amar.

Por sorte, descobri cedo que eu tinha o poder de acabar com muitas das discussões sobre mim. Se eu me desdobrasse para agradar quem quer que estivesse mais chateado, quase sempre conseguia encurtar a briga.

Era meu superpoder, por assim dizer.

Infelizmente, isso não ia me ajudar nem um pouco. Não desta vez.

Subi a escada correndo. Assim que entrei na cozinha, minha mãe disse:

— Estarei no escritório do meu advogado assim que ele abrir, Tom. Vou entrar com um pedido para alterar o acordo de custódia porque de jeito nenhum que eu vou deixar Emilie visitar vocês no Texas depois disso.

— Eu ainda nem consegui contar para ela...

— Que ótimo.

— Beth — disse meu pai, a respiração dele alterada —, você está louca se acha que o fato de Emmie ter esquecido de me mandar mensagem justifica uma alteração no acordo.

Do andar de cima, e pela babá eletrônica que estava na mesa da cozinha, ouvimos o choro sonolento do Logan. Lisa olhou para meus pais por um segundo, mas logo direcionou o olhar para mim, me acusando de mais uma vez estragar tudo. Em seguida, levantou e subiu a escada marchando.

O choro do Logan ficou mais alto, e nós três ficamos um tempo encarando o monitor, só ouvindo.

— Vamos, Emilie — ordenou minha mãe, com a chave do carro na mão. — Vamos embora.

— É… — Pigarreei. — Já vou. Só preciso pegar mais uma coisa.

— Você tem um minuto.

Ela saiu pela porta, e eu virei para o meu pai.

— Eu converso com ela, pai. Posso conven…

Meu pai levantou uma das mãos.

— Vá antes que ela volte.

Engoli em seco.

— Desculpa.

Ele finalmente olhou em meus olhos, e havia tanta decepção em seu rosto que as lágrimas borraram minha visão.

Meu pai engoliu em seco e disse, com os lábios tristonhos:

— Você não tem ideia do que fez, filha.

Assim que chegamos à casa da minha mãe, ela falou por quarenta e cinco minutos sobre o quanto eu era irresponsável. Pelo jeito, não se importava com o marido ou o cachorro dormindo, porque gritou sem parar.

Ela pegou meu celular e me disse que eu estava de castigo como nunca antes. Nada de amigos, nada de celular, nada de biblioteca, nada de carro — basicamente em prisão domiciliar. Tudo que eu podia fazer era ir e voltar da escola.

Ela me proibiu até de ler.

Sério.

— Tirei todos os livros do seu quarto, e nem pense em pegar alguma coisa na biblioteca. — Ela cruzou os braços, indignada.

— Sei que é bizarro uma mãe fazer isso, mas acho que você ficaria feliz no confinamento solitário se pudesse ler um livro.

Ela mudou a senha do wi-fi para que eu não pudesse entrar na internet e disse que tinha ligado para uma organização para jovens problemáticos a fim de saber como me mandar para ficar lá um tempo. Sabia que ela estava blefando, mas quando minha mãe ficava furiosa, não dava para adivinhar o que ela era capaz de fazer.

E eu não podia culpá-la por estar brava. Quer dizer, eu tinha ido dormir na casa da minha avó sem avisar para ninguém, e eles ficaram assustados e preocupados e passaram horas ligando para todo mundo que eu conhecia.

Fui para a cama, mas não estava com sono. Havia tantas coisas rodopiando em meu cérebro que o botão de liga/desliga ficou emperrado na posição ligado.

Em primeiro lugar, não conseguia parar de me perguntar *por quê*. Por que eu tinha ficado presa naquela experiência de alteração cósmica, aquela repetição de dias digna de um roteiro de filme, mas com certeza impossível? Por mais que eu quisesse esquecer tudo aquilo, a realidade era que tinha acontecido.

Tinha acontecido *mesmo*.

Quer tenha sido um estado alterado de consciência, como uma interação medicamentosa ou um sonho absurdamente longo, ou uma situação real, eu tinha vivido várias vezes o Dias dos Namorados.

Eu tinha certeza de que não estava delirando.

Então... *por quê?*

Fiquei um tempo me revirando na cama, mas a preocupação com o que tinha causado minha experiência bizarra acabou ofuscada por uma sensação enorme de caos iminente. Porque a cada minuto que passava, eu me lembrava de mais uma coisa terrível que tinha feito no DSC. Coisas que fiz, palavras que falei, pessoas que com certeza irritei...

Como eu poderia ir para a escola na manhã seguinte?

Será que havia como mudar minha aparência para que ninguém me reconhecesse? Será que eu conseguiria trocar de escola? Enterrei o rosto no travesseiro e soltei um gemido porque, a não ser no caso de um acidente violento, minha mãe jamais me deixaria faltar aula.

E eu não estava exagerando.

Eu poderia estar vomitando enlouquecidamente pela manhã que ela me diria para pegar um saquinho para vomitar durante as aulas. *Sempre que vomitar, Emilie, pense em como poderia ter evitado essa situação. Vai ser uma boa lição.*

Não tinha como escapar. Seria obrigada a ir para a aula e ser destruída por toda a escola Hazelwood. Lauren, Lallie e Nicole iam me aniquilar num espetáculo público, e ninguém seria bobo o bastante para arriscar o próprio umbigo para me defender.

Todos me atacariam para salvar a própria pele. E quem poderia culpá-los?

Não fazia ideia do que esperar em relação a Nick.

Ficava atordoada só de pensar nele me puxando para a lateral da casa da minha avó.

Tinha sido um dia perfeito com ele, que terminou em uns beijos perfeitos, mas cada segundo estava marcado com a data de validade.

O que ia acontecer no dia seguinte? Será que ele ia fingir que nada tinha acontecido? Será que seria o mesmo Nick do terraço do apartamento onde o irmão morou?

Não sei que horas finalmente dormi, mas às 3h15 eu ainda estava lá deitada, alternando entre lembranças apaixonadas com Nicholas Stark e imaginações do pesadelo que me aguardava no dia seguinte.

★ ★ ★

Quando acordei, às seis, levantei da cama e desci sem consultar minha agenda ou escrever uma nova listinha de tarefas.

Que se danem a agenda e as listas.

A casa estava silenciosa e vazia, então comecei a praticar o que falaria mais tarde, porque teria que ser muito corajosa. Depois da escola, eu precisava encontrar um jeito de fazer minha mãe me ouvir e, com sorte, concordar comigo. Estava torcendo para que meu pai tivesse razão e aquele incidente não fosse o suficiente para uma alteração do acordo de custódia, mas meu estômago se revirava de preocupação ao pensar no que eles ainda não sabiam.

Será que seria o bastante se ela descobrisse que vou precisar me apresentar à Justiça?

Não suportava a ideia de não poder ir para a casa do meu pai; a casa dele era mais *minha* que a da minha mãe. Mesmo que ele se mudasse e me deixasse para trás, eu sabia que sempre mandaria passagens de avião para que eu os visitasse. Mas se minha mãe conseguisse convencer o juiz de que ele era má influência, não sei com que frequência eu poderia vê-lo antes de completar a maioridade — se é que poderia.

Guardei a louça que estava limpa, coloquei a roupa suja na máquina de lavar e me arrumei para a escola. Estaria mentindo se dissesse que não dediquei um tempo extra ao cabelo e à maquiagem naquela manhã. Queria que Nick me lançasse *aquele* olhar quando eu entrasse no laboratório de Química, e se um rímel e um brilho labial fossem capazes de fazer isso acontecer, eu ia adorar.

Infelizmente, só na hora de sair me dei conta de que, sem celular, eu não tinha como mandar mensagem pedindo carona para Roxane ou Chris. Teria que ir andando até a escola, o que parecia terrível.

Olhei para o termômetro que ficava do lado de fora da janela da cozinha.

Dez graus negativos.

Que maravilha.

CONFISSÃO Nº 19

Quase me afoguei no rio Platte num dia que meus pais nem perceberam que eu tinha saído. Felizmente, Rox nadava bem.

Assim que entrei pela porta da frente da escola Hazelwood, qualquer esperança de que ninguém se lembrasse do dia anterior desapareceu.

Abri o casaco e tirei o gorro e as luvas, congelando e morrendo de saudade da minha minivan. Vi duas pessoas paradas em frente à secretaria, duas garotas que eu não conhecia, que cochicharam e ficaram olhando para mim.

À minha frente havia um grupo de quatro garotos que eu não conhecia, e todos viraram e riram para mim, mas de um jeito simpático. Como se eu tivesse feito algo engraçado que eles aprovavam.

Senti meu rosto ficar quente e minha visão se concentrou no fato de que todo mundo estava olhando para mim. Todo. Mundo. A garota da lanchonete, os garotos perto da estante de troféus, o clube de Matemática perto da coordenação... Todos os olhos estavam voltados para mim.

Fingi não perceber e fui em direção ao meu armário.

— Minha nossa, Emmie, você é minha heroína! — exclamou Chris, que apareceu por trás de mim. — Não acredito! A tatuagem é loucura, mas o fato de você ter tido coragem... e ter marcado Josh no post... Nossa, estou impressionado.

— Eu também não consigo acreditar.

Olhei ao redor e ninguém parecia estar prestando atenção em nós dois, ainda bem. Chris estava com um sorriso largo. Nunca fiquei tão feliz em vê-lo.

— E aí, o que aconteceu com Alex? — perguntei.

— Emmie, você não tem noção. Foi a noite *perfeita*. Ele foi lá em casa, e parecia que a gente já tinha feito isso centenas de vezes. Tipo, foi *tão* tranquilo, ficamos conversando e vendo filmes. Então... — Ele abaixou o tom de voz e olhou por sobre meu ombro, os olhos arregalados de tanta felicidade. — Quando fui com ele até o carro, ele me encostou na lateral e me beijou como se... como se...

— Como se ele estivesse morrendo de fome e você fosse a única coisa que pudesse alimentá-lo?

Chris abriu a boca, chocado, e soltou um gritinho.

— Olha, essa é uma frase digna de *Crepúsculo*, mas você acertou em cheio... Foi exatamente isso!

— Fala sério!

— Juro.

Ele estava dando pulinhos de alegria, e eu me juntei a ele na comemoração, porque nada podia ser melhor que Chris encontrar o amor. Ele merecia todas as cenas de cinema.

— E Alex já mandou mensagem dizendo que não consegue parar de pensar em mim — contou.

— Obviamente. Você beija superbem.

— Ah, você bem que gostaria de experimentar.

— Não preciso, você já me disse isso umas cem vezes.

— Mas é verdade. É um dom.

— Todos temos um dom, né?

Chris revirou os olhos.

— Não cite *Uma linda mulher* pra mim no meio do meu surto.

— Então continua!

— Contei que ele vai comigo até o shopping depois da aula comprar calça jeans?

Bufei.

— Sério? Quer dizer, comprar calça jeans é um saco...

— Emmie, foco. Ele quer ir — disse Chris, abrindo um sorriso enorme, completamente apaixonado. — É cedo demais para a palavrinha com A?

Eu te amo, Nicholas Stark.

Balancei a cabeça.

— Nem um pouco — respondi.

Chris olhou para o celular.

— Ai, tenho que ir.

— Ei, me dá uma carona na volta?

— Aham. — Ele foi se afastando e falando por sobre o ombro. — Me encontra no meu armário depois da aula.

Sobrevivi às primeiras aulas fingindo não perceber que eu era o centro das atenções. Ignorei tudo e repassei em minha cabeça os momentos com Nick no dia anterior, escolhendo me concentrar na paixão e não na realidade caótica do dia. Ouvi pessoas dizendo meu nome nos corredores enquanto ia de uma sala para a outra, mas fingi não ouvir, contando os minutos para a aula do sr. Bong.

A caminho da terceira aula, vi *aquele trio* vindo em minha direção. Lallie estava falando e as outras duas caminhavam ao seu lado, ouvindo uma conversa que com certeza era fascinante. Os corredores estavam lotados de alunos, todos a caminho da aula seguinte, e tudo pareceu ficar em câmera lenta quando Lauren virou e olhou diretamente para mim.

Ah, não, elas vão me destruir.

Fiz o que qualquer um faria em meu lugar. Virei para a direita e abri a porta do auditório. Estava escuro lá dentro, com apenas algumas luzes do palco acesas, e fui de fininho para a direita quando a porta fechou atrás de mim.

Será que elas entrariam atrás de mim? Ouvi o sinal tocar enquanto corria pela última fileira de assentos e me agachava atrás da caixa grande que usavam para guardar os adereços. Esperei ali com o coração batendo forte e me perguntei se aquele era o fundo do poço.

Ouvi algumas vozes aleatórias e deu para notar que uma aula de música estava prestes a começar. Senti meu coração bater, porque eu não fazia ideia de como sair dali. *Droga, droga, droga*. Aquilo não era normal, né? As pessoas não se escondiam durante o dia de aula.

— Vamos, vamos, se acomodem. — Ouvi alguém dizer, uma mulher com voz bem professoral, que ressoou pelo auditório. — Sei que estão entusiasmados, então, se todos estiverem prontos, vamos tentar do início para ver em que pé estamos.

Minhas pernas agachadas ficaram bambas quando a música começou a tocar. O barulho me fez pensar que talvez fosse seguro sair e ir até a porta escondida, mas vi que estava ferrada assim que dei uma espiadinha.

Porque, naquele exato momento, uns quinze alunos do coral estavam no palco cantando "Summer Nights". Cada um daqueles *superpopulares* me veria se eu saísse de fininho.

Droga.

Eu não só ia me dar mal por matar a aula em que deveria estar, mas agora também ia ficar com a musiquinha do Danny e da Sandy na cabeça o dia inteiro.

Sentei atrás da caixa e encontrei uma posição confortável.

Acabou que eles não eram tão ruins assim. A interpretação exagerada das músicas de *Grease* quase me fizeram esquecer o caos que era minha vida por um tempinho enquanto eu cantarolava com eles. "Hopelessly Devoted to You" continuava cativante… Quem diria? Quando o sinal tocou e o auditório esvaziou o bastante para que eu pudesse sair do esconderijo sem que percebessem, estiquei as pernas com cãibra e saí depressa.

Infelizmente, quando abri a porta do auditório, dei de cara com Josh.

— Ah!

Dei um salto para trás, e meu corpo ficou sentindo o choque mesmo após a trombada ter passado.

— Emilie! — As narinas do Josh se dilataram e seus olhos percorreram meu rosto. — O que você estava fazendo no auditório?

— Eu, é…

— Sabe de uma coisa? Não importa — disse ele, segurando meu braço. — Venha aqui.

Josh me levou até um lugar isolado, onde ficavam os troféus, longe dos alunos que passavam.

— O que foi *aquilo* ontem, Emmie? — perguntou ele, baixinho, de um jeito irritado.

Pigarreei. O que eu poderia dizer? *Bem, eu não sabia que sairia da prisão do Dia dos Namorados, então achei que tudo seria esquecido? Vi você beijando outra pessoa, mas nem sei mais se foi real?* Loucura.

— Eu achei que…

— Estava tudo bem entre a gente de manhã no meu armário, e de repente você foi me humilhar no alto-falante? E depois fez uma tatuagem? Quem faz isso?

Seu rosto estava um pouco vermelho e ele parecia magoado. Triste, na verdade, olhando para mim como se precisasse muito de uma resposta. Respirei fundo.

— Olha só, Josh, eu sei que parece…

— Que você é uma babaca?

Uau. Foi a primeira vez que um cara que eu já amei falou assim comigo, e a sensação foi chocante e desagradável.

— Talvez eu não tivesse sido babaca se você não estivesse ficando com sua ex — rebati.

Ele arregalou um pouco os olhos, como se estivesse surpreso. Mas não foi só surpresa que eu vi — havia mais alguma coisa, e sua cabeça inclinou de leve. Era quase... satisfação por eu estar com ciúme, talvez?

— A Macy e eu somos só...

— Só o quê? Amigos que se beijam?

Ele piscou devagar, de um jeito que o deixava bonito e acentuava seus cílios compridos.

— A gente não se beijou — declarou ele.

Inclinei a cabeça.

— Não minta para mim.

— Não faço ideia do que você está falando — disse ele, franzindo o cenho. — Você acha que eu beijei a Macy?

Nossa, Josh parecia mesmo estar falando a verdade.

— Ela não foi com você buscar café ontem?

Ele suavizou a expressão.

— Foi...

— E vocês não ficaram no estacionamento? No seu carro?

Ele semicerrou os olhos e abriu a boca para falar, mas voltou a fechar. Engoliu em seco.

— Admito que as coisas estão um pouco, é, complicadas com a Macy — revelou ele. — Mas prometo que não nos beijamos.

— É mesmo?

Olhei no fundo dos olhos dele para tentar encontrar o motivo da minha mágoa. Nas duas primeiras vezes que vi o beijo, foi como se minhas entranhas estivessem se retorcendo. Mas naquele instante olhei para ele e só vi... um garoto. Um garoto relativamente atraente, mas sem nenhum controle emocional sobre mim.

— Bem, parece que facilitei as coisas para você. Até mais, Sutton.

Virei e saí quase correndo até o laboratório de Química, com a cabeça baixa, tentando desesperadamente evitar mais conversas. Não queria ser humilhada pelas garotas malvadas, mas também não queria que falassem de mim como se eu fosse uma espécie de lenda urbana por ter sido babaca.

Respirei fundo e entrei na sala. Pelo jeito Nick ainda não estava lá, e gostei de ter um minutinho para me preparar antes de vê-lo. Sentei e peguei o livro, mais nervosa ainda.

Não fazia ideia do que esperar.

Será que Nick seria engraçado e carinhoso como na noite anterior? Será que voltaria a ser a dupla de laboratório chata de sempre? Será que ia me chamar para sair e talvez até me beijar de novo? Ou será que estava arrependido de todas as escolhas do dia anterior?

Senti meu coração disparar esperando que ele aparecesse.

Mas o sinal tocou e ainda não havia sinal dele. Sr. Bong fez a chamada e começou a falar sobre os próximos projetos, mas meu cérebro entrou numa hiperatividade paranoica.

Onde ele estava? Estava doente? Tinha faltado? Estava matando aula?

Se sim, era por minha causa? Quer dizer, eu *sabia*, racionalmente, que não, mas meu coração inseguro estava com maus pressentimentos quanto à ausência de Nick Stark.

O sr. Bong falou durante cinco minutos. Depois, olhou para mim por sobre os óculos.

— Se recuperou do mau comportamento de ontem, srta. Hornby? Imagino que a coordenação já tenha estabelecido uma punição?

— Hum, sim — respondi, morrendo de vergonha.

— Ótimo — disse ele, voltando a olhar para a turma. — Temos muitos a fazer. Ao trabalho, pessoal.

Ele começou a explicar um conteúdo e eu fiz anotações. Meu rosto estava queimando, e meu estômago revirando. Foi ficando pior a cada minuto que passava.

Será que Nick estava me ignorando?

Doze horas antes ele estava me beijando, mas, de repente, eu não fazia ideia de onde ele estava.

O restante do dia passou como um borrão. Entre a noite mal dormida, a ausência do Nick e o fato de que todos pareciam olhar para mim o tempo todo, eu estava praticamente anestesiada. Sobrevivi à tarde no automático, indo de uma aula para a outra e tentando ser invisível. Quando finalmente cheguei em casa, fui direto para o quarto e fechei a porta.

Queria evitar o confronto com minha mãe. Sabia que ela devia estar louca para me infernizar um pouco mais, mas eu não tinha energia para isso.

Pelo jeito fechar a porta funcionou, porque comi vários Cheetos de tanta ansiedade e assisti a *Gilmore Girls* até dormir com a roupa que fui para a escola e tudo.

Não falei com minha mãe nem com Todd.

Na verdade, só acordei no dia seguinte.

Como alguém que sempre se orgulhou de ser organizada e disciplinada, acordar com as roupas do dia anterior e os dedos sujos de Cheetos não era um bom sinal. Ainda assim, por algum motivo, não odiei aquela sensação.

Respirei fundo e entrei no laboratório de Química. Vi a nuca do Nick, que estava olhando para o livro sobre a mesa à sua frente, e senti um frio na barriga.

Quando me aproximei, ele estava mandando mensagem no celular e não levantou a cabeça. Sentei e peguei meu livro.

Nick levantou a cabeça e nossos olhares se cruzaram, e todas as lembranças do Dia Sem Consequências vieram à tona.

Ele deu um leve sorriso, como se não me conhecesse, e voltou a olhar para o celular.

Senti o calor tomar conta das minhas bochechas e pude jurar que minha audição ficou baixa por um instante.

Olhei para Nick, mas ele continuou encarando o celular.

Por que ele não olhava para mim?

Abri a boca para lhe dizer que seu casaco tinha ficado comigo, mas o professor entrou na sala.

— Guardem os livros… É dia de prova, crianças.

Aff… Esqueci da prova. Esqueci de estudar. Guardei minhas coisas e fui para a outra mesa, mas o nó de pavor em meu estômago continuou crescendo.

E não tinha nada a ver com a falta de preparação. Pela primeira vez na vida, eu não estava ligando para minhas notas.

Eu só me importava com o fato de que Nick estava me ignorando.

Me evitando.

Dois dias antes, ele estava me beijando no escuro na casa da minha avó, mas agora não podia nem sorrir direito para mim, me cumprimentar ou reconhecer que eu existia?

Passei a aula inteira tentando fazer a prova, me esforçando para manter aqueles pensamentos afastados enquanto solucionava as questões. O sinal tocou e juntei minhas coisas. Quando peguei a mochila, Nick já estava saindo da sala. Não ia implorar nem sair correndo atrás dele, mas andei mais rápido que de costume, torcendo para que ele estivesse esperando por mim.

Não estava.

Passei a aula seguinte triste, completamente destruída com aquela rejeição.

Mas então me dei conta de uma coisa.

A velha Emmie talvez aceitasse a rejeição e seguisse em frente, mas o Dia Sem Consequências mudou muitas coisas. Pode ter sido um dia louco e incrivelmente ridículo, mas a sensação de viver priorizando as minhas vontades foi *maravilhosa*. Sempre vivi para agradar os outros, mas quem mais poderia fazer o que eu realmente queria se não eu mesma?

Pareceu coisa do destino quando entrei na biblioteca na hora do almoço e Nick saiu pela mesma porta. Ele parecia sério e perdido nos próprios pensamentos, e só me viu quando eu disse:

— E aí?

Virei e comecei a andar ao lado dele.

— Também já te falaram que vai ter que ficar depois da aula, como punição? — continuei.

As sobrancelhas dele baixaram de leve, como se estivesse processando minhas palavras e minha aparição repentina, mas ele não sorriu.

— Ainda não — respondeu.

— Sortudo — disse, dando-lhe um cutucão de leve. — Vou ter que ficar durante duas semanas, mas boa parte por causa do alto-falante. Pelo jeito usei o equipamento para "fazer bullying". Acredita?

— É, hum, que loucura — respondeu ele, parando de caminhar. — Olha só, eu preciso ir pra lá. — Nick apontou para o corredor à esquerda. — Então, a gente se vê?

— Aham, a gente se vê — respondi, mas, quando ele se afastou, abri caminho entre as pessoas para alcançá-lo de novo. — Nick!

Ele olhou para mim, mas continuou andando.

— O quê?

— Está tudo bem entre a gente?

— É… sim? — respondeu ele, franzindo o cenho e olhando para mim como se eu estivesse louca. — Estou com pressa, então a gente se vê amanhã no laboratório.

As pessoas passavam esbarrando em mim, e eu fiquei ali, sem me mexer. Fiquei olhando para ele desaparecer na multidão, meu coração partido em mil pedacinhos.

★ ★ ★

— E fazer a tatuagem não doeu? — perguntou Rox quando saímos pelo portão lateral depois da aula. — Nossa, minha mãe ia me *matar* se eu fizesse o que você fez.

— Ah, doeu, mas não muito.

Eu me lembrei do Nick sentado ao meu lado, me fazendo companhia enquanto Dante fazia a tatuagem.

— E Nick Stark segurou sua mão? — provocou ela, erguendo as sobrancelhas.

— Cala a boca — brinquei.

Por algum motivo, não contei tudo o que tinha acontecido a meus dois melhores amigos. Só Nick e eu entenderíamos como um dia podia ser tão importante; eu mesma não teria acreditado se não tivesse acontecido comigo, e não estava pronta para revelar tudo aquilo.

— Ela anda tão misteriosa — observou Chris, colocando os óculos. — Parte de mim acha que aconteceu alguma coisa importante.

Revirei os olhos, mas não consegui sorrir.

— Nem todo mundo tem um Dia dos Namorados perfeito com um ficante gato, Chris.

— Você acredita que ele beijou o *Alex*? — perguntou Rox.

— Foi como uma cena de filme — contou Chris.

Estava com inveja daquela energia apaixonada.

— Que romântico — disse.

— Vou na frente — declarou Rox, abrindo a porta do carro do Chris.

Ela entrou, e eu estava prestes a entrar atrás quando Chris disse:

— Parece que o parceiro de tatuagem da Emmie está tendo problemas com o carro.

Parei e virei. O capô da caminhonete do Nick estava aberto e ele estava debruçado na lateral com uma lata de fluido de partida na mão.

— Que se dane.

Chris olhou para mim por sobre os óculos.

— O quê? — perguntou ele.

—Ah… Não era para ter saído em voz alta — disse, piscando várias vezes. — Mas eu mereço pelo menos uma conversa.

— Emmie. É… o quê?

Chris e Rox trocaram um olhar preocupado. Abri a minha mochila, peguei o casaco do Nick e larguei a mochila no chão.

— Já volto.

Fui até a caminhonete do Nick.

— Quer que eu entre e dê a partida? — perguntei.

Ele levantou a cabeça e engoliu em seco.

— Não precisa. Obrigado — respondeu ele.

Revirei os olhos.

— Mas se eu der a partida enquanto você joga o fluido não é mais fácil?

— Não precisa, Emilie — insistiu ele, sua voz saindo entrecortada, como quando perguntei sobre sua família.

— Por que está assim? Por acaso está bravo comigo? — perguntei.

Nick soltou um suspiro, comprimiu os lábios e balançou a cabeça.

— Não. É que… Você sabe, eu disse que não tenho tempo pra isso.

— Isso o quê? Não estou te pedindo nada. Só ofereci ajuda pra…

— Emilie — disse ele, ríspido. — Foi muito divertido. Um dia divertido. Mas hoje é outro dia, beleza?

Fiquei em silêncio, horrorizada. Estava prestes a me afastar, mas mudei de ideia.

— Então — comecei —, eu tive uma epifania naquela noite, depois que meus pais brigaram comigo, me deixaram de castigo e juraram lutar até a morte na justiça para ver com quem eu vou morar. Sabe qual foi a epifania?

— Eu não…

— Foi que não importa quais sejam as consequências, boas ou ruins, vou começar a viver para mim e para o que *eu* quero, não para os outros e o que eu acho que eles querem que eu faça. Porque, se eu não fizer as minhas vontades, quem vai fazer?

Ele endireitou o tronco e colocou as mãos nos bolsos do casaco, sua expressão indecifrável.

— Aquele dia com você foi incrível — continuei. — Sei que você não "tem tempo" nem quer um relacionamento, e aceito esperar ou só ser sua amiga. Mas o Dia Sem Consequências foi…

— Uma fantasia — completou Nick. — Foi uma miragem, Emilie.

— Beleza… E daí? Você vai evitar a felicidade só porque ela pode escapar?

Ele olhou para mim por um tempo e virou o rosto.

— Não estou interessado em você desse jeito, tá?

Pensei imediatamente: *Entendi tudo errado, então… desculpa.*

Minha boca chegou a abrir para dizer isso.

Mas não era o caso.

E não estava arrependida.

—Você pode insistir nisso o quanto quiser, Nick — declarei, irritada e decepcionada por ele preferir ser um babaca comigo a ser honesto consigo mesmo. — Mas eu não inventei o que aconteceu. Dias como aquele não acontecem, Nick… Essa é a verdade. Entendo que esteja com medo de se arriscar depois do que aconteceu com seu irmão, mas…

— Por favor, não envolva Eric nisso.

Pressionei os lábios um contra o outro e desviei o olhar, frustrada. Ele passou a mão na cabeça.

—Você não sabe nada sobre meu irmão e está usando o que eu te contei para me convencer, e convencer a si mesma, de que aquele dia teve algum significado maior. Lamento ter que te dizer isso, Emilie, mas o DSC foi só um dia de diversão. Um dia em que duas pessoas mataram aula e passearam no centro da cidade. Só isso.

— Hum, então tá — disse, piscando para conter as lágrimas cheias de humilhação.

— Não quero magoar você, Emmie, mas foi só...

— Já entendi.

Joguei o casaco para ele e voltei para o carro, onde Chris e Rox estavam sentados com as janelas abertas, testemunhando aquela cena vergonhosa. Eu me espremi no banco da frente, e meus amigos permaneceram em silêncio. Rox me abraçou, e Chris me deu um lenço da caixa que ele guarda no porta-luvas.

Só um dia de diversão.

CONFISSÃO Nº 20

*No sétimo ano, quando toquei a campainha do Finn Parker,
que morava do outro lado da rua, e saí correndo, caí nos degraus
da casa dele e quebrei o pulso. Até hoje meus pais acham
que quebrei o pulso andando de patins.*

Quando cheguei em casa, finalmente me permiti chorar. Senti um vazio doloroso no lugar que Nick ocupava, o que era estranho porque eu mal o conhecia até pouco tempo. Mas, de algum jeito, parecia que ele me conhecia de verdade, por inteiro, e me entendia como ninguém. Nada daquilo jamais faria sentido, mas senti uma perda enorme por causa do Nick.

Ouvi quando minha mãe chegou em casa, e não estava a fim de lidar com a raiva dela. Tinha certeza de que ela continuava irritada, ainda mais depois de eu ter me escondido no quarto na noite anterior, mas não me sentia emocionalmente preparada para enfrentar mais um conflito.

Comecei a fazer as tarefas de casa — não sabia o que fazer além disso. Senti um frio na barriga quando ela gritou:

— Emmie! Jantar!

Respirei fundo e desci correndo. Senti o cheiro do espaguete com almôndegas, meu prato favorito, mas aquilo só me deixou ainda mais melancólica. O cheiro me trouxe lembranças de quando comíamos espaguete na casa antiga, quando éramos só minha mãe, meu pai e eu naquela velha sala de jantar amarela. Eu me lembrei dos jantares no apartamento minúsculo do meu pai, quando éramos só nós dois, e de cenas furtivas deles me oferecendo espaguete e me apresentando aos novos amores de suas vidas.

E tive a confirmação de que Nick realmente tinha me deixado abalada; estava ficando triste por causa de um espaguete.

Sentei à mesa e senti minha mãe olhando para mim. Eu me preparei para uma briga.

— Você está bem, Emilie? — questionou Todd, o marido da minha mãe.

Ele era legal, trabalhava com vendas e parecia sempre ter opinião sobre tudo, incluindo coisas que não tinham nada a ver com ele e tudo a ver comigo e com meu pai.

Então a pergunta dele me deixou nervosa. Fiquei olhando para o espaguete e coloquei o guardanapo no colo.

— Estou bem. Por quê?

— É que você parece…

Ele apontou para meu rosto com o garfo.

— Ter ficado na rua até muito tarde? — completou minha mãe.

Valeu, mãe.

— Você parece triste — comentou Todd, inclinando a cabeça, e disse aquilo como se fosse absolutamente impossível. — Parece que andou chorando. Tem certeza de que está bem?

Assenti. Algo na preocupação inesperada em sua voz fez com que eu me sentisse mais destruída ainda.

— Emmie? — chamou minha mãe, e ela também inclinou a cabeça. — Está tudo bem mesmo?

Assenti de novo, mas as lágrimas embaçaram minha visão e meus olhos ficaram cheios demais para contê-las.

— Emilie, querida? — indagou minha mãe, parecendo perplexa ao ver minhas lágrimas.

A ternura no tom de voz dela foi o que bastou. Desabei em soluços à mesa da cozinha, chorando em cima do espaguete com almôndegas enquanto meu irmãozinho de quatro patas, Potássio, me olhava como se eu tivesse enlouquecido de vez.

—Você está de brincadeira — disse Rox.

— Estou aqui, não estou? — falei, tomando um gole do café. — Minha mãe, a mulher que doou meu porquinho-da-índia quando eu tinha sete anos porque esqueci de limpar a gaiola, me tirou do castigo.

— Ah, eu tinha esquecido o seu hamster, Dre.

Soltei um suspiro.

— Descanse em paz, Dre, o porquinho-da-índia que minha mãe doou para os Finklebaums, vizinhos da casa ao lado, que o perderam no quintal no dia seguinte.

— Pois é, não entendo.

Rox tirou os óculos e olhou para eles, limpando uma das lentes. Ela era dessas pessoas que ficam bonitas com e sem óculos. Sua pele estava sempre perfeita, maquiada ou não, e ela ficava bem com qualquer estilo de cabelo. Desde que nos conhecemos, ela usou tranças, dreads, cabelo curto, comprido, loiro, rosa e black power, e ficava bem de qualquer jeito.

Passei o dedo no copo e me perguntei se não era hora de mudar *meu* cabelo também. De repente, minha aparência de sempre não parecia combinar mais comigo.

— Não é por nada — continuou Rox —, mas desta vez você *realmente* merecia ficar de castigo. E agora ela resolveu aliviar?

Eu me recostei na cadeira.

— Bem, não — respondi, ainda me sentindo um pouco abalada. — Na verdade ela resolveu ser uma mãe humana. Tive um colapso nervoso durante o jantar ontem, que começou por causa do Nick mas depois foi para a situação toda com meus pais.

— Que situação?

Contei sobre a promoção do meu pai e a briga com minha mãe.

— No fim das contas, o bom da crise foi que eu já estava tão chorona e emotiva que deixei escapar a verdade sobre com quem quero morar.

— Com quem? — perguntou Rox.

Soltei um suspiro.

— Com os dois.

Pela primeira vez, minha mãe ouviu de verdade. Ela me abraçou quando ligamos para o meu pai no viva-voz. Não sabia se aquilo ia mudar alguma coisa de fato, mas ele prometeu conversar com Lisa e pensar em todas as opções.

E isso foi muito importante para mim.

— Então fico feliz que isso tudo tenha acontecido, porque você precisava falar isso para eles. Já estava na hora — disse Rox.

— Pois é — respondi, girando a bebida no copo.

Era patético, porque eu queria contar isso ao Nick.

Ele foi tão incrível quando contei sobre meus pais naquele terraço no centro da cidade que meu coração achava que ele podia gostar de saber. Quer dizer, vi lágrimas de empatia em seus olhos quando eu chorei, caramba.

Só um dia de diversão, lembrei, a memória ainda dolorosa.

Rox olhou para o celular, provavelmente para uma mensagem do Trey, e disse:

— Chris te contou que Alex levou ele para jantar depois que eles fizeram compras ontem?

A história de amor dos sonhos de Chris era a única coisa me ajudando a superar tudo aquilo.

— Não! Foi bom?

— Ele me ligou uma da manhã e ficou uma hora tagarelando sobre o Alex. É a coisa mais fofa que eu já vi.

Olhei por sobre o ombro da Rox quando o barista gritou "Carl" pela terceira vez.

— Espero que eles nunca terminem — comentei.

— Chris falou que Alex disse que não queria que ele se assustasse, mas que achava que já estava apaixonado.

Isso me fez voltar a olhar para ela.

— O quê? Sério? Uau.

Rox assentiu e pareceu curiosa.

— Algum dia você vai me contar o que aconteceu com Nick no Dia dos Namorados?

Pensei um pouco.

— Ah... Basicamente tivemos um dia incrível juntos e agora ele quer fingir que eu não existo.

Rox balançou a cabeça.

— Que babaca.

— Pois é. Mas essa é a pior parte... ele não é um babaca.

Então fiz o que prometi a mim mesma que não faria. Fiquei ali sentada na nossa mesa favorita da Starbucks, na janela, e contei tudo. Não sobre os dias repetidos — eu tinha certeza de que nunca contaria isso a ninguém —, mas cada detalhe do que aconteceu no Dia Sem Consequências.

Não sei que tipo de reação eu esperava quando terminei, mas me deparei com uma expressão de pena. Rox respirou fundo.

— Ele passou o dia todo dizendo que não queria nada além daquele dia. E agora você está achando que ele está magoado ou sofrendo. Com medo de se arriscar. Eu amo você e acho que ele é um grande babaca, mas ele explicou o que queria, amiga.

— É, mas...

— Além disso, sua mãe devolveu seu celular, né? — perguntou Rox, me lançando um olhar para me trazer de volta à realidade. — Tinha mensagem dele? Nick pelo menos pediu desculpa por fazer você chorar depois da aula?

Meus olhos voltaram a arder, porque é *óbvio* que a primeira coisa que fiz quando minha mãe me devolveu meu celular foi checar se ele tinha mandado mensagem.

— Não...

— Não — repetiu ela, levando o copo à boca. — Mas faz sentido. Agora você entendeu quais eram as intenções dele, então pode seguir em frente sem olhar para trás.

Porque era uma amiga maravilhosa, Rox começou a listar quinze motivos pelos quais Nick estava bem longe de ser bom para mim, seguidos de dez coisas incríveis que ela amava em mim. Continuei arrasada por causa dele, mas minha melhor amiga fez com que eu melhorasse pelo menos um pouquinho.

Na segunda-feira, usei uma calça jeans rasgada, uma camiseta, meu All Star, óculos e um coque bagunçado. Estava levando a sério a coisa de viver nos meus termos e sem um roteiro, e não estava a fim de me esforçar.

Nem mesmo sabia *onde estava* minha agenda.

As duas primeiras aulas passaram tranquilamente, então, antes do terceiro tempo, entrei num corredor e dei de cara com Lauren, Lallie e Nicole. Como era possível que elas estivessem *sempre* juntas? Nossos olhares se cruzaram e eu soube que era meu fim.

Respirei fundo e deixei as palavras saírem:

— Gente... Me desculpem por semana passada. Não devia ter surtado, mas fiquei com pena da Isla quando vocês falaram mal dela.

— Ah... — disse Lallie, piscando bem devagar.

— A gente falou mal da Isla? — perguntou Lauren.

— E daí?! — questionou Nicole.

Elas saíram, me dispensando como se eu não fosse digna do tempo delas, mas não me destruíram.

Não conseguia acreditar.

Então, a caminho da aula seguinte, encontrei Josh. Ele me viu do outro lado do refeitório e veio correndo.

— Emmie!

Eu me agarrei aos livros que estavam em minha mão.

— Sim?

— Podemos conversar depois da aula?

— O quê?

— Preciso conversar com você. Pode me encontrar depois da aula?

— Hum…

— Por favor?

— Eu… Talvez. Vou pensar.

E saí, me perguntando sobre o que ele podia querer conversar. Ainda estava pensando nisso quando fui para o laboratório de Química, mas a ansiedade tomou conta, e eu engoli o pavor e fui até o meu lugar. Nick já estava lá, mas agimos como sempre.

Como se não nos conhecêssemos.

Senti que ele olhou para mim enquanto eu mexia no celular e via as notícias, mas continuei rolando a página até o telefone relinchar com a mensagem do Josh. Levantei a cabeça para ver se o professor tinha ouvido, mas ele nem estava na sala. Coloquei o celular para vibrar e li a mensagem.

Josh: Oi.

Fiquei olhando para a mensagem por um tempo.

Eu: Oi.

Josh: Já decidiu?

Eu: Decidi o quê?

Josh: Se vai conversar comigo.

Eu: NÃO.

Josh: Não, não vai?

Eu: Não, não decidi. Sério, o que você quer?

Josh: Poxa.

— Me diga que não está trocando mensagens com o cara que traiu você.

Levantei a cabeça e Nick estava olhando para mim. Ele continuou, com uma irritação na voz:

—Você é inteligente demais para isso.

Tive vontade de rebater, mas isso o faria pensar que eu ainda estava a fim de Josh.

— Foi mal, mas acho que não é da sua conta — declarei.

— Eu sei que não é — disse Nick, parecendo... frustrado. Ele coçou a sobrancelha. — Mas eu detestaria ver você confiando num cara que só vai te trair de novo.

—Vou levar isso em consideração, obrigada.

Meu celular vibrou em cima da mesa, e nunca fiquei tão feliz por poder ignorar alguém e olhar para o celular. Peguei o aparelho.

Josh: Preciso explicar uma coisa.

Senti o olhar do Nick em mim quando comecei a digitar uma resposta.

Eu: Vamos esquecer tudo isso. Você está perdoado. Já ficou para trás.

Josh: Sério?

Eu: Sério.

— Está fazendo isso de propósito? — perguntou Nick.

Olhei para ele com o canto do olho.

— Fazendo o quê?

—Trocando mensagens com ele.

Balancei a cabeça.

— Primeiro de tudo, não. Acredite ou não, troco mensagens com *muitas* pessoas e isso não tem nada a ver com você. Segundo, não entendo por que você está se intrometendo.

— Só não quero que você se...

— Machuque? — Olhei bem nos olhos dele. Meu coração pareceu parar. —Você é a última pessoa que poderia evitar isso.

Nick engoliu em seco.

—Você está sendo injusta.

Nick estava me encarando e só de olhar para ele meu coração doía. Voltei a atenção para o celular.

— Tá — disse.

Por sorte, o sr. Bong entrou e colocou um fim na possibilidade de que aquela conversa constrangedora continuasse. Mas fiquei incomodada durante a aula inteira. Ele não tinha o direito de sentir ciúme se não queria nada comigo. Por que ele se incomodaria com o fato de eu estar conversando com meu ex?

Mandei mensagem para Josh.

Eu: Pode me dar uma carona para casa depois da aula?
Josh: Aham.

Quando a aula terminou, juntei minhas coisas e saí o mais rápido possível. Precisava esquecer aquele chato, ainda que fosse difícil me concentrar quando o cheiro de sabonete atingia meu olfato e me atormentava com as lembranças dos sete minutos que passamos apaixonados na casa da minha avó.

— Emmie!

Ouvi a voz do Chris no corredor e, quando virei, ali estava ele, andando em minha direção de mãos dadas com Alex.

— Oi!

— Que roupa é essa? — perguntou Chris, erguendo as sobrancelhas. — Você teve que limpar a casa antes de vir para a aula hoje?

Alex pressionou os lábios um contra o outro, educado demais para rir da piada do Chris.

— A nova Emilie não estava a fim de glamour hoje — expliquei.

— A nova Emilie parece nem saber o que é glamour — respondeu ele.

— Por que não me deixa em paz e vai dar um jeito de arrumar esse redemoinho?

Ele ficava muito nervoso com a única imperfeição minúscula daquele cabelo grosso, encaracolado e lindo.

— Ai, minha nossa. A nova Emilie é maléfica — brincou ele, me provocando.

— A nova Emilie é bem fofa — disse Alex, sorrindo. — Assim como o seu redemoinho.

Os dois trocaram um olhar que me deixou com inveja, então revirei os olhos.

—Vocês são fofos demais, não sei se aguento. Parem com isso.

Dei um passo na outra direção, mas virei.

— Ah... Eu não vou precisar de carona hoje — avisei.

— Tá bem — disse Chris.

Eu sabia que logo mandaria mensagem para perguntar por quê. Demorou cinco minutos.

Chris: Quem vai te levar para casa? Stark?

Eu: Josh.

Chris: Ai, minha nossa. O que rolou?

Eu: Não faço ideia. Disse que quer conversar comigo. Não custa ouvir, né?

Chris: Acho que não. Mas não volte com ele.

Eu: Acredite... de jeito nenhum.

Depois da aula, Josh estava me esperando em frente ao meu armário. Meu coração não acelerou quando o vi ali; na verdade, a única coisa que pensei foi: *Será que ele sequer tem uma calça jeans?*

— Oi — disse, abrindo meu armário. — Tudo bem se eu der uma passada na secretaria antes de irmos?

— Sem problema.

Agachei para pegar meu livro de Química no fundo do armário, guardando-o na mochila já cheia.

—Vai ser rapidinho.

Levantei, fechei o armário e saímos em direção à secretaria. Devia ter sentido alguma coisa ao caminhar ao lado dele depois do turbilhão, mas me sentia desconectada daquilo tudo.

— Por que você precisa ir à secretaria? — indagou ele.

— Bem — falei, com um meio-sorriso —, preciso agendar a detenção por ter feito bullying com você.

Ele balançou a cabeça, confuso.

— Está brincando, né?

— Não. Pelo jeito eu violei a declaração dos direitos do estudante, e ainda por cima fiz isso no alto-falante — expliquei, e dei um sorriso para o sr. Bong quando passamos por ele, que não retribuiu. — E depois preciso cancelar minha pré-matrícula do curso de verão.

Josh pareceu chocado.

— Por quê?

— Descobri que houve um engano na pontuação das inscrições. Então, na verdade, não fui aceita.

Ele ficou muito surpreso.

— Sério?

Dei um sorriso para uma garota da minha turma de Sociologia que passou por nós.

— Sério. Mas na verdade meio que fiquei feliz. Depois de pensar um pouco, me dei conta de que quero descansar no verão.

Ele franziu as sobrancelhas.

— Relaxar?

Tenho certeza de que Joshua não seria capaz de entender o que era "descansar".

— Pois é… Também mal consigo acreditar.

Josh ficou esperando do lado de fora da secretaria, e tudo correu bem, pelo menos. Pedi desculpa ao diretor e marquei os dias da detenção, ao que ele reagiu com uma tranquilidade surpreendente, e depois dei uma passada na sala do sr. Kessler.

Ele ficou nervoso ao me ver depois da minha explosão. Pedi desculpa e disse que não tinha mais interesse em participar do curso, então ele voltou a ser o cara de sempre, entusiasmado com meus planos para o futuro.

Quando saí da secretaria, Josh estava no mesmo lugar.

— Obrigada por esperar — disse, pendurando a mochila no ombro.

— Imagina — respondeu ele, me olhando de um jeito estranho, como se estivesse tentando entender alguma coisa.

Josh não falou mais nada enquanto íamos em direção ao carro. Assim que deu a partida e colocou o cinto, ele começou:

— É o seguinte, Emmie...

Estava um pouco distraída observando o carro. Na última vez que estive ali fiquei imprensada entre ele e Macy; e estava com chulé.

— Queria conversar com você porque te devo um pedido de desculpas pela coisa toda com a Macy — falou ele.

Uau. Por *essa* eu não esperava. Ele não ia negar? Não ia me culpar?

— Sério?

— Gosto de você, Emmie. Você é uma das minhas pessoas favoritas e odeio ter te magoado. Ela pediu para ir comigo buscar café e eu sabia que ela ainda gostava de mim... Foi errado da minha parte aceitar.

Olhei para ele me sentindo... inabalada.

— Mas você tem que acreditar que não aconteceu nada — disse Josh.

Pensei no que ele estava dizendo. De um jeito estranho, acreditei nele. Embora eu tivesse visto o beijo repetidas vezes, acreditei que *naquele* dia não tinha acontecido. E, de verdade, ele não era do tipo que traía.

Dito isso, se eu ainda gostasse dele, aquelas palavras não teriam importância.

Estaria magoada demais para perdoá-lo.

Como fiquei no primeiro Dia dos Namorados.

Mas naquele momento... não importava.

Só que Josh não tinha terminado de se explicar.

— Não espero que me perdoe… Errei e você tem todo o direito de me odiar. Mas quero que saiba que você é incrível. Fui muito feliz com você.

— Hum… — murmurei, sem saber o que dizer. — Desculpa. Eu só… estou chocada com toda essa gentileza depois da coisa toda do alto-falante.

Ele olhou para mim.

— É, eu não curti aquilo, mas provavelmente mereci.

— Uau, Sutton… Você parece tão maduro.

Isso o fez olhar para mim de novo, acho que para ter certeza de que não era uma provocação. Quando viu meu sorriso, ele também sorriu.

— Digamos que é crescimento pessoal — disse Josh.

Coloquei o cabelo atrás das orelhas enquanto meu cérebro processava as informações.

— E aí? Você disse que era complicado. Vai chamar Macy para sair agora? Voltar com ela?

Ele enrugou o nariz. *Ele estava enrugando o nariz para Macy?*

— Acho que não.

— Como assim? Quer dizer, não é da minha conta, mas por que não?

Ele reduziu a marcha e olhou pra mim.

— Além do fato de eu ter acabado de sair de um relacionamento?

Revirei os olhos.

— Bem — continuou ele, com um suspiro, voltando a olhar para a frente —, eu não gosto mais tanto assim da Macy.

— Mas vocês dois têm química — disse, um tanto irritada com a resposta.

Eu via isso. Mais do que gostaria.

— Nós temos uma *história*. É outra matéria, sabe?

— Tanto faz.

— Não é bem assim — disse ele, engolindo em seco. — Quer dizer, tanto faz mesmo. Mas sabe o que pensei quando estava sozinho no carro com ela?

— "O que Jesus faria"?

Ele estendeu a mão e ajustou uma das saídas de ar quente.

— Engraçadinha. O que eu pensei, engraçadinha, foi que você nunca agiu daquele jeito comigo.

— Que jeito?

— Agitada, sabe? — Josh balançou a cabeça, mantendo os olhos no trânsito. — Nervosa. Eu sempre soube que você gostava de mim, como pessoa, mas nunca senti que você era a fim de mim.

Eu me remexi um pouco no assento.

— O que é isso? Terapia de casal? Está reclamando que eu não te dava atenção suficiente, então você teve que procurar em outra pessoa?

Ele virou na minha rua.

— Não é isso que estou dizendo. Só me perguntei se você era mesmo a fim de mim.

— Isso não é justo.

— Não estou responsabilizando você pelo que aconteceu, Emmie. Só estou dizendo que eu me perguntei, quando voltei para a sala de aula depois de quase ter beijado a Macy, tentando entender o que tinha acabado de acontecer, por que eu e você estávamos namorando.

Fiquei olhando para baixo; era impossível olhar nos olhos dele. A explicação "porque você estava na minha listinha de tarefas" pairou sobre meus lábios, mas eu me contive.

Josh era o namorado perfeito para mim na teoria: inteligente, motivado e charmoso. Mas só quando o vi beijando a Macy me dei conta de que o que era bom no papel nem sempre era bom na vida.

Josh era o cara que a garota que eu queria ser deveria namorar.

Senti minha garganta fechar quando pensei no quanto eu tinha me enganado, no quanto ainda estava enganada. Se o planejamento não levava ao amor verdadeiro, e nem o destino... Será que o amor verdadeiro existe, será que fazia sentido esperar por ele?

Ele pigarreou e reduziu a marcha.

— Gostamos *tanto* um do outro. Sempre gostamos... Somos, tipo, o casal perfeito. E nos divertimos muito juntos. Mas você pode dizer sinceramente que tem sentimentos por mim?

Olhei para ele, que estava com um sorriso paciente. Mas então o rosto do Nick surgiu na minha cabeça, o rosto que fazia meus joelhos vacilarem sempre que olhava para mim. O garoto que *eu* incitei a me beijar no centro da cidade.

— Foi o que eu pensei — disse Josh, olhando para mim e balançando a cabeça devagar, mas não com maldade. Era um olhar doce, quase de ternura. — Acho que a ideia de nós dois juntos era tão boa que talvez tenhamos forçado um pouco.

Absorvi o fato de que Josh sabia o que eu estava sentindo antes que eu mesma soubesse.

— Então você nunca...

— Acho que você é atraente, Emmie... Não se preocupe. — Como sempre, ele meio que entendia o funcionamento do meu cérebro. — Só acho que talvez devamos ser bons amigos.

— Pare de fazer parecer que está me dando um fora. Lembre-se do alto-falante.

— Ah, eu me lembro bem — disse Josh, dando uma risada. — Vou estar no asilo bem velhinho e ainda vou me lembrar de você acabando comigo e com os Bardos.

Isso me fez rir.

— Nossa... Isso é estranho? Tudo parecer tão confortável, apesar de não estarmos mais juntos? — perguntei.

Ele balançou a cabeça.

— Acho que é assim que tem que ser.

— Posso te torturar um pouquinho? — indaguei, cruzando os braços. — Uma despedida especial, que tal?

Ele diminuiu a velocidade porque um carro estava tentando fazer baliza, sem muito sucesso.

— Estou com medo, mas pode.

Olhei para o sol de fim de tarde de inverno.

— Comprei a pulseira de relógio que você queria de Dia dos Namorados. Se não tivéssemos terminado, estaria com uma pulseira de couro maravilhosa no pulso.

Ele tirou a mão da marcha e levou ao coração, como se tivesse sido mortalmente ferido.

—Você sabe mesmo como se despedir com um golpe — declarou ele.

— Né?

Abri um pequeno sorriso para ele, que sorria de volta para mim.

— Sei que ninguém faz isso pra valer, mas acha que ainda podemos ser amigos? E não, tipo, só dizer que vamos ser amigos? — questionou Josh, engolindo em seco. — Porque eu não quero perder você.

—Vamos ver como as coisas vão se desenrolar. Mas ainda posso acabar com você no *Scrabble* se você não me irritar.

Peguei o celular para ver se tinha alguma mensagem. *Nada.*

— Ótimo — disse ele, virando na entrada da minha casa. — Porque, se você me abandonar, quem vai me criticar por ser do contra?

— É meu passatempo favorito!

Ele deu uma risadinha.

— Obrigado por me ouvir — disse ele.

— Idem — falei, abrindo a porta. — Obrigada pela carona.

— Quando precisar. De verdade.

Saí e fechei a porta, e já estava quase na varanda quando Josh gritou.

— Emmie... Espera.

Olhei para trás e a janela estava aberta. Ele fez sinal para que eu voltasse. Larguei a mochila e corri até lá.

— Não vou te dar um beijo de despedida, Sutton.

Ele riu e engatou a ré, olhando fixamente para mim.

— O que está rolando entre você e o Nick Stark? — indagou.

Senti meu rosto vermelho.

— Como assim?

— Quando eu estava esperando você sair da secretaria, nós dois conversamos um pouco.

Espera aí...

— O quê? Você conversou com o *Nick*?

Dava para ver que Josh estava se divertindo com a situação.

— Ele veio falar comigo assim que você entrou na secretaria. Para falar a verdade ele parecia irritado, e é meio alto, então me senti um pouco intimidado.

Senti meus lábios formigarem e fiquei sem ar.

— O que ele disse?

— Ele disse "Eu não conheço você, Josh...". E pelo jeito como ele falou meu nome deu para perceber que me acha um babaca.

— Bem, talvez eu tenha...

— Eu imaginei — disse ele, olhando bem para mim. — Mas aí ele falou "A Emilie é boa demais para você. Se ela te aceitar de volta, vê se não faz besteira desta vez".

Não conseguia acreditar no que estava ouvindo.

— Como é que é? Ele disse isso?

Josh apoiou o cotovelo na janela aberta.

— A questão é, e eu não acredito que estou dizendo isso, mas ele parece bem a fim de você. Então, se você gosta dele...

Balancei a cabeça e me senti enjoada. Meu corpo se agitou todo ao pensar que Nick ainda pensava em mim ou se importava comigo, mas não era o suficiente.

— Eu não gosto. Obrigada por me contar tudo isso, mas Nick gosta de mim só o bastante para não querer que eu fique com você, não o suficiente para fazer alguma coisa a respeito.

— Ah… — disse ele, surpreso. — Bem…

— Pois é.

Tentei sorrir ao mesmo tempo que sentia meu coração doer. Isso o fez sair do carro.

—Venha aqui.

Josh me abraçou e me puxou para perto. Não foi um abraço casual, mas um abraço apertado e envolvente que parecia uma despedida do Josh e da Emilie. O cheiro familiar do seu perfume me consolou, mas como um amigo.

— Tudo bem? — perguntou ele, com os lábios em meu cabelo.

Assenti e engoli em seco.

De algum jeito, no decorrer de muitos Dia dos Namorados, um DSC e vários dias de desencontro, tudo tinha mudado.

Mais uma vez eu estava emotiva quando entrei em casa. Para alguém que quase nunca era sensível, aquilo estava começando a ficar ridículo. Joguei as chaves sobre a mesinha na entrada, mas parei quando olhei para a esquerda e vi que minha mãe e Todd já estavam em casa.

— Oi — disse, tirando os sapatos. — Chegaram mais cedo?

— Quero conversar com você. Senta aqui, Emmie — pediu minha mãe.

Entrei e me sentei no sofá diante deles.

—Vamos ter uma conversa séria em família? — perguntei.

— De certa forma, sim — respondeu Todd.

— Almocei com seu pai hoje para falar sobre a nossa situação — contou minha mãe, cruzando os dedos como se estivesse em uma sala de reuniões, não em uma sala de estar.

Olhei para Todd, e ele deu um sorriso tranquilizador.

— Ele vai aceitar o emprego em Houston, mas a empresa concordou que ele trabalhe em regime remoto por alguns meses. Assim você pode terminar o ano letivo e decidir se quer ir com ele ou ficar aqui.

Pisquei fundo. Isso queria dizer...

— Depois de muita discussão, decidimos que se você mantiver notas boas e não arranjar problemas, pode escolher se quer terminar o ensino médio com seus amigos na escola Hazelwood, ou começar uma vida nova com seu pai no Texas. Vamos respeitar sua vontade, sem ressentimentos.

Ela abriu um sorriso.

— Está falando sério?

Minha mãe assentiu, mas sua testa estava enrugada, como se ela não estivesse convencida daquela gentileza toda. Olhei para Todd, que sorriu.

— Ah, obrigada! Muito obrigada!

Levantei, corri até minha mãe e a abracei, embora não fizéssemos isso com muita frequência. Sentindo o cheiro de Chanel e spray de cabelo, agradeci mais uma vez. Minha mãe sorriu quando eu me afastei e arrumou meu cabelo ao redor do meu rosto.

— A ideia foi do Todd, e foi seu pai que precisou negociar com a empresa nova.

— Mesmo assim — disse, meu coração quase explodindo de amor pela mulher confusa que eu temia e amava ao mesmo tempo. — Sei que é difícil para você... é... sabe...

— Ceder? — completou Todd, dando uma risada. — É, ela está crescendo.

Minha mãe sorriu para Todd como se ele fosse seu mundo inteiro e, pela primeira vez, isso não me deixou irritada. Então eu o abracei também, me sentindo culpada por tantos pensamentos maldosos que tive a seu respeito no decorrer dos anos.

Talvez ele não fosse tão mau assim.

CONFISSÃO Nº 21

*Derrubei uma caixa de correio com o carro mês
passado e continuei dirigindo, inabalada.*

Empurrei os balões para dentro do armário e fechei a porta.

—Vocês são ridículos. Isso é terrível.

— Terrivelmente fantástico — disse Chris, dando risada.

Rox arrumou uma das serpentinas que estavam na lateral do meu armário. Era 4 de março, meu aniversário, e eles não estavam sendo nada discretos — decoraram meu armário e o encheram de balões.

O que, tenho que admitir, foi bem legal. Fazia duas semanas que eu estava desanimada, mas já conseguia passar a aula inteira de Química sem olhar para Nicholas Stark.

Eu era uma heroína.

As coisas estavam melhorando, então a comemoração veio para brindar aquela vida nova. Estava com um vestidinho novo lindo, preto e branco de bolinhas, me sentindo meio Audrey Hepburn, e um cardigã de babados, que me fazia sentir um pouco como a Taylor Swift, também.

— Preciso ir para a aula — avisei, pendurando a mochila no ombro. — A gente se encontra aqui depois, então?

— Combinado — respondeu Chris, sorrindo para Rox como se eles fossem engraçadíssimos

Eu tinha aula de Literatura e depois — aff — de Química.

Quando cheguei no laboratório, fui direto para minha banqueta, abri o livro e comecei a olhar o Instagram. Como fazia todos os dias havia duas semanas.

— Emilie — chamou Nick.

Congelei, sem olhar para ele.

— Sim?

Por um acaso ele precisava de uma caneta ou algo assim?

— Feliz aniversário.

Ergui o olhar.

— Nossa, obrigada.

Mas naquela fração de segundo antes de eu voltar a olhar para o celular, meu cérebro arquivou aqueles olhos azuis sérios, a mandíbula tensa, o moletom preto e a voz grave e rouca.

— É, você está...

— Por favor, não — interrompi, piscando devagar. — Você já disse tudo o que precisava, beleza? Está ótimo.

Ele ficou em silêncio. Engoliu em seco e assentiu.

O professor entrou e começou a aula, e me obriguei a esquecer Nick e pensar no quanto eu ia me divertir com Chris, Alex, Rox e Trey depois da escola. Iríamos até o centro para um jantar de aniversário no Spaghetti Works, que era meu restaurante favorito, e depois tomar sorvete no Ted e Wally.

Não via a hora.

Quando a aula terminou, peguei minhas coisas e saí rápido, para evitar que Nick tentasse fazer alguma coisa para se sentir melhor de novo. O dia na escola se arrastou, provavelmente porque eu não via a hora de acabar. Mas, finalmente, o sinal ressoou.

— Até que enfim — falei, sorrindo ao ver que estavam me esperando em frente ao meu armário.

Alex estava se tornando parte do nosso grupinho de amigos, ainda mais porque ele e Chris eram inseparáveis, e eu me sentia sortuda por isso.

—Vamos, aniversariante.

Eles me deixaram escolher todas as músicas enquanto dirigíamos pelas ruas, que era o que eu mais gostava de fazer no mundo. Nós nos divertimos cantando a plenos pulmões, mas engoli em seco quando chegamos ao centro da cidade.

Porque meu lugar favorito agora estava cheio de lembranças com Nick.

Olhei pela janela e vi o prédio do banco, pairando sobre nós com as lembranças vívidas dele fazendo a coreografia de "Cupid Shuffle", me carregando nas costas, quase me beijando no elevador e apostando corrida comigo na escadaria.

Foi um dia incrível.

Eu me obriguei a não pensar nisso e me concentrei em me divertir com meus amigos.

Entramos em algumas lojas de antiguidades, lojas de vinis e butiques caras, e finalmente fomos para o restaurante.

— Estou morrendo de fome — declarei, respirando fundo quando senti meus aromas favoritos no mundo inteiro.

—Você está sempre morrendo de fome quando sabe que vai comer carboidratos — comentou Chris.

Ele tinha razão. Chris tentava manter uma alimentação saudável e sempre achou curiosa minha dieta nem um pouco preocupada.

— Já experimentou o frango frito deles? — indagou Alex enquanto seguíamos a recepcionista até a mesa.

—Você está no Spaghetti Works. Por favor, não me faça passar vergonha pedindo frango frito — retruquei, revirando os olhos e fazendo uma careta pra ele.

— Não cometa esse desaforo — disse Rox, de mãos dadas com Trey logo atrás de nós. — Emilie ama esse lugar de um jeito absurdo.

— Anotado — respondeu Alex.

Chegamos a uma mesa grande ao lado do buffet de saladas.

— Desculpe... Será que podemos sentar na janela? — perguntou Chris para a funcionária.

Olhei para ele e sorri, e meu amigo retribuiu. Quando sentávamos na janela, Chris e eu ficávamos tentando adivinhar a história de todas as pessoas que passavam. Fiquei feliz por ele ainda se importar com isso.

— Sem problema — respondeu ela, apontando para a mesa que ficava ao lado da janela grande que dava para a calçada.

— Obrigada — disse.

Todos nos sentamos. Depois disso, nos entregamos a conversas e risadas. Rox, Trey e Chris — e descobri que o Alex também — eram as pessoas mais engraçadas que eu conhecia. Não havia nada mais divertido do que passar horas com eles sem que coisas como a escola e namorados atrapalhassem.

Eles deram risada quando terminei a segunda porção de espaguete enquanto Alex ainda estava na primeira, e eu caí na gargalhada quando Rox e Chris se empolgaram com o jogo de imaginar a história das pessoas que passavam na rua.

— O casal passeando com o cachorro está junto há quinze anos, mas só casaram ano passado — inventou Chris. — Foi o pior ano do relacionamento e os dois sabem que estragaram tudo ao fazer aquela cerimônia.

— Tenso — disse, rindo.

— Muito tenso — respondeu Alex.

— Ela só casou porque percebeu que ele ficava magoado quando recusava o pedido de casamento todos os anos — acrescentou Rox —, mas agora quem está magoada é ela. No fim das contas, o dois querem terminar, mas nenhum deles tem coragem de dizer.

— Ele trabalha sessenta horas por semana só para evitar ir para casa — acrescentou Trey.

— Na verdade — completou Chris, apontando para o cachorro —, aquele cachorro é o que mantém os dois juntos. Nenhum dos dois suporta a ideia de abrir mão do...

— Almôndega — sugeriu Alex.

— Sim, Almôndega — disse Chris, assentindo. — Nenhum dos dois suporta a ideia de perder o Almôndega, então eles passeiam com a fera juntos toda noite depois do jantar, ambos sonhando em estar em outro lugar.

Tomei um gole de refrigerante.

—Vocês acabaram de deixar o jogo deprimente — declarei. — Consertem com aquela moça, por favor.

Todos olhamos pela janela, e uma mulher alta de macacão e boina passou, falando no celular.

— O nome dela é Claire — disse Chris. — Ela era modelo, mas largou o estilo de vida glamoroso para voltar a cuidar de seu tio, Billy.

— Que perdeu a memória num acidente com o forno de micro-ondas — continuou Alex, sorrindo. — Agora ele só fala de carros de corrida e da mulher que apresenta o programa matinal.

Todos caímos na risada.

Rox entrou na brincadeira:

— Ela cuida dele durante o dia, mas à noite gosta de vestir suas roupas de modelo e ir atrás de homens que possam se interessar em levá-la para dançar swing.

—Você está falando de sexo?

— É óbvio que sim — disse Trey, revirando os olhos. — Ela dança com eles e, quando pegam no sono, ela os mata e vende seus órgãos no mercado clandestino.

— Que violento.

— Mas muito lucrativo.

Dei risada e peguei o pão de alho do Chris.

— Tá, Alex... Aquele cara agora — disse, apontando.

Alex olhou para mim e em seguida para a janela.

— Todo mundo acha esse cara um babaca porque ele nunca sorri.

Tirei os olhos da comida e vi um garoto de moletom preto passando com uma caixa embaixo do braço. Alex continuou:

— Mas, na verdade, ele é um cara legal que se arrepende de ter sido um babaca com alguém de quem ele gosta muito.

O garoto olhou em nossa direção e...

Era o Nick.

— Ele teve um dia perfeito com a garota perfeita — continuou Rox —, mas o coração dele se recusou a acreditar que aquilo podia durar, então ele a afastou.

Olhei para Rox.

— O que está fazendo? — indaguei, a voz falhando.

— Quando ele limpou a caminhonete e sentiu o perfume dessa garota no casaco do irmão — acrescentou Trey —, quase sufocou de tanta saudade dela.

— O que é isso, gente?

Funguei e pisquei rápido. Nick parou de andar e olhou diretamente para nós.

Para mim.

— Ele sabe que desperdiçou sua chance — continuou Alex, como se eu não tivesse dito nada —, mas só quer dar a ela um presente de aniversário. Depois ele vai embora.

Olhei para o rosto de Nick lá fora, lindo, o único rosto do mundo que me fazia querer chorar. Enquanto eu o encarava, ele engoliu em seco e me lançou um olhar intenso que arrepiou todo meu corpo.

Balancei a cabeça e olhei para meus amigos.

— Acho que meu coração não aguenta mais essa brincadeira — declarei.

— Escuta o que ele tem a dizer — pediu Chris.

Respirei fundo. Em seguida, levantei e fui até a porta do restaurante, abri e saí. Estava prestes a seguir na direção de onde o vimos pela janela quando ouvi:

— Emmie.

Olhei para a direita e ali estava ele, parado à porta, esperando por mim.

Não era justo o quanto ele estava lindo. Ainda estava com o moletom preto, e odiei sentir que olhar para ele fazia toda a diversão que tive com meus amigos se desfazer. De repente, quis ir para casa e chorar.

— Estou tentando jantar com meus amigos — disse, cruzando os braços. — O que você quer, Nick?

Ele apontou com a cabeça para uma das mesas que ficavam do lado de fora, vazias porque estava frio demais para jantar ao ar livre. Revirei os olhos e caminhei ao lado dele, irritada por conseguir ser mandão até no dia do meu aniversário.

Nick colocou a caixa na mesa, olhando para mim com aqueles olhos que assombravam meus devaneios.

— Abra. Por favor.

Ele parecia tão… intenso. A mandíbula travada, os olhos concentrados em mim. Respirei fundo e disse a mim mesma que eu não sabia por que estava com aquele frio na barriga. Estendi a mão e puxei a ponta da fita vermelha que formava um laço perfeito. Ao abrir a tampa da caixa branca e olhar lá dentro, não acreditei no que estava vendo.

— Como? — Foi a única coisa que consegui perguntar, olhando para ele.

Nick deu de ombros. Coloquei as mãos dentro da caixa, de onde tirei o bolo.

O bolo roxo de unicórnio com cobertura brilhante.

O bolo que eu queria no meu aniversário de nove anos.

Ainda não acreditava no que estava vendo quando coloquei o bolo sobre a mesa. O chifre dourado reluzente, o unicórnio de purpurina, a cobertura roxa brilhante. Dizia FELIZ ANIVERSÁRIO, EMMIE, exatamente como eu queria quando era pequena.

Mas… Nick nunca tinha visto aquele bolo.

— Como foi que você fez isso, Nick?

— Tive ajuda — explicou ele.

— Vai ter que explicar melhor — disse, colocando as mãos trêmulas na cintura e tentando entender aquele garoto que tinha acabado de me dar o presente mais especial da minha vida.

— Max conhece o dono da confeitaria.

— Max?

— Sua avó.

Meu cérebro não estava trabalhando rápido o bastante para que eu acompanhasse.

— Minha avó te ajudou?

Ele assentiu. Analisei seu rosto em busca de uma resposta, mas seus lábios só abriram um leve sorriso, um sorrisinho que indicava que ele estava orgulhoso de si mesmo, mas não exatamente um sorriso simpático.

— Que eu saiba, na única vez que vocês se viram ela te mandou sair da varanda dela. Por favor, se explique, Nick Stark.

Seus olhos percorreram meu rosto, e meu coração disparou.

— Fui até a casa da sua avó e perguntei o que ela sabia sobre o bolo roxo de unicórnio. Pelo que parece, ela anda se divertindo com o dono da confeitaria há anos, então ligou para ele e pediu que fizesse o bolo para você.

Pisquei, surpresa.

— Minha avó namora o sr. Miller?

— Não sei se é exatamente um namoro, porque ela disse que eles só fazem umas festas do pijama…

— Eca.

— Mas eles são próximos.

Fiquei olhando para o bolo, incapaz de desacelerar meus pensamentos. *Nick foi até a casa da minha avó só para ver se ela sabia sobre o bolo?*

— Não acredito que você lembrou do bolo — disse, olhando para ele.

— Eu me lembro de tudo, Emmie — falou Nick, e seu tom falhou, rouco. — Eu lembro. Eu me lembro da música "Thong Song", da sua voz sussurrada depois que eu te beijei e de você beijando meu *nariz* quando achou que eu estava triste.

Um apito de trem soou a distância, o som quase como uma assombração na escuridão fria.

— Eu fiz besteira — continuou ele, olhando para mim. — E me arrependi desde aquele dia, no estacionamento da escola.

Engoli em seco. Meus olhos percorreram todo o corpo dele, absorvendo a única pessoa para quem eu não me permitia olhar desde que tive meu coração partido.

— Eu me apaixonei por você no Dia dos Namorados, Emilie, mas eu preciso de mais que sete minutos.

— Sério? — O calor começou a percorrer cada molécula dentro de mim. Eu queria me aproximar dele, mas primeiro precisava perguntar: — E o que você disse depois do Dia dos Namorados? Sobre ter sido uma miragem?

Nick levantou a mão como se quisesse tocar meu rosto, mas se conteve.

—Você tinha razão — disse ele. — Fui idiota por causa do Eric.

Eu me encolhi.

— Eu não disse isso.

—Você deu a entender que eu estava me contendo por causa dele, e me dei conta de que provavelmente é verdade.

— Sério?

— Aham — confessou ele, fazendo uma careta. — Pelo jeito, quando seus pais fazem uma limpa na casa e você surta porque eles venderam o boné de beisebol do seu irmão morto um dia depois do aniversário de um ano da morte dele, isso significa que você... ainda não superou algumas coisas.

— Ah, não. Que droga. Sinto muito.

Dei um passo em sua direção, estendendo a mão para tocar a manga de seu moletom. Nick soltou um pigarro.

— Tudo bem. Acredite se quiser, está tudo bem. Até comecei a fazer terapia. Sei lá, é bem estranho conversar com uma pessoa que não conheço, mas também é um alívio.

— Nick, isso é óti...

— Pare — disse ele, olhando para mim com o canto do olho e sorrindo um pouco. — A última coisa que eu quero é que a garota por quem estou obcecado me diga que está orgulhosa de mim por começar a fazer terapia. Tenho uma mãe para isso, obrigada.

Isso me fez rir.

— Eu sabia que você estava obcecado.

— Sim, Emilie Hornby, estou aqui para dizer que estou um pouco obcecado por você. Com isto. — Ele levantou as mãos e segurou meu rosto. — Com a gente.

Os cantos de seus olhos ficaram enrugadinhos e ele abriu um sorriso tão grande que quase fez meus joelhos cederem.

— Não vá ficar todo meloso comigo agora, Stark... — disse, mas o fim do sobrenome dele foi cortado quando seus lábios tocaram os meus.

Senti uma corrente de eletricidade e calor percorrerem meu corpo quando Nick me beijou como só ele sabia.

À distância, ouvi meus amigos batendo palmas, mas nada seria capaz de me afastar da única pessoa no mundo que sabia que era preciso um bolo roxo e brilhante de unicórnio para me conquistar.

Nick ficou para a comemoração do meu aniversário e segurou minha mão enquanto caminhávamos pelo Old Market juntos depois do jantar. Quando chegou a hora de ir embora, ele perguntou baixinho, para que ninguém mais ouvisse:

— Posso te levar para casa?

Obviamente, eu disse sim.

Já na caminhonete, a caminho de casa, estendi as mãos em frente à saída de ar quente.

—Você nunca se agasalha o suficiente? — perguntou ele.

— Não gosto de cobrir uma roupa bonita com um casaco volumoso — expliquei.

Ele me olhou como se eu fosse uma criança boba, e eu dei um sorriso largo.

— Bem, aqui está — disse ele, esticando uma das mãos para o banco de trás enquanto dirigia. — Pode usar o casaco do Eric de novo. Ainda está com o seu perfume de quando você usou no Dia Sem Consequências.

Ele me entregou o casaco, e foi como olhar para um velho amigo.

— Eu não sabia que o casaco era do seu irmão.

Peguei o agasalho com gentileza e coloquei no colo, passando a mão no tecido.

— Até porque agiu como se fosse seu — provocou ele.

— É verdade — concordei, pensando em todas as outras vezes em que usei o casaco e ele nem soube.

Tantas batidas repetidas, tantas vezes vestindo aquele casaco.

Mas…

Olhei para o casaco verde-musgo. Parei para pensar e me dei conta de que eu tinha usado aquele casaco logo no primeiro Dia dos Namorados, antes do ciclo interminável de dias repetidos. O dia que deu início àquilo tudo.

Dia dos Namorados.

Aniversário da morte do irmão dele.

Mas nunca dormi com o casaco… até o Dia Sem Consequências. O último Dia dos Namorados.

Nick entrelaçou minha mão na sua, me afastando de meus pensamentos, e me lançou um olhar que me deu um frio na barriga.

— A propósito, eu nunca agradeci por me levar com você no DSC. Eu me diverti muito…

— É obvio que sim — brinquei.

Nick deu um sorriso engraçado.

— As coisas que a gente fez à tarde… — disse ele, me lançando um olhar sério. — O Eric teria amado.

Olhei para o casaco.

— Sério?

— Aham — respondeu ele, entrando numa rodovia. — Não vou dar uma de maluco, mas juro que se você conhecesse ele saberia que aquele foi o dia perfeito.

Uau. Eu me recostei no banco e enfiei as mãos nos bolsos do casaco. O dia perfeito para o Eric, o dia em que esqueci de devolver o casaco, foi o dia em que encontrei a saída para o ciclo desastroso.

— Por que está sorrindo assim? — questionou ele.

Nem tinha percebido que estava sorrindo.

— Assim como? — perguntei, olhando para ele.

Nick meio que deu uma risada, os cantos dos olhos se enrugando daquele jeito feliz que eu adorava.

— Com um sorriso assustador.

— Não era assustador.

Ele balançou a cabeça e deu um sorriso largo.

— Era, sim. Como uma esquisitona que gosta de assistir a desfiles de rua na TV e de vestir os gatos com suéteres.

Era um diálogo que eu já tinha ouvido antes, em um dos Dias dos Namorados esquecidos, mas Nick não fazia ideia. Eu me apaixonei loucamente por sua risada provocante, a vibração calorosa de felicidade, e me senti incrivelmente grata.

Obrigada, Eric.

Eu me aproximei dele naquela caminhonete velha.

— Não sou assustadora. Sou só uma garota que está incandescentemente feliz neste momento.

Os olhos dele encontraram os meus, e ele abriu um sorriso travesso.

— Qualquer garota disposta a citar Jane Austen de um jeito maluco faz o meu tipo.

E eu era.

Eu era mesmo o tipo do Nick Stark.

Olhei para meu braço e sorri. Não conseguia ver a tatuagem por causa da blusa e do casaco, mas quase senti a pele flamejar. A frase era como uma corrente elétrica queimando em mim.

Tudo em minha vida havia *mesmo* mudado, mas eu não tinha arrependimentos.

Eu me diverti bastante estragando tudo.

PLAYLIST

1. Lover (Remix) (feat. Shawn Mendes) | Taylor Swift, Shawn Mendes
2. Let's Fall in Love for the Night | FINNEAS
3. coney island (feat. The National) | Taylor Swift, The National
4. New Romantics | Taylor Swift
5. betty | Taylor Swift
6. Play with Fire (feat. Yacht Money) | Sam Tinnesz, Yacht Money
7. ...Ready For It? | Taylor Swift
8. The Passenger | Volbeat
9. Street Lightning | The Summer Set
10. Sabotage | Beastie Boys
11. Nervous | Shawn Mendes
12. the last great american dynasty | Taylor Swift
13. Ghost Of You | 5 Seconds of Summer
14. fuck, I'm lonely (with Anne-Marie) | Lauv, Anne--Marie
15. Lose Yourself | Eminem
16. Amnesia | 5 Seconds of Summer
17. fOoL fOr YoU | ZAYN
18. So Damn Into You | Vlad Holiday
19. I Don't Miss You at All | FINNEAS
20. Forgot About Dre | Dr. Dre, Eminem
21. gold rush | Taylor Swift

22. Everything Has Changed (feat. Ed Sheeran) (Taylor's Version) | Taylor Swift, Ed Sheeran
23. Driving in the City | Brandon Mig
24. The Joker And The Queen (feat. Taylor Swift) | Ed Sheeran, Taylor Swift

AGRADECIMENTOS

Agradeço a VOCÊ, leitor maravilhoso, por escolher este livro. Você mudou minha vida de um jeito incrível e me ajudou a realizar esse sonho, e serei para sempre grata.

Obrigada Kim Lionetti, minha agente incrível, por me dar a carreira dos sonhos e deixá-la cada vez melhor. Você é mais do que eu jamais soube que precisava.

Jessi Smith, minha editora — sua visão para os livros é extraordinária, e tenho muita sorte de trabalharmos juntas. Você deixa meus pensamentos e minhas palavras MUITO MELHORES, e agradeço DEMAIS por sua competência.

A toda a galera talentosa da SSBFYR e da S&S Canada — marketing e marketing digital, publicidade, vendas, educação e biblioteca, direitos autorais, produção —, muito obrigada pelo trabalho incrível que fizeram com este livro. Liz Casal e Sarah Creech, obrigada por mais uma capa apaixonante que eu amei. Morgan York e Sara Berko, obrigada por supervisionar os detalhes do processo e garantir que a história virasse um livro de verdade!

Agradeço a meus amigos Berkletes por me deixarem entrar para a gangue e ficar conversando com vocês o tempo todo (no grupo de conversa). Com vocês os altos são mais altos e os baixos menos baixos, e eu não sei o que faria sem vocês.

Obrigada a todos os Bookstagrammers, TikTokers, YouTubers e blogueiros — vocês fazem um trabalho maravilhoso sem nenhuma compensação, e não sei o que fizemos para merecê-los.

Vocês são criadores talentosos e incríveis, e não sei como agradecer por tudo o que fazem pelos livros. Haley Pham, adoro você e seus seguidores adoráveis.

Lori Anderjaska, você é a melhor do sudoeste de Omaha; obrigada por ser minha editora da área 402 e por me emprestar o nome dos seus filhos.

Também agradeço a Taylor Swift, por escrever músicas que parecem livros.

E minha família:

Mãe, você é maravilhosa e eu te amo mais do que as palavras são capazes de expressar. Eu não teria feito ISTO sem você.

Pai, sinto sua falta todos os dias.

Cass, Ty, Matt, Joey e Kate — obrigada por serem seres humanos incríveis que me dão orgulho e me matam de rir. Acho vocês superlegais, mas deve ser porque eu fiz vocês.

E KEVIN:

Obrigada por aceitar que minha felicidade muitas vezes envolve ficar sozinha em um quarto com meu computador. Obrigada por aceitar que eu sou péssima nas artes domésticas e que só contribuo com seis receitas para esse relacionamento (ainda não consigo acreditar nesse número). Todos os interesses amorosos sobre os quais escrevo são inspirados em você, porque todos eles devem ser atenciosos, respeitosos, sarcásticos, gentis e absolutamente hilários. Você é de longe minha pessoa favorita, e eu não te mereço.

intrinseca.com.br

@intrinseca

editoraintrinseca

@intrinseca

@editoraintrinseca

editoraintrinseca

1ª edição	JANEIRO DE 2024
reimpressão	JULHO DE 2025
impressão	LIS GRÁFICA
papel de miolo	HYLTE 60 G/M^2
papel de capa	CARTÃO SUPREMO ALTA ALVURA 250 G/M^2
tipografia	BEMBO STD